明亮的阅读

郎　净◎著

华东师范大学出版社
·上海·

图书在版编目（CIP）数据

明亮的阅读/郎净著. —上海：华东师范大学出版社，
2023
ISBN 978-7-5760-3835-4

Ⅰ. ①明… Ⅱ. ①郎… Ⅲ. ①散文集-中国-当代
Ⅳ. ①I267

中国国家版本馆 CIP 数据核字（2023）第 074059 号

明亮的阅读

著　　者　郎　净
策划编辑　许　静
责任编辑　乔　健
特约审读　朱丽君
责任校对　江小华
装帧设计　卢晓红

出版发行　华东师范大学出版社
社　　址　上海市中山北路 3663 号　邮编 200062
网　　址　www.ecnupress.com.cn
电　　话　021-60821666　行政传真 021-62572105
客服电话　021-62865537　门市（邮购）电话 021-62869887
地　　址　上海市中山北路 3663 号华东师范大学校内先锋路口
网　　店　http://hdsdcbs.tmall.com

印 刷 者　苏州工业园区美柯乐制版印务有限责任公司
开　　本　889 毫米 × 1194 毫米　1/32
印　　张　10.25
字　　数　211 千字
版　　次　2023 年 7 月第 1 版
印　　次　2023 年 7 月第 1 次
书　　号　ISBN 978-7-5760-3835-4
定　　价　59.00 元

出 版 人　王　焰

目录

二　我所读兮

心中始终有那一杯酒在

胡晓明

郎净是陈文华老师的学生。一九九六年，陈老师被系里选派到韩国去教书三年，这一年，也是我和陈老师评上副教授以后，第一次正式招研究生。正如郎净的书中所说到，面试时，我问有什么爱好，她说唱越剧，我说那就唱一段吧。记得她唱得没有表演味，云淡风轻的，但听得出完全是童子功，而且完全是从内心里发出来的一种喜好。当时就觉得是可教之材。那些年，喜欢文学的大学毕业生似乎真的不多。我这种面试方法，是考察学生的文学根性，放在今天有录像机监控场面的硕士生面试，也是正当的。至于我有没有像郎净书中所说到的，对陈文华老师说，恭喜你招到了一名好学生——这句话我真的记不起来了。当时说了这句话，现值得自喜，表明我看学生还是有点眼力的。因为从这本书中，读者可以看得出来，郎净是一个罕见的文学性情中人。

这本书分成两个部分，一个部分是已发表或尚在抽屉里的读书心得、中外书评或文学评论，比较而言，是客观知识性较强的文字。尽管在这个部分里面，她的这些文字，也没有一般学术论文的八股味，而更多是她自己性情的挥洒。或许我更看重这本书的上半部分，这一部分文字，记录了她从五岁的文学梦，直到今天成为一个文学教授的全部心路历程，几乎相当于一种自传体的散文小集。我在阅读的过程中，一再感到十分惊讶的是：郎净还是那个唱越剧的文学青年，根本没有变化。如果再说得夸张点，甚至还依然有那个五岁时恋《红楼梦》的童真小孩子的影子在晃动。自从那年我受陈老师之托忝为郎净的导师，为他们开讲"《柳如是别传》"研究生课程，直到今天，时代发生了多么大的变化，郎净居然仍是那么一个干干净净的文学性情，活得简单、纯粹、"疏离"于这个快速变化的时代。这一份简单与纯粹，确是当今很稀有的特质。当然，如果了解了这些年她的全部生活，了解了这本书里面谈诗、说文、品戏，云淡风轻文字背后的东西，更了解这本书里《满天风雨下西楼》文字背后没有写出来的言外之意，那么，我们绝不可能把郎净看成一个书斋里的资深文青，或一个古井无波的读书种子，或一个风花雪月的中文教师，她其实是真正担荷了人生沉重的重担，尝到了生命中最厚重的意味，却依然能够葆有这样一种纯净、简单、明亮、温暖的文学性情，我觉得这真的是太不容易了。对的，这也正是一种真正的中文人品质。

尽管，郎净绝不喜欢被贴任何标签，甚至有意识排斥各种理论套套，但毕竟是我的学生之一，我愿意借着为她的散文集

明亮的阅读

作序的机会，再讲我们共同分享的诗学理念。这些年来，我一直提倡并践行一种"心灵诗学"，至少有如下内容：第一，不止是文献学，而且是能真正贴入自家生命深处，倾听内心真实声音的诗学；第二，不止是自我表现，而且是人间有情、心灵与心灵相通、生命与生命照面的诗学；第三，不止是研究学问，而且是能感之与兼能写之的诗学；第四，不止是以古为古，而且是今古相接的诗学；第五，不止是唐型诗歌，更是唐宋兼修的诗学；第六，不止是普世的时间的，而且是人地相连的诗学；第七，不止是美感心理，而且是语言优位的诗学；第八，不止是悲或者欣，更是转悲为健的诗学；第九，不止是文艺与美学，更是考据、义理与辞章融合的诗学；第十，尤其重要的是，不止于诗学本身，更是心灵文化对时代实用主义、功利主义、虚无主义等占主流地位的潮流的对抗。从这本文集中，我们可以看出，郎净不一定也不可能在所有的方面都做得很好，但她确实在某些方面，有过人的表现与切近的亲证。

我不可能在这篇序中，全面详述这个理念。以郎净为例，如果说，作为一大有情生命，心灵与心灵相通、生命与生命照面，是诗在世间的感发力最美的体现，郎净做得最成功的，就是将她任教的上海体育学院的学生，教成热爱中国文化，尤其是爱诗词爱古琴爱昆曲的人。在我的刻板印象中，体育学院的学生，不说"四肢发达头脑简单"，至少也不会跟诗词歌赋尤其是昆曲联系在一起，然而在郎老师的引导下，他们发自内心地喜爱诗词、冒雨看昆曲、组织参加讲座、热心制作小视频，有人甚至写书出文集，有人考上中文专业硕士研究生。郎老师通过中国戏曲史等课程，让她的学生走入中国文学美的天地，将她自己对古典文学的爱，化而为春天里满树的桃李，也让她在春风化雨的过程中，心灵与心灵相润泽，意念与意念相感通。正如她写的一个戏曲之夜：

> 我带 2008 级的孩子们看昆曲。当时他们还是大一的新生，看的第一场戏就是重量级的《邯郸梦》……我站在逸夫舞台门口等他们，他们一个个来了，很新鲜很兴奋的模样。好几个学生手拿玫瑰花，过来送给我；还有一个学生，送给我一个包装得很漂亮的苹果。这是我第一次带学生看戏收到礼物。当时真的有一种初恋的感觉——是啊，毋庸讳言，我就是爱上了我的学生们。就这样，我拿着花和苹果，站在门口，和每一个进来的学生打招呼……

由心灵与心灵相感通，延伸到一切美好的事物都应有心灵化的内容。而心灵化的内容，也是直触灵魂、纯直无曲的真实本然。因而，郎净她不喜欢当今热门的曲目如《广陵散》《流水》，"听上去非常热闹，看起来也好，滚拂拨刺，让人眼花缭乱。这样的比赛，似乎成为展示古琴高难度指法的比赛。只有一名选手，弹了《渔樵问答》，让人能够聆听古琴的安静。另外，《离骚》一曲，也非常打动人心。但是，可能这些曲目相对来说，技巧较为简单，所以得分好像也不是很高。……有的时候，太娴熟太挥洒自如了，反而有一些缺失，让人关注不到内在的神韵。记得听老八张的碟，当年的老古琴家并非如此完美，有的时候甚至有些凝滞或者质朴，但是感觉听到的直接是灵魂，是一种真正的理解。……而现在我们弹奏《流水》，有时感觉那水流得妖冶非常，几乎是违背自然规律的；那里面有太多刻意的东西，太多得意的东西，不是无我之境、自然之境，而是有我之境，甚至是唯我无他之境。我想，张岱之'由神以合道'，'清泉磐石……涧响松风，三者皆自然之声，正须类聚'，这才是弹琴之正道。"

再举一个例子，郎净的气质里，几乎可以用一个"古"字来品题。她五岁听越剧《红楼梦》，一开始只是喜欢那些旋律，随着阅历的增加与时光的流逝，唱词变得特别刻骨铭心，她写道：终于明白，喜欢越剧，是因为越剧已经生长在自己的生命里面。喜欢越剧，其实不是为了那些情节，竟然还是为了某种唯美的、至情的、纯粹的理想。虽然自己达不到，但依旧吐丝不辍，微弱亦好、缠绕亦好、虚幻亦好、永生烦恼亦好，既然一切已经如茧如弦如酒，就让它们日生夜长，即弹即逝、随吟随斟，就让那些音乐、那些语句，打动我一生。最后，一切透明的茧、透明的弦、透明的酒，都如同透明的生命一般，晶莹剔透，却了无踪迹……

多年前，我记得有几次在秋天或初春的丽娃河校园里偶遇郎净：穿着红花的旧式棉袄，或绿色长裤，宛如古装戏里出来的旦角，一副怔忡或自喜的神情。本书中她写道："小学之前她借住在外婆那里，游荡在运河边的小镇之上。在那些百年老宅子里面穿行，却并不知道小镇有多美，直到长大后小镇被拆得荡然无存，才无限惆怅地追忆自己的身影，去遥想满天风雨之时，运河水面开阔、桥影摇曳。那些从古到今的无数过客，都曾或撑伞或拄杖或一叶轻舟，穿行在风雨之中。"在杭州读大学时，"心头只是一曲《白蛇传》：'西湖山水还依旧，憔悴难对满眼秋。山边枫叶红如染，不堪回首忆旧游。'只要前奏响起，就有惊心动魄或失魂落魄的感觉"，——穿越于历史，与古人心神相往来，活在自己美好的影子里，正是她的一幅自我画像。

然而不要以为她只是不识愁滋味的无病呻吟，她对一句诗的体会，反复沉淀了自家真实而深切的生活感受，譬如对"满天风雨下西楼"解读，令人震动。有时候浓缩了九转灵砂炼丹般的修行体验，如王维的《渭城曲》，是从她与女儿共同学习与表演《阳关三叠》的经历中得出：

灯光渐渐亮起，四十个孩子身着白色的汉服，很安静地站在舞台上，淡淡哀伤的前奏响起。多多和其他三个小领唱分别站在主唱演员的身边伴唱。多多站在那边，她原本就瘦，穿上汉服以后，显得非常清雅。看不出她有紧张的表情，只是安静地、庄重地融入整首旋律之中，好像她原本就属于这种旋律似的。而四十个孩子的声音是如此简单朴素，里面没有装饰，没有训练的痕迹，没有任何复杂的念头，只是一片童心，干净纯美。他们相对坐下行礼、饮酒、慢慢分开，而《阳关三叠》那熟悉的旋律回环萦绕，陪伴我那么多年的旋律！

看的时候、听的时候，我似乎进入冰雪世界一般，浑身是发冷的，而心是颤抖的、热的，那么多过往一一而来。人到中年，得到了、失去了；惆怅过、欢喜过；孤独的、温暖的，眼泪不由自主滑落、滑落……

而我知道，这首曲子还会不断响起，而故人，始终不曾远离，并且越来越多。无边柳色之中的，是无边的温暖或者热爱……

这已经完全不同于学院派里的诗学，而成为一种心灵诗学。现如今有几个教文学的人或文学圈子里的人，能够像她这样真诚地将自己变成文学的对象跌荡自喜地书写、真实地坦露自己的真性情？又有几个人像她这样活得认真、活得唯美、活得简单纯粹？我不禁想起牟宗三先生在《五十自述》当中所说到的"纯直无曲的生命"，以及想起牟先生在写《水浒传》的一篇文中，说过的一句意味深长的话："李逵无论如何也不可能将自己的老娘搬上山，如果搬得上山，李逵就不是李逵了！"因为在荆棘丛生、暗黑路滑的人生道路上，纯直无曲的生命，这样做真的太难了。

然而，不难，又如何对得起这只有一回的人生。我又想起唐君毅先生关于人生路滑、关于哀乐相生的提示。只有懂得了在艰难的人生路上，翻转回来，重新得到一种快乐与美，才是值得过的人生。因而，尽管在"日暮酒醒""风雨西楼"的背后，仍然有一杯温暖的酒常在：

> 我们爱诗，就因为诗中的许多情感触动了自己，更何况还要响起旋律，让人简直欲罢不能。年轻的时候，我会觉得"无故人"是这首诗的重点，感到人生好孤单；而年纪渐长，才发现"故人"，才是这首诗的重点。每个人的行走都是长途越度关津，都是孤独的，然而心中始终有那一杯酒在，有曾经陪伴的人，天地之间的行走就变得温暖，变得有依托起来。西出阳关无故人，其实是一路有故人陪伴的。

感谢郎净对我的信任，也祝福她所倡导的"明亮的阅读"，有恒久的能量，更为阔大，行健致远。是为序。

二〇二三年一月二十七日写于大理西洱河畔

一
我所思兮

明亮的阅读

　　突然发现，当有一天我把阅读当作生活中、工作中必不可少的、需要正襟危坐地写在计划里的一项之时，我的阅读反而越来越少了；当我把阅读和别的东西区别开来，赋予其更神圣的意义时，我反而像过年过节举行仪式般地去读书；当我不断对别人说要多读书的时候，我自己反而慢慢与书籍疏离，然后因为不读书或者少读书，生命里竟然会萌发出一种罪恶的感觉；而越是这样，离开书就越来越远。

　　在一个秋日，我没有阅读，只是慢慢开始整理我所有关于阅读的文字及记忆；这个时候，阳光明媚，鸟儿的叫声也很明亮。虽然这么明媚的阳光隔三岔五在生命里都能邂逅，但每一次出现，都会让我如久别重逢般惊喜甚至感动。我在阳光里面慢慢翻检，所有的过往和文字都被阳光照亮，还有，我一直以来的思考……

　　小的时候，父母亲在一个煤矿医院里工作，医院里面有一个小小的图书馆，但并不是说，这个图书馆就是我童年的全部。在图书馆之外，是一个很有意思的大院子，这个院子里面，有很多很多孩子。我们一有机会就在一起玩耍，我们穿梭在住宿区、门诊部、住院部，每个空间都是一个开放的密室，我们在里面想象及探秘。在医院之外，穿过一片田野，可以到达学校。我们早上匆忙去上学，放学时却可以在田野里面逗留很久很久。那时，就连一朵阿拉伯婆婆纳蓝紫色的细小的花，我都可以看很久很久；而告别田野，我们就会去医院的后山爬山嬉戏。那个小小的后山，永远会给我们无尽的惊喜和想象，甚至成为我们的秘密基地。去图书馆借书这件事情，也就穿插在所有的这些玩耍之间。那个时候，抱着一堆书看和在一座山上疯玩，对我们来说都是一样的事情，并不是说都意义重大，而是都让我们觉得很快乐。为着所有这些应接不暇的快乐，我经常完不成学校的作业，而我的父母也只是笑笑，没有责骂和焦虑。

就这样进入书的世界，对我来说哪一种书也是无差别的，甚至有点碰运气的感觉。比如二年级的时候我看了竖排繁体的《封神演义》，三年级的时候我因为书名好玩，看了《月亮与六便士》，四年级的时候我看了《实用内科诊断学》和《实用护理常规》，五年级的时候我在看托尔斯泰的《复活》。完全不是因为我喜欢什么或者我知道应该看什么。对一个孩子而言，每一本书中的世界都是同样陌生而新鲜的，翻开第一页，就会把自己带入一个全新的、需要全神贯注去投入的世界。而那个时候，父亲想办法买了半棵大树，做了一批家具，其中就有一个"奢侈"的沙发。躺在沙发上，旁边放着一堆书，手里拿着一本书，对我来说是最快乐的。其实也是因为我们当时可以拥有的娱乐就是这些。我记得当时许多年轻的护士医生手里，也经常拿着一本十九世纪的文学经典，诸如《巴黎圣母院》《红与黑》之类的。那个时候，看了很多书，是件很自然而然的事情，是件不需要重点突出或者强调的事情。

就这么自然而然地，每天上学、漫游、发呆和阅读，我度过了懵懵懂懂的初中和高中岁月。仿佛也没有在初中和高中里面找到自己的目标。我的阅读，也没有成为什么雪中送炭、锦上添花、对我人生产生重大作用的事情，只是我每天很想做的一件事情罢了。我的成绩也很一般，但我的周围，并没有那种全体恐慌和焦虑的情绪。我想，如果我处在当下，父母亲一定已经有点绝望了：这孩子，一天到晚看课外书和闲逛，成绩这个样子，以后该怎么办？

现在盘点一下，我的两个阅读高峰，一个正是在小学到高中这个阶段，这时的读书状态也是最放松的，而阅读的文本，基本已经忘却了，貌似很无用，其实却渗透到我的生命之中。正是因为这些阅读，让语文永远是我的强项，加上无心插柳的另一门强项英语，帮助我能在未来找到方向。

大学读的是汉语言文学与教育专业，这绝不意味着我当时明白自己要做什么了，而是因为成绩不理想、原有的外语志愿没有录取成功才去读的，没想到人算不如天算，我其实是找到了自己最适合的路。我读了中文系之后渐渐明白，自己最适合的专业就是中文系，最适合的职业就是当一名老师。

找到自己最爱的事情，那是一种什么感觉？所以我就迎来了另外一个阅读高峰，在华东师范大学，我好好地读了六年的书，当然，那也不是全部，其实，我还好好打了六年的球。现在想来，青春岁月就该酣畅淋漓吧，不管是读书还是运动、还是与朋友的交往。每天在图书馆痛快读书，读完书去球馆痛快打球，那种感觉实在是太过瘾了！等到当了老师，我又喜欢酣畅淋漓地去上课，上课也很过瘾啊！然后我又成为了读书俱乐部的指导老师，这个指导老师一当就是二十年，和学生们交流也很过瘾啊！我现在回想起来，也不会将所有的这些功利地划分高下，因为它们都是我生命的一部分。

写了那么多，也不是要炫耀自我，我最终因为什么什么成就了自己什么什么。我想说的是，经过那么多年的阅读和其他我认为重要的事情，我终于成为了一个最普普通通的人，一个最普普通通的老师，但我却心满意足，觉得自己并没有虚度人生。

另一方面，反思一下，当我从一个散漫的孩子渐渐步入人生的正轨之后，我反而越来越焦虑，好像人生非得做些什么不可。我当了老师之后，就开始担负起教育孩子的职责；我从80后教到90后，再到00后。我发现学生们和书本越来越疏离了，因此我会不断向孩子们强调书本的重要性、强调阅读经典的重要性，我会试图开些书目给孩子们。有的孩子会好好阅读，大部分孩子不会。因为这个时代已经成为一个读图时代、读视频时代或者说是多元化时代。而且这个时代给孩子们的空间越来越逼仄，压力也越来越大。

后来我发现其实整个社会都已经非常焦虑了，都在强调人生非如此不可，此时我反而改变了想法：人生也并不是要非做什么不可的。如果愿意很平凡或者很普通，其实我们更有时间去好好生活，好好做自己想做的事情，如果我们好好做了自己想做的事情，尽管我们很平凡或者很普通，但我们都会心满意足，觉得不虚此行。

所以，在一个明亮的秋日里面，我的心里面突然跳出了"明亮的阅读"五个字。

很多东西，尤其是自己热爱的，可以是文字、可以是色彩、可以是音乐、可以是美食，其实是如阳光般自由自在、无处不在的，是融入自己生命之中，甚至照亮自己生命的，这种东西对每个人可以不一样。而今天可以是晴天，是阴天，也可以是雨天，阳光的分布也可以不均衡；我们不能因为功利的原因，强调人生要阅读或者强调一定要阅读某一类书，在生命里面，砍柴担水和阅读是一样的，都是人生的组成部分，不需要有分别心。而阅读之后，可以把它们遗忘、可以一知半解，也可以有感而发、深入探究；可以和知己秉烛夜谈，可以夜深独自为文字而哭、为文字而笑，也可以随意记录自己的灵光乍现或者耗费年月著书立作。在这个多元化的时代，可以听着读、读着读、看着读；可以在工作之余读、可以在行走之后读，甚至可以在如厕的时候傻笑着读，当然，不想读，也可以不读……

希望，我们每个人，都会有好多个属于自己的阳光明媚、心满意足的日子……

小小的房间

　　疫情期间，我在一个大大的房间里面，除了购物，仿佛无所事事。即便这样，也每天"忙"到晚上十一二点，其实是忙并空虚着的。

　　又是一个雷同的日子，一天又被我打发过去。我随意刷到一个小视频，是罗翔的，他说这个世界上最远的距离，是知道和做到。突然觉得很有道理。年轻的时候，知道的很少，然而但凡有一点会意，甚至还不明就里，就会去勇敢地做；而老了，知道自己应该做什么了，而且有条件去做很多事情了，却渐渐做不到了。

　　想着想着，我在大大的房间里面，忆起了一个小小的房间……

　　那个房间属于初二到高三的我，是在一个古老的明清建筑里面。那个时候，我们镇上（塘栖镇）的老房子大多还没有拆，整个小镇，不是里，就是弄。我的家就在市新街四号里，走到第二进右转上楼再右转，就能到我的小房间。我的小房间里面是父母的卧室。其实就是一面木墙隔开的两个房间，我就觉得我生活在一个独立的空间里。

我的房间很自然，没有电风扇，大抵是外面多热里面多热、外面多冷里面多冷。夏天的时候我扇几下蒲扇，就躺着不动了，夜色越来越深沉，想象它化作凉意、流淌在我的身边，我的心就会越来越安静，慢慢就不热了，这是我的避暑大法。冬天晚上的情节会丰富一些。我会用一个汤婆子灌上热水取暖，开始汤婆子很烫很烫，但我还是经常用冰凉的脚趾头去触碰它，一下一下，像是邂逅灼热的电流一般。终于到了水温最美好的时候，可以焐脚、焐手、抱在怀里，各种随心所欲，而被子似乎也慢慢从铁疙瘩重新变成松软的棉花，簇拥着我，那种幸福感是无与伦比的，然后我就会沉入黑甜乡之中。睡到某个当儿，突然一惊，因为不小心碰到已经冰冰凉的汤婆子，连忙条件反射地缩手或者缩脚，有时候甚至会忘恩负义地把汤婆子一脚蹬到床下去。

我的房间很小，有一个很小的朝东面的窗，可以看见隔壁区委的院子，但是要站起身来往下看才能看见。大部分时候，我只能看见对面的高高的马头墙和人家屋顶随意生长的草。当然，每一堵斑驳的墙都能让我看很久，那些剥落的图案，仿佛每一处都可以让我想象很久。可惜当年编的各种故事没有随手记录下来。

我的房间很拥挤，房间里面堆放着外婆的樟木箱子，我不知道她为什么需要那么多的箱子。在箱子中间，我有幸拥有了一个很小的书架和一个很小的书桌。除此之外就是我的床了。我只能要么坐在桌子前，要么躺在床上。床是靠墙的，我很喜欢床上有一面空空的墙，感觉是个很大的、唯一能利用的空间了。我对这面墙有过各种设想，直到有一天我去了新华书店，看见一幅印刷的书法作品"积学储宝"，当时也没太看明白意思，但是直觉告诉我，这四个字比"淡泊明志""宁静致远"之类的要好一些。我把它买回来贴上去，那面墙也就尘埃落定、别无他想了。很久以后我才知道，这四个字出自《文心雕龙》。

如果我躺在床上看风景，一道风景是"积学储宝"这四个字，另一道风景则是屋顶小小的一方明瓦，它总是透出些朦胧的天光。阴天、晴天、半阴不晴天、下雨天，明瓦透出的光线和朦胧度都不同，可以让我看上很久很久。看到后面，再配上周边那暗沉的几百年的木梁，我全然都不知道自己处于何年何月何朝何代了，仿佛自己可以随意穿越任何时代。

我的小房间里面满满当当。一个小书架和一个小书桌就足够我折腾了。小书架上放着一个小松鼠的瓷雕、转学前同学送给我的小花篮，还有一些小饰物，我喜欢不停地给它们换位置。书架里面是借来的书和学校的书，以及不知从哪里搜罗来装腔作势的书。书桌抽屉里面是我的各种宝贝：有几个从小到大收藏的铅笔盒，我现在还记得那些色彩和图案，有时候上课时会看着铅笔盒的图案发上好长时间的呆；有87版电视剧《红楼梦》的人物卡片，我那个时候痴迷地收集这些卡片，为什么会有那么好看的人物啊？我甚至很遗憾，我那么热爱《红楼梦》，怎么不能去演个小丫鬟之类的角色，她们是怎么得到这么好的机会的？抽屉里面还有自己有一搭没一搭写日记的本子。我从小到大最遗憾的就是我竟然没有一个本子从头到尾写满过，而且总是开头字迹端正，到后来越来越潦草，最终不了了之。当然即便是开头的字，也写得很一般。我那个时候总是很羡慕，为什么我的同学里面有会书法能国画的，他们是怎么学的，我怎么什么都不会呀？书桌里面还有一些我自以为闪闪发光的小饰物，有在小商品市场买的小发饰、有从外婆那边偷拿出来的老琉璃，其中我最喜欢的是一个红色、蓝色小珠子串起来的小发夹，那可是我去大上海，在淮海路的戏曲用品商店里面买的。当然，抽屉里面还有一些同学写给我的励志小卡片，还有我上海的舅舅过年带来的圣诞卡，一打开就会有音乐播放。我每次打开抽屉就会很心满意足，因为我有一抽屉的宝贝！

我在我的小房间里面很忙很忙。上学之余，我一直喜欢阅读，凡是带字的我都热爱，不拘哪一种书都要找来看。初中高中看了大量现当代小说，似乎每一期的《当代》《钟山》《花城》《中短篇小说选刊》我都借来看，诗歌方面会看《星星诗刊》，然后自己尝试着写诗。当然依旧是找了一个厚厚的小本子雄心壮志地开始，写了一通之后，依旧是有始无终。我看得多了，就会杂七杂八地想，就会很惆怅，我那时候学习并不用功，也不知道自己未来到底要做什么，未来到底会遇见些什么样的朋友。而后者似乎是我更在意的。有的时候放下书卷，会想象自己如果死了，会有谁为我伤心哭泣？这个世界上最在乎我的人会是谁？但是如果她们为我伤心，而我竟然听不到，岂不是白死了？就那样看看想想、想想看看，仿佛有说不清楚道不明白的目标，仿佛又没有目标，我每天在我的小房间里面或伏案或躺着看各种杂书，看一会儿书，看一会儿明瓦的光线变化……

后来我在看书之外又加上了一件事情——锻炼。起因很简单，我有一个舅公，我一向把他当作武林高手般仰慕，因为我知道他在西湖边上教人练剑。我很想暑假去杭州拜他为师学剑，没想到他竟然答应了。他来我家时带给我一本小小的书《剑术》，让我先自己看书练练基本功。我如获至宝，反复阅读。然后给自己拟定了一个锻炼计划，压腿、踢腿、弹腿、练腰、马步、倒立……我找了个装着沙子的麻袋，挂在楼下，天天打几下。我还找了一把木头剑，跟着《剑术》的图示自己琢磨。我的文字理解能力很好，读图能力却很弱。几个图下来，我就会晕，连转身方向也看不清楚。不明白为什么上一张图片的动作是这样的，到下一张竟会变成那样？！饶是如此，我还是练成了一小段"独门"剑法——凭我的能力，只能琢磨到前面几页了。我每天装模作样地练，也能听见挥剑声嗖嗖地在我身边环绕。等读到了"拔剑四顾心茫然"这句诗时，我竟生出强烈的共鸣来，仿佛李白写的不是他而是我，有一种又茫然又得意的感觉。我得意的另外一件事情是在床上倒立，经过自己的想象加实践，我可以很轻巧地双手一撑床，腰腹一用力就完成倒立，然后大头冲下，脚搁在"积学储宝"四个字上，一会儿工夫，我就热血沸腾了，不过那热血是倒着流的。其实后来我根本没有机会去杭州学剑，但是锻炼身体的习惯却一直保持着，直到现在。

还有一件事让我记忆犹新，某日我在小小的房间里面读李白的诗，突然意气风发，我打开门冲下楼去，用粉笔在老屋的木头墙壁上挥笔狂草："弃我去者，昨日之日不可留；乱我心者，今日之日多烦忧！"那些粉笔字一直留在木墙上面，仿佛是刻在上面了，每个经过的人都会像看书法作品那样看上几眼。最终，它们随着老屋的被拆颓然消逝。

现在回想起那个小小的房间，条件如此简陋，却让当时的我心满意足；回想起那个小小的身影，煞有介事地在那个小小的房间里面，没有目标却认真地忙碌着，我的心里竟生出好多好多的感动以及好多好多的惆怅。

过去好像是既虚幻又真实的，老房子最终被拆了，明瓦、樟木箱子、书桌、书架、一抽屉宝贝、"积学储宝"，那些粉笔字，包括过去的那个我，早已消逝了，仿佛一切均为虚幻；唯一保留的是十四岁时的小本子——那个写诗的小本子，时不时提醒着我，过去的岁月是真实的。而今天，过往那些真实的细节因着某种契机、某种触动又纷至沓来，反而让现在的生活场景变得虚幻起来；当然，也让我变得重新如少年般有勇气，一触即发。

于是在这个深夜，知道自己该写些什么了，就去做到……

漫游与发呆

每个人都会有这样一些阶段，仿佛被生活裹挟着在过日子，在无数互相缠绕着的信息中安顿时间。有一段时间我就是这样，完全没有办法安静下来阅读或者写作，但又很不满意于自己的这种不安顿。

某一天晚上我在外面行走，有风吹过，是很凉的风，一下子吹走了夏天的闷热与烦躁，带来一种陌生而熟悉的气息。与此同时，漫天响起风吹树叶萧萧簌簌的声音。好久了，没有听到这种声音了，我想，我的神情并未变化，但我的心里却潸然泪下。

我突然看见一个漫游着和发呆着的小女孩。

她没有读幼儿园，每天穿梭在古镇残缺的花园、古老的建筑和神秘的弄堂中；在别的小朋友放学后，她和她们一起做游戏，羡慕地看着她们把毽子踢得光点四射。她随便翻着一堆借来的小人书，每一页都可以看很久很久，虽然她一个字也不认识。

后来，这种漫游延续到了小学时分。小学她来到了一个山区。每天她在高高低低的路上走着，并非是因为路高高低低，而是她总喜欢跳上跳下，她满心欢喜，别无他求。有一次她照旧跳上路沿，像走平衡木般走着，她对自己说："记住这一刻吧，一定要记住这一刻呀！"后来她自己也笑了，为什么要记住这一刻，这不是很普通而且什么都没有发生的时刻吗？

去小学的路上要穿过田野，她总是跟着哥哥和一群男孩子。哥哥每天都把孩子们带的有限的零食进行分配，然后开始讲一个他自己原创的长篇演义。大家都听得出神，经常会提醒他上一回说到哪里了。哥哥和她一样，在父母亲单位的小小图书馆里面借很多很多的书，然后看完就有很多很多的灵感。其实很多时候，她并不在听哥哥讲的故事，而是在看太阳。初升的太阳还算温柔，但看久了，她的眼睛便会酸酸的，她就开始眨眼睛，眼前就会有圆的、方的、色彩绚烂的光影，和田野里的味道一般，久久不散。

而从学校回来，她会和不同的朋友一起，一路看花看草玩回来。很多年后她才知道那些田野里的星星点点的小蓝花，学名叫作阿拉伯婆婆纳草。她会去挤各种植物的汁液，会把蓖麻的茎采下来，藕断丝连地做成耳环。

她每天似乎都是在漫游和发呆中度过。

有一次学校组织大家去春游。学校的春游回忆起来总如梦境。她不知道大家翻过了多少山，走过多少田野和小溪，远得仿佛永远找不回去了。她来到了一条小路，路边开满了白色的野花，漫天是簌簌的风声，路上满是落叶，应该是很有意境吧，虽然那个时候她不知道什么叫作意境，只是一种单纯的感动。她知道自己已经到了不知名的山的深处。她对自己说："请记住这个地方，以后我还能回到这个地方吗？"

这样的地方，和她的岁月一起再也不复返了，好像是真实的，又好像是虚幻的。

就这样漫游与发呆，空下来的时候不停看着闲书，她渐渐长大。其实确乎没有勤奋学习，那过往的无数课本与试卷，也并未给她留下什么印象。倒是那些漫游与发呆的感觉，渗透到了她的文字中。

她为了寻找小时候江南的那些残缺的花园，进入了明清的江南生活之中。

她写了一部长篇小说《筑塘而栖》，纪念自己小时候的岁月和明清时期的江南古镇，她在结尾写道：

> 　　二十年后，栖里的小河早已填没、旧宅基本拆尽，只余碧天长桥，孤独地看着流水。我旧日的一切东西，无论是玉佩、银锁还是桃色的小袄，早已无处可觅。我问了许多当初与我一起在栖里的伙伴、邻居，他们都说不知道我曾经的漫游；白天，我看着恍如隔世的家乡，夜里，我还是不断做着穿行古镇的梦，而梦里的门，永远无法打开。我一直在疑惑，小时候的那些记忆，到底是真实的，还是虚幻的？正如宿命一般，我终于考上了

古典文学的研究生，我离开的那一天，栖里最后一个宅院，在工人的努力拆除下，颓然倒塌……

而我，不断漫游，终于有一天，我来到国家图书馆，找到一部泛黄的文集，很多年了，我是第一个打开它的人。我摩挲着文集，看到文集上赫然写着《卓珂月先生全集》七个字，这个时候，一个熟悉而温暖的声音响起："你回来了……"，我惊喜、转身四处寻找，周围并无一人。而窗外一片明亮，正当春日，无尽桃花盛开，无尽花瓣起于天上、地下，纷纷扬扬地飞满世界……

而她的在山里的童年，也成为她最刻骨铭心的部分。
她在她的文章里写道：

夏天的时候，她经常清晨一路小跑从家出发，跑上一排石头垒成的高高低低的台阶，再跑过一片南瓜地，在这里她会略微停留，因为顶着露水的南瓜花也挺鲜艳挺得意的，而且它们还会散发出一种药的清香来。再往上就到山脚了，山脚下有好多牵牛花呀，颜色是如太阳刚刚消失时天空的颜色，紫色并且氤氲的。花瓣是那么如梦如幻，露水倒显得非常明亮真实了。而山脚下，盛开着许多许多这么清新的小小的梦。每个梦又都不是独

　　　　　　　　　　　明亮的阅读

立的，梦与梦之间有着青绿色的藤相连着。

秋天到了，好像是一夜之间，满山遍野铺满小小的野菊花，风把明亮的金色与清香飞溅开来，在空气里、在石缝里、在泥土里、在枝叶里……她看着这一切，怔怔地说不出话来。她满脑子都是"不知怎么办"这样拙劣的评价，后来她终于在古人的文字中读到"难以为怀"四个字，觉得非常贴切。

就这么在簌簌的风中、在凉透天地的寒意中回想过往的自己，我感到既欣喜若狂又羞愧难当。自己到底在做些什么呀?!似乎在自以为是地过日子，其实早就忘却最纯美的东西，再也没有单纯的意境了；尤其愧对的是自己的女儿，似乎每天都在要求她做这做那，却没有给她充分的漫游与发呆的时光。难道她不应该像我小时候那样，拥有大把大把这么美好，又对人生影响深远的时光吗？

我想，我应该陪着自己、陪着她一起漫游与发呆……

寻梦

最喜欢汤显祖的《牡丹亭》。杜丽娘在游园之后，做了一个美好的梦。她梦见有书生对她说："则为你如花美眷，似水流年。"以前，我一直被这个细节感动，觉得这是至美的片刻。而如今才明白，最打动人心的却是后面的寻梦。其实，美好的梦，世人皆可做得；而明知是梦，还要寻将转来，却不是一般人的逻辑，竟是痴人了。所以冯小青读完《牡丹亭》，会写下如此诗句："人间自有痴于我，岂独伤心是小青。"

我并不敢自诩为痴人，却羡慕一切痴人，甚至有点东施效颦的意思。想起张岱说的"人无癖不可与交，以其无深情也；人无痴不可与交，以其无真气也"，这样的话语，真合我心。如果竟如张岱一般，大雪三日，独往湖心亭赏雪，岂不是好？并得遇同样赏雪之人，岂不是好？

在杭大读书的时候小痴了一下，也曾冒大雪去西湖赏景。当时装备远比不过张岱，穿一双薄薄的套鞋就去了。站在西湖边上，放眼过去，一时呆立。几痕远山、几抹微桥、几束垂柳，都如雪般将要融化到空中去了，一湖水却是深灰色的，在风中翻腾得气势汹涌，把山水画中的黑白对比全然反了个个儿。站了一会儿，并未见一两粒人经行。呆立渐成僵立，终于做不到天人合一，于是冻馁而归。自此明白痴人不是那么好当的，痴人也不是那么容易遇见的。

如果只是赏景，只是生活的点缀，倒也罢了。偏生真正的痴迷，占据的是生活的大部分。而自己生活中最热爱的，无过于戏曲了。

华师大入学的时候就有点大痴的感觉，那也是一个如梦般的开头。面试的时候中文系的胡晓明老师散散地问："你有什么爱好啊？"自己就紧张地回答："我喜欢戏曲。会唱一些越剧。"不想晓明师就很顺理成章地说："那你就唱一段吧！"自己连想也没有想，就唱了一段越剧版的《牡丹亭》："袅晴丝，吹来闲庭院。东风紧，摇漾春如线。整花钿，羞觉菱花窥半面，惹得我，宜春髻子彩云斜。"唱完惴惴不安，只听得晓明师对陈文华老师说："祝贺你，收了一位好学生！"当时大惊喜，大意外，为着那种性情中的问答。一直至今，都会反复回味这一细节。

读罢古典文学的研究生，就准备考戏曲学的博士，不管这个专业是否冷僻，对我来说，只当寻梦——寻一个从五岁到二十五岁的梦。依旧是痴人痴想，想我是古典文学出身，想我对地方戏较为了解，想我把该看的书都看了，该考的试都通过了，导师应该会收我吧。没有想过结果却是："明放着白日青天，猛教人抓不到魂梦前。"白日青天里面要做的事情并不是做一个美满的梦，而是要去打点人世间的一切。于是就不敌现实中人，败下阵来，寻梦无由，去读文艺民俗学的博士。现在想来，自己实属侥幸了。如果是时下光景，恐怕哪一门派都不会收我了。

说来读博最难的是博士论文，博士论文最难的是选题。对我来说，竟然是无心插柳一般。读博的时候迷上了严凤英，听她那淳朴如山花清泉般的感觉；听她路遇董永唱"大哥休要泪淋淋"，总共只需十二句就大胆表白"只要大哥不嫌弃，我愿与你配成双"；听她对董永说："上无片瓦不怪你，下无寸土我自己愿意的！"怎么会那么简单质朴，怎么会那么美好？

于是我就随手去翻董永故事的研究状况，于是惊讶地发现除了一两篇单篇论文之外，并无有体系的研究；于是我就决定了自己的论文题目。整个博士论文的撰写阶段，我都是在严凤英唱腔的陪伴中度过的。

我把这种喜爱表白在文字中，多年之后，我又把它们翻检出来：

> 我试图暂时沉浸在这种简单淳朴的氛围中，抛弃一切烦琐的人生教义、宗教教义，抛弃一切所谓的理想，让繁华落尽见真淳，让生命真正地充满她本身应有的喜悦……
>
> "我只道愿做春蚕把丝吐尽，一生终老在人间。却

谁知花正红时寒风起，再要回头难上难。"

　　然而，当《牛郎织女》中预示着严凤英生命的唱段响起的时候，我再一次明白了尘世与"天界"的距离。希望在尘世中达到圆满，希望在生命中维持欢喜，这种理想终将失落或是为现实所不容。

　　看着自己的文字，原来当时自己已经明白理想与现实的距离了。确实，我的那些梦，总是寻它们不回。想从事戏曲研究，没有可能；由于自己是对外汉语系毕业的，想在中文系教文学，亦无可能。只好曲线救国，去教新闻系，起码我可以教我的文学类课程，虽然最终教的是基础写作和外国文学，和我的专业还是没有关联。

　　于是就在体院教文学，我会尽力上课，但心中会有些许寻梦不着的惆怅。这个时候我甚至开始调侃自己的梦。听说每个老师都一定要开任意选修课，选一门怎样的课，自己比较拿手，体院的学生却不会选？只要不到 20 人选，我就可以不开这门课，因为当时的课时量已经很繁重了。于是不用思索就报出了"中国戏曲史"的名目，现在想来，这样的初衷，真令自己惭愧啊。

　　没有想到第一次开课，就报满了 60 个名额，那么就认真备课、认真上课罢！其实开课至今，一些学生是抱着混课的目的来的——体院的任选课大抵如此；还有一些学生是因为上过我别的课来选的；直接冲戏曲而来的真是少之又少。那又如何，上罢！

记得第一个学期上课的时候，一时兴起，说："如果有可能的话，这个学期要带你们去看一次戏曲演出！"后来当然没有兑现，自己也并不在意。没想到最后的一份作业深深触动了我："老师，你说要带我们去看戏的，我等了一个学期，也没有等到。"我心中，突然生出无限的愧疚。我要检点自己，虽然自己照旧认真上课，但没有真正投入，对不起自己深爱的戏曲，也对不起学生。

于是出发，去找上海昆剧团。在安静的绍兴路，我看到了昆剧团安静的牌子。是一幢老旧的大楼，走上去木楼梯还咯吱咯吱的。经过他们的排练厅的时候，往里看了一眼。有演员在里面排练，怎么当时就觉得是昏黄的色调，隔着一层的感觉，然而却很神圣。我不敢多看，看了之后又怕自己会干些坐忘丧我之类的事情，还是跳脱出来，快步上楼，去到演出科，总算是和上海昆剧团接上了头。

于是每个学期都带学生去看一次昆曲，最开始比较夸张，怕学生找不到地方，竟是包了校车去的。后来明白，学生毕竟是大人或者大孩子了，给个地点他们就能去的。不过还是不放心，每次看戏之前，都要把手机号码公布出来，让学生迷路了一定要联系自己。我会提早很长时间站在剧院门口，看学生一个一个进来。就是这样，学生一个一个进来，体院看过昆曲的学生也就一个一个增多，我想，这就足够了吧。

就这样一次次带学生看昆曲，看着看着，每次听见学生说"老师，昆曲真美啊"，自己就渐渐有了一种成就感，是啊，何必

明亮的阅读

定要读了戏曲的博士，做了戏曲研究的论文，才算圆自己心中的梦？能让更多的学生走进剧院，去感受戏曲，是否功德更大呢？大乘佛教的境界可是自度度人啊。

就这样看着看着，突然发现，自己得到的越来越多，沉甸甸的。所谓痴人，并非世上没有，只是程度不同罢了，只是没有去开发自己痴迷的"潜力"罢了。学生是那么质朴率性，他们如果得着某种引导，会同样以痴情待之。

记得一次在美琪大剧院看昆剧。从学校到美琪不是很方便，要先到人民广场，再换车。那天下了倾盆大雨，我很早就赶到剧院边上，吃晚饭等学生。后来就收到一个学生的短消息："老师，雨太大了，我可以不去吗？"我回消息："你自己决定吧！"心里就开始不安，这样的天气，学生还会来吗？如果他们来，路上会出什么事情吗？纵使路上没事，会不会冻感冒啊？后来我站在美琪的门口，看到学生一个一个地来了，很多学生衣服、裤子都湿了，很狼狈的样子。我只是不断说："快进去吧，快进去吧！"想里面有温暖的座位、温暖的灯光，可以安顿我的学生。那天我自己的裤子也一直是湿的，紧紧地粘在身上，那我的学生们，三个小时的演出，也是在这样的状态中，甚至比我更糟。我忐忑不安地看演出，中间的时候，先前那个学生终于发消息来了："老师，我们被雨全淋湿了，本想回学校换衣服的，但后来还是直接来了！"我的心中非常感动。学生可能是为了昆曲，可能是因为我，可能是因为他们承诺了，所以这么风雨如期地来了，但不管什么原因，他们亦算得痴人了，其实在体院任教这么久，真正打动我的，也只是学生啊！

也有非常完美的夜晚。三年前的平安夜，我带 2008 级的孩子们看昆曲。当时他们还是大一的新生，看的第一场戏就是重量级的《邯郸梦》，地点在人民广场的逸夫舞台。那天晚上上海的夜景很美，似真似幻，到处是闪闪烁烁的彩灯，到处是铃铛儿叮叮当当的圣诞音乐。我站在逸夫舞台门口等他们，他们一个个来了，很新鲜很兴奋的模样。好几个学生手拿玫瑰花，过来送给我；还有一个学生，送给我一个包装得很漂亮的苹果。这是我第一次带学生看戏收到礼物。当时真的有一种初恋的感觉——是啊，毋庸讳言，我就是爱上了我的学生们。就这样，我拿着花和苹果，站在门口，和每一个进来的学生打招呼……

而后来，这些学生经常和我说的一句话也是："老师，初恋很重要！"——当然，他们不是爱上了我，而是爱上了昆曲艺术。于是这批 2008 级兼出生于 20 世纪 80 年代末的孩子，后来自发地去看昆曲、听讲座。而他们的关注点也发生了转移，渐渐由最初对服装、化妆的兴趣，转向了对表演和剧本。很多人选了我的中国戏曲史课程，一些学生自觉地去看《牡丹亭》《长生殿》等名著。

而体院，看过戏的孩子也越来越多了，记得一次公益演出，体院一共去了 500 多人，我站在门口，见到一张张熟悉或者似曾相识的面孔，听着一声声"老师"的招呼，心里面是满满当当的幸福。

一直不知道,更大的惊喜在遥遥地等着我。

有一天,2008级的裴姝姝来找我,说想邀请昆剧团的俞鳗文导演来做讲座,我认可了她的这种想法,说:"可以的,但这个学期快要结束了,我们下个学期再来策划这件事情吧。"我想,这只是学生的一个设想吧,毕竟,学生以一己之力去发出邀请,不带任何功利色彩,当然也不可能有任何物质反馈,在这个时代,可行吗?

学期一开始,姝姝就来找我,她告诉我已经和俞鳗文联系过了,果然这么私下的邀请很有难度,要走昆剧团演出科的渠道会更好,最好能列入国家"高雅艺术进校园"的工程,这样就能解决经费问题。我就打电话联系演出科的余昕慧女士,我们一直合作安排学生看戏的。余昕慧女士做事是非常爽利的,她很快就答应了,只是说要把时间确定好。

国庆节期间我出差了,而且去了越南,10月10日才回到上海。后来发现我的手机上有无数个电话,昆剧团的、学生的。我没有想到的是,约定讲座的日期是10月20日,好紧张啊;更没有想到,和俞鳗文一起来做讲座的是张静娴老师!学生比我更紧张了,没有邀请成功之前她们盼望着,一旦成功了,她们竟傻了:"天哪,怎么办啊?"是啊,这么重量级的表演艺术家要来,而且准备时间那么紧张。

于是以我的两个学生——裴姝姝和刘珍绮为主力,各个系、各个社团的学生都被她们邀请来帮忙。一切都由学生自己做——自己联系场地、自己设计海报、门票、自己制作PPT；到处搜罗张静娴和俞鳗文的资料，做成视频作为礼物；到别的学校联系曲社，动员他们来听这个讲座；在全校做宣传，发门票，并且实行实名制，拿到票的学生是一定要来听的。门票设计得非常精美，每个拿着的人都可以用来做书签。门票是黑色偏棕色调的，上面是一本暗黄的古书，片片花瓣飘落书上，衬得那题目非常唯美："醉是惜取眼前人——昆曲闺门旦的美丽与哀愁"。门票的反面是暖黄色的基调，印着朦朦胧胧的《长生殿》中杨玉环的形象。

一切细节，学生都考虑到了。讲座那天的小茶几上的鲜花、献的鲜花，张静娴老师要喝的温水；照相机、一台固定的摄像机，一台跟拍的小摄像机。可能是把自己学的所有专业知识都用上了——策划、公关、摄影、摄像……

我想，从来没有一次"高雅艺术进校园"是这么民间的，所有的一切都由学生来完成的吧？而且是那么的单纯——只是因为热爱！

妹妹让我看她制作的视频，很美，我改动了其中的一些文字，其中的一页画面配的是两句话：纵使流年似水，难忘如花美眷。我感觉，我这么想，学生也是这么想的罢，妹妹说："我能够完成这么一件看似不可能的事情，以后回忆起我的大学生活，就是最美好的了。"

讲座那天，学生是那么执着、那么追求完美。就因为桌上的鲜花还没有来，她们再三要求张老师和俞鳗文推迟一些上场，我都有点着急了，怎么能为一盆花推迟时间，但我心里是理解学生的，她们想要寻觅的，就是一个真正的美得淋漓尽致的梦。

讲座非常完美，所有人都感受到了那种热爱，张静娴老师对于昆曲的热爱、学生对于昆曲的热爱。

在主持的时候，我对张静娴老师说："张老师，久违了，其实我在华师大读硕士的时候，就听过您和岳美缇老师的讲座。"说这句话的时候很平静，其实似水流年，已经十四年过去了，当年是二十多岁，而今已近不惑了。而我的内心，没有改变。真的是纵使流年似水，难忘如花美眷！

在主持的时候，我对张老师说："汤显祖说：情不知所起，一往而深。您用至情演绎昆曲，学生为您的至情而感染，而现在，学生回报以她们的至情！"

讲座的一切都是那么打动人心，在一个小小玻璃鱼缸里面放着几十个小纸条，都是看过昆曲的学生写的感想，张老师和鳗文读了五六张，我在旁边听着，心里不由想，原来学生比我还煽情啊！

张静娴老师为学生认真解读每一个动作、每一个眼神，每一个唱腔。她很多时候不用话筒，然而声音却极具穿透力，一种清亮的、有力度的、缠绵似水的声音，萦绕在整个三百六十人规模的会场，学生似乎都是凝神屏气在聆听的，甚至可以听到余音渐渐散入空气，如水波荡出无限涟漪一般。我想：没有办法，这就是真正的艺术；没有办法，只能痴迷！

在张老师演唱的时候，鳗文很风趣地说："呀，难道PPT是声控的吗？"只要说到哪段，屏幕上就出现了唱词，并配上了张静娴老师的剧照，张静娴老师呢，则很可爱地在每唱之前，就转过身看一下自己的剧照，然后说："让我先欣赏一下自己！"其实是有学生——刘珍绮"埋伏"在较后面的位置，操作着PPT，那么合拍、那么天衣无缝。而PPT也是由她制作的。

最后，学生送上了礼物——视频，所有人都静静地看着，上面是学生尽可能收集到的张静娴老师的各种剧照，配上该剧最能传情达意的文字，比如《班昭》是"真文章在孤灯下"，《长生殿》是"此恨绵绵无绝期"；其中还有着学生自己的抒情："戏里戏外你执着，台上台下我追随！"在大家都被感动而无比安静的时候，学生有自己的调侃方式，最后出现的字幕竟然是"小破孩俱乐部出品，上海体育学院"的字样，于是所有人都笑了……

讲座结束了，所有的学生都立着不走，好几分钟了，就这么立着……我也想这么立着，让这么美好的片刻继续，感动之后，我的心中，是一种无比的安静。

我想，痴人还是有的，自己可以继续痴迷了；而美丽的梦，也是应该有的，更是寻得到的罢！

写于2012年

听说书

昨天颇为闲适，心里盘算好了，首先到七宝老街吃点乱七八糟，然后 12:30 准时去书场听听说三道四。订计划的时候我非常熟练，似乎这些是我生命中经常发生的内容；事实则正好相反，虽然步行十几分钟即到，但是我平时基本不去老街，更别提听说书了。

不去老街是因为它有那么点伪民俗：新盖的江南民居、全国统一的旅游产品，红红绿绿眩着人的眼。而那些陈旧而寂寞的民居，则隐于繁华的小街之后，在岁月中沉默着。

老街有一个茶馆，茶馆的里面是一个书场。我曾经张望过，发现里面是一个旧旧的院落、一个旧旧的大屋子、一些旧旧的桌子板凳，于是心里就有些向往，而真假参半的老街也因此会让我时不时想起。

有的时候人生真是有趣，步行十几分钟即可到达的地方，却如此遥远，要我遥想上几年，才真正下定决心去一趟；但不去的那些光景，其实也是颇有趣味的。因为有这样一个念头在，所以总觉得有一些美好在等着我。我会对自己说，甚至对别人说："等我有空的时候，就去听说书。"而动此念头或说话的时候，我总会微笑。

终于出发了，在冬日暖阳的渲染之中。我穿着土布的棉袄，背着一个很随意的包，里面放着一本民国时期的散文集，这是"以防万一"用的。

我融入旅游的人群中觅食，不过没有去排他们排的那种长队。吃了一片温温的素烧鹅、一个黑乎乎的海棠糕、四块没有品牌的臭豆腐，我觉得非常心满意足。一切准备就绪，我就走进了茶馆。

茶馆的外头张贴着今日的节目单，原来说的是《封神榜》，演员是常州评弹团的张倩。茶馆里面有许多八仙桌，坐满了老头。我走到曲尺柜台前，看到牌子上标的票价是"2元"，还含一壶茶，心里略有些惊讶，于是很快取出硬币，换了一张窄窄的票子，走进了那个旧旧的院落。

院落里也放着些八仙桌，坐着些老头。太阳从高高的墙头斜斜地照下来，整齐地映照在黑色的桌子和浅灰色的石地上。

书场连同外面的茶馆，是真正的旧时建筑。上了年纪的雕花的木门，排列得歪歪扭扭的黑瓦，简陋深色的桌子和条凳。

我走进书场，在暗暗的光线之中，刹那间有一种错觉。我仿佛看到了那么多穿着长袍和大襟棉袄的老头，他们都手捧着茶，我突然有些激动。我经常对学生说："如果出生于民国就好了，我就能去聆听那些国学大师的讲课了。"而现在，满屋的长者，似乎在告诉我，那不是封尘的愿望，很多人应该会是三四十年代出生的罢，他们把一种实实在在的旧日的气息汇聚在了一起，让我真实地嗅到了，不再是从书页中遐想了。

这种错觉转瞬即逝，再环视周围，我在心里笑了。他们穿的都是些大衣呀、夹克呀之类的，完全是现在的装束，只不过颜色都是深深的青、灰或者蓝色；对了，许多老人戴着很老式样的毡帽。

书场里面的桌子凳子一定是以往留下的，小小的舞台却是装修过的，柱子的红色漆得很喜庆，屋梁上还悬着射灯。

我走到一个角落，在一张八仙桌边落座，有点怕引起众人注意，但无济于事，许多老者回头张望我，他们一定认为我是一个猎奇的游客罢。

坐定之后，等待了一会儿，未见有人来招呼票价所含的一壶茶，看看周围的人们，却都很惬意地捂着个劣质的紫砂壶，看来要自己动手的。我起身走到茶馆里，才发现有一张长长的褐色木桌，上面放着一溜青竹壳的热水瓶，热水瓶下面满满的是大小不一的紫砂壶，可以随便挑选。我选了一个小巧玲珑的，合在手心中暖暖地回书场。

说书开始了，照例是一个长衫的中年人，手执一柄扇子——这样的场景我已经想象过很久了。出乎意料的是，他的声音非常沙哑，从麦克风中传来像是飘过来的一样。我都不能设想他如何拔高声调，去讲精彩的部分了；况且他用的好像是一种江苏杂上海的方言，十分费解。

我有点失望，就拿出了自己的书，随意翻看。

他在上面絮絮叨叨开场：说天冷，说空调，说感谢七宝镇政府。不知怎么他起承转合到了水神和火神，说起了天的柱子陈旧不堪，被蚩尤一撞，终于塌下一角。所以水在东面，山在西面。我有点兴趣了，中国的神话故事之所以能普及，看来说书人功不可没呀。

说着说着，他的声音也夹杂一些明亮起来，但大抵还是嘶哑的。

他开始说夸父逐日了，他说天上有十个太阳，所以是夸父第一个准备追上太阳，消灭太阳的——这倒是我未曾听说的。但是夸父未能遂愿，他渴死了，而且倒下了。倒下之后身躯变成了山脉，毛发变成了树木。于是，他又顺势做了一个小小的合理的发挥，他说："夸父的身体长出了树木，树木是为了后人遮太阳的。所以，夸父还是有功劳的。"

第二个追逐太阳的自然是后羿了。后羿拿着弓箭在太阳后面追，太阳在前面逃。一个追、一个逃，所以就有了日里夜里——哦，原来如此。后来后羿射掉了九个太阳，这个就是英雄了，中国人心目中的英雄就该是这样的，拯救苍生！

说到这个时候，他的声音突然很响亮了，他很鄙夷地说："真正的英雄，拯救苍生！大家都爱戴他们，拥护他们。最糟糕的是那些也站在众人面前，在舞台上扭来扭去，嘎嘎唱些乱七八糟的人!"

于是老头们都笑了。坐在我斜侧面的老头，似乎很关注我，他微笑着转过头来看我。后来凡是听到有点意思的地方，他都要看我一下。

后羿既然贡献这么大，西王母就打算请他吃饭。仙人请客，多难得的机会呀——我笑了，原来还有这一出。

后羿的老婆当然就是嫦娥，后羿的徒弟有两个，一个是寒浞——对，我点头，另一个是吴刚——哎呀，我大惊失色。

后羿很高兴，心里想，也要给嫦娥带点吃的，你想，仙人请客是多难得的，天上的东西多稀奇，后羿和嫦娥那么恩爱，当然要给老婆塞点东西回去。于是后羿偷偷拿了一个饼，结果被仙人看见了，仙人很为难:"天上的食品，是不能带走的。"

仙人说:"你功劳很大，这样吧，你提一个要求，我们都答应你。"

我笑了，这不是前后矛盾吗? 如果后羿竟然只要这块饼，那仙人岂不是没办法了? 不过，如果我是后羿，我也不会赌气只要块饼的。

后羿说出了所有人的愿望:"我要不死，对，而且要不老，否则老了鸡皮疙瘩的，活着也没劲。还有，我要和嫦娥一起长生不老。"

后羿想得很周到，仙人又觉得很为难。——哈哈，仙人也经常为难的。

最后，仙人下定决心："我既然答应你了，就给你长生不老药"。

仙人拿出十六块香喷喷的、圆圆的药饼。天上的东西就是好，闻着就想吃。

仙人说："这个药，要中秋月亮当头才能吃，每年一次，每次一块，不能多吃。"说书人停顿了一下，下了个很严肃的结论："贪吃长生药，吃了太多要出毛病咯!"我不由会心而笑，想起了那些食用五服散、脾气暴躁的魏晋士人和唐代那些服丹而死的皇帝们。这真的是民众的一种揶揄呀。

后羿喝酒误事，又没有和嫦娥说清楚服用方法。嫦娥在中秋月亮当头的时候，苦等不来。派寒浞去找师父。看看时间已到，嫦娥就开始吃药了，想不到那么好吃，就一块一块把自己的一半全吃了，留一半给后羿。嫦娥吃完，就觉得身体要飘起来，轻骨头了。于是就腾空而起，这个时候她养的小白兔闻到香味，也贪吃了药饼，飘了起来。后羿的另外一个徒弟吴刚，来到师父家中，看到师母和小白兔，脑袋顶着屋顶，上不来下不去，非常惊讶。

吴刚看到桌子上有几块香喷喷的饼，也就顾不得惊讶了，把饼一扫而光，腾空而起。到底是小伙子力气大，一窜上去，屋顶上一个大洞。于是吴刚、嫦娥和小白兔，就飘飘忽忽地往天上飞。

四邻八亲的，看到嫦娥和吴刚飘在空中，都在下面指指点点。——这样的私奔法闻所未闻，大开眼界。后羿这个时候摇着晃着，回到村里，看到大家都在往天上望。往上一望，心下大怒，气急攻心。嫦娥在上面，怕后羿误会，想告诉他实情，但声音太小，下面又听不到。就在上面伤心而泣，于是泪飞顿作倾盆雨。——哈哈！我不由笑了，原来毛主席的词出处竟在这儿呢。

嫦娥、吴刚和小白兔飘到了天上，因为只有月亮上没人住，就待在了月亮上。后羿由于痛失爱妻和长生不老药，就病死了。过了一段时间，有一个仙人经过月亮，看见上面有客人，很惊讶，进去一看，原来是后羿的老婆。嫦娥见到仙人，很高兴，她一直想回到人间，起码去祭奠祭奠后羿。

仙人说："既然到了月亮上，就不可能再回去了。"——此是至理名言和"自然规律"，中国民间向来有天人两分之说，神仙终究是要回到天上去，住在天上的。

于是仙人又为难了，不过这次他经不起嫦娥的眼泪，答应了："如果吴刚能够砍倒月宫中的桂花树，你就可以回到人间。"

吴刚正发愁无法报效师父师母，于是很高兴地就开始砍树。但他砍了长，长了砍，永远也砍不断那棵桂花树，于是月亮就成为我们现在看到的格局了。

"不过，"说书人的声音现在已经很响亮了，"嫦娥还是会回来的，到了 2007 年，我们有拯救嫦娥计划，让宇航员把标标致致的嫦娥带回来！"

嫦娥的故事告一段落，我已经完全适应了这个书场。原来民间故事就是这么说的，他们可以把一个神话故事说得像邻居家发生的事情一样；可以把人间的许多想法合情合理套用上去。而听众，最会心的不是那些神话色彩，而是故事中浓浓的人情味吧！

想到这里，我抬头环顾四周，突然发现，整个会场都是浓浓的烟雾，这在以前我是不能忍受的。坐在我边上的老头，也悠悠点燃了一支烟，烟雾飘袭过来，我下意识用书扇了几扇。老头冲我微笑了一下，站起来，背着手攥着烟走出去了。

其实我早已习惯了。我习惯了那个小圆茶壶温着自己的手；习惯了满屋暗暗的色彩；习惯了闹腾腾的烟味；习惯了说书人嘶哑的嗓音；习惯了这么率性讲故事、率性听故事且边听边笑的方式；甚至还习惯了我右边桌子那个老头闲适的呼噜声呢！

好看的塘栖物产

有的时候，看到一些词语，就会神清目爽，就会怦然心动，就会如遇神明。

有的时候，只是把一些词语、一些短句叠加在一起，就会满纸色彩，满纸沁香，满纸味道，如诗如画。

随意翻看我的家乡塘栖的风物，随意罗列，随意组合，随意生出欢喜和惆怅之心。

我想，每片乡土都是如此的吧，可以唤起无尽的联想，无尽的美好。只是我们遗忘了，或者我们不再去生欢喜之心。

物产如此，语言亦如此，可以唤起无尽的色彩，无尽的滋味。只是我们遗忘了，或者我们不再去生欢喜之心。

虽则我们不翻不看，那些如诗的美好，其实一直都在那里——

绵头蚕洁白，纯熟者佳。

绵纱手巾。

丝绸有花素。

黄籼稻。

芦粟。观音粟。

青豆，七八月间初熟，取其青而嫩者，剥出煮熟，烘燥为之熏豆，藏于点茶。

黄豆。赤豆。黑豆。香炷豆。筴豆。寒豆。

白酒，三白酒。

菜油，土人十月间田中栽菜，二月初起苔开花结子，取榨油，终岁所需。

花椒，靛青。

龙爪葱，人家植之盆内，置之檐牙。

百合白花者上品，黄花者次之。

细菜，清水边出之。

梅，杏梅。鹅黄李。紫粉李。青绡李。无仁李。

枇杷。杨梅。花红。樱桃。柿。火柿。石榴。丁香枣。梨。

紫葡萄有红白二种，白者名为水晶萄。

甘蔗，紫皮白者。

藕。莲房。鸡头。茨菰。沙角菱。藕粉。水红菱。鸡腿菱。馄饨菱。风菱。乌菱。

香薷。金银花。吴茱萸。紫苏子。薄荷。大青。小青。甘菊。黄葵子。车前子。黑牵牛。白鸡冠。青皮。南星。白扁豆。兔丝子。淡竹叶。夏枯草。

猫竹。慈竹。淡竹。刚竹。筋竹。苦竹。斑竹。紫竹。凤尾竹。桃丝竹。护基竹。南天竹。

海棠有铁梗、垂丝两种，有秋海棠，淡红、黄、白、紫数种也。

牡丹。蔷薇。芍药。迎春。山丹。茉莉。瑞香。木香。棣棠。紫薇。芙蓉。长春。木槿。凤仙。荼蘼。杜若。灵芝。凤尾。

兰。莲。菊。苕。苹。蓼。茅。菰。蒲。萍。芦。荻。荇。萱。葵。

慈乌。戴胜。子规。布谷。喜雀。麻雀。鹁鸽。相思。百舌。黄鹂。斑鸠。苦鸦。蜡嘴。鸳鸯，练鹊。乌鸦。鹭鸶。

鹰。鹘。鸥。凫。雉。燕。鹄。鹳。

紫鱼。青鱼。白条。黑鱼。银鱼。金鱼。鲈鱼。鳊鱼。鲲鱼。鲇鱼。横鱼。

蚂蚁。蚱蜢。蜻蜓。蜈蚣。蝙蝠。蛤蟆。蜘蛛。蝼蛄。蜣螂。蜥蜴。蚂蝗。

大香片。雪梨片。橘饼。姜片。橙钱。黄橙丝。蜜罗片。佛手片。橘红。以上俱糖制，其法始于吕氏。

金橘。刀豆。青梅。香橼。俱蜜浸。

刀三饼。蒸酥。果馅。玫瑰饼。眉公饼。麻酥。牙笏糕。云片糕。东坡酥。核桃酥。绿豆糕。玉露糕。

《础润斋文选》序

到上海体育学院已经十年了，任教十年的教师会是怎样，而十年来学生又会是怎样？

十年来，我一直有个执念："只要有一个学生在听，教课就是值得的！"不抱奢望，就会看淡一切，但反过来，亦会有惊喜。

在体院，开了一门任意选修课"中国戏曲史"，原本以为会因学生太少而取消，想不到每次都能报满 60 个人，这自然是让人高兴的，但是这 60 个人，其实包括各色人等，所谓各色人等，就是来自全国各地，抱着各种心思选课，课上呈现各种形态。

在课上我会问学生一个问题："你来自哪里？能否介绍一下家乡？你熟悉家乡的旋律吗？"这个问题后来就变得有些例行公事，因为学生站起来之后大抵很惶恐，不知所云，甚至有一女生言："家乡，有什么不同呀……"

后来发现各色人等，除了少数优秀的、有想法的之外，其余大抵可并为一色人等：无地域差别、无文化差别，清一色高考应试生或是全球化新生代。那么，要怎么才能让他们喜欢上戏曲呢，要怎么才能让他们走入传统文化呢，而当旋律响起时，他们会怦然心动吗？

于是不抱奢望，只管自己尽力去讲，越是云淡风轻，越是会有惊喜。

我看到一些变化了，我看到我的学生冒雨去听昆曲；我看到我的学生自己写剧本并搬演话剧；我看到我的学生考上中文系的研究生……

我甚至看到我的一些学生，他们确实来自不同地域！其中就有乔立远，从山西来。

我没有去过山西，但是想到山西时，那些古戏台就会在浮想联翩中呈现出来；想到山西时，我就会追忆宋金元时期的杂剧演出盛况；当然，也会想起晋商以及乔家大院。有的时候，我宁愿去想象一个地方，而不是亲临其境，怕失望罢！

然而，立远却真的带来了山西祁县乔家堡醇正的古风！很少有学生，爱书法、爱篆刻、爱绘画、爱吟诗作赋，最重要的是，很少有学生，因着自己家乡的古建筑，准备报考建筑史的研究生。

自然，很少有学生，会郑重编一本自己的文集，自己撰文、自己题字、自己排版。想到这里，我不由莞尔而笑。我只知道，明清文人会有这样的理想："二十年读书，二十年游历，二十年著书。"而现在，文字已泛滥成灾，文字却又稀缺难觅。网络也罢、电视也罢、报纸杂志也罢，众人深陷其中，不可自拔，而真正的自我，却无从寻觅。

在立远的笔下，我却看到了文字，还有——

我看到他对家乡的挚爱，那种浓得化不开的情结。特别喜欢他的《东曰瞻风记》，看他郑重而大气地说："希望凭借这本杂志来记下老人的话语，描绘祁县的风貌。记载近代祁县的历史，普及一些旧时的趣事，传承现代的美德。"每看及此，我的心里会生出无限的感动。

我看到他对传统文化的挚爱。立远约我写序，也是以一纸书法郑重出示，甚至让我担心写不好会辜负他。我特别喜欢他的一些诗句，虽然尚待推敲熔琢，但已经很有气势、很有境界了。喜欢他写的"我破流云八万里，回观上下五千年。"喜欢他写的"江南旖旎繁华落，长剑出鞘尚须磨。"看的时候，我也会生出豪气来，是啊，有这样的学生，老师能不骄傲吗？

我还看到了他对上海体育学院的挚爱，体院生活的点点滴滴，在他笔下都化为妙趣横生的文字，特别喜欢他的《黑暗料理界群英像》，这也成为我的美食指南。立远的出色在于，纵使是记录小摊小贩，也能写出一个精彩绝伦的江湖来。而这出色，源于对学校和生活的真正热爱。相比许多始终在抱怨学校的学生，珍惜当下不是更美好吗？所以，我真的希望，和立远，和所有的学生一起，就这么美好地学习着，生活着……

而不管来自何方，不管来自何时，是学生，终将离开学校，投入更广阔的天地，作为老师，也只能远远地目送及祝福他们。

立远已经打算暂时收笔，认真复习，争取考上建筑史的研究生。

作为老师，我不妨改动一下韩愈的《送董邵南序》，为他祝福："乔生怀抱利器，眷眷兮心怀故土，吾知其必有合也。乔生其勉乎!"

其实，说到底，对立远的鼓励，也是对我自己的鼓励。

是为序。

2012－8－27 于沪上浅草春明

拒绝遗忘

《拒绝遗忘》是钱理群先生的文集，这四个字确实让我难以忘怀。昨日学生约稿，让我谈谈对繁体字和简体字的看法，当时心里就一直感念着"拒绝遗忘，拒绝遗忘……"。

简体字试图和繁体字划清界限已经有六十多年了，六十多年，足够改变几代中国人，足够使得我们这个民族淡忘往事，然而，往事是不应该淡忘的。因为相比几十年来说，数千年的岁月是如此悠长。唐朝的贺知章有一首诗："少小离家老大回，乡音无改鬓毛衰。儿童相见不相识，笑问客从何处来。"细读来，实在令人感怀。我们终需追溯过往、落叶归根；而当我们归去的时候，乡音成为唯一的维系；但是一旦连这丝维系都没有了，那无人知我们将如何回去，亦无人知我们从何处而来。历史与文化的断层是一件很可怕的事情，却偏偏发生在中国这个以史为鉴、强调"书同文"的国度之中。繁体字即如此，数千年的典籍岁月静静地尘封着，而我们大部分人在阅读方面无能为力，觉得如隔天地。一个淡忘自己过往，甚至否定自己过往的民族，其实也是没

　　　　　　　　　　　　　　　　　明亮的阅读

有前途的。

索性失忆，然而又做不到。潘文国先生说，如果是两套互不相关的体系，倒也好办了。偏偏现在剪不断、理还乱。《国家通用语言文字法》里规定可以保留和使用繁体字和异体字的六种情况为：文物古迹；姓氏中的异体字；书法、篆刻等艺术作品；题词和招牌的手书字；出版、教学和研究中需要使用的；经国务院有关部门批准的特殊情况。于是繁体字本来可以远离尘嚣，却老是被迫拉出去频频亮相：为人文景观增添一点文化积淀之用、为各类商品附庸风雅之用……这样的状况，一方面使得国民更拉大了和繁体字之间的心理距离——为何我看不懂你，你却经常在我面前出现？另一方面，其实中国人的文字学习不是被简化了，而是负担更重了。一上小学就要学习的拼音、简体字加上到处游走的繁体字，反而欲简不能。

索性大大方方，让有兴趣有需的民众去接触繁体字，并且有途径接受相关的指导，岂不是好？从我个人的经验而言，繁体字绝对不是什么难以逾越的鸿沟。我是读大学的时候开始大量接触繁体字的，花一个学期的工夫，阅读就毫无障碍了；如果再追溯一下，我没有读过幼儿园，直接读小学一年级，一开始总是被老师留下来抄默错的拼音字母，但后来我迷上了文字（而非拼音），没有从教科书起步，而是直接阅读文学作品。二年级的时候就能够阅读《封神演义》之类的古典作品了。其实文字学习并没有许多人想象的那么可怕。

不了解繁体字，不但使我们与历史隔阂，而且让我们失去了中国特有的美的境界。瑞典作家林西莉写了一本《汉字王国》，书名下面有一行字——讲述中国人和他们的汉字的故事；小引中有这么一段："我惊奇地发现，即使一些受过高等教育的中国人对自己的语言的根也知之甚少。人们在小学、中学和大学机械地进行着汉语教学，却很少加以解释。"读罢实在是令人汗颜啊。

林西莉在书中把每个汉字从古到今的字形变化画出来，再加以形象地解释。例如她说到"羊"，引用的第一个形象就是上古陶片上的羊，她解释说："一块陶片上的中国绵羊的古老形象是很著名的，大约有六千年的历史。犄角强劲有力，眼睛直瞪瞪地看着我们。"再例如："'行'字是指十字路口，……就像城市规划图一样。"再后面，她开始谈中国人之"行"，说到"丝绸之路"。这样的汉字学习岂不是更好呢？而我们文字的美好，也因此展现出来。所以，钱锺书先生是绝对不愿意别人把他的名字写成"钱钟书"的，锺爱的"锺"和一口鐘的"鐘"等同，当然是大煞风景，意境全无了。

而我们，是否也要置自己的历史、风景、意境于不顾呢？我想，还是这四个字，"拒绝遗忘"罢！

给好友的一封信

徐×、沈×：

你们好！

上次到了杭州，虽然没有见到你们的女儿，但是我已经感觉到，她非常有天赋、也很勤奋，所以要祝贺你们，拥有这么美好的一个女儿。

你们告诉我，女儿正在一本一本地背经典文学作品，我感到很高兴。但是上次时间太短暂了，有些东西没法和你们仔细交流，一直想和你们联系，又因为诸事繁忙，直拖到现在，自己也觉得惭愧了。

我是中文系毕业的，也教了很多年大学的文学类课程了，所以，我想就中文的学习，和你们一起探讨一下。

我个人认为，背书是一定需要的，但是中文的典籍太为浩瀚，每一本都背，不太现实，还是要有所选择，否则孩子的负担太重了。

我还想和你们交流的是，就文学而言，到底该学些什么？其实文学一词的含义是很宽泛的，我们看到的美文，既有纯文学作品，又有史学类和哲学类作品。与之对应的，则是不同的解读。上次在你们家，听说孩子在背蒙学作品，蒙学作品其实是孩子小的时候识字、积累常识用的，只要字认识了、典故掌握了即可，多背无益，因为蒙学作品写作手法单调，非常套路化，这样不利于培养孩子的想象力，孩子已经大了，早就应该跳脱蒙学的阶段了。

文学作品，主要以培养孩子的想象力和创造力为主，以培养孩子的语感为主。背诵是其中的一个方面，然而不需要所有的文本都背诵。举个例子，《诗经》分为"风""雅""颂"三个部分，真正值得背诵的诗篇大多分布在"国风"之中，对孩子而言，最多背二十多首就够了；"雅"部分值得背诵的亦只有几首，"颂"无需背诵。那么，要教孩子什么呢？就是去欣赏美！例如春天的时候，可以想到"桃之夭夭，灼灼其华"，漫山漫野漫天漫地、灼亮人眼的桃花，多么美好；可以想到"昔我往矣，杨柳依依，今我来思，雨雪霏霏"，如烟如雾的柳树，一个最勾留人挽留人的季节，一个最不忍别离的季节……可以引导孩子去想，春天除了花开的意象，还有花谢伤春的意象，可以从《诗经》联系到后来的许多赏春伤春之诗，甚至可以把《红楼梦》中的葬花词也拿出来一并联想。而春天太美的时候，我的建议是，干脆抛开书本，直接去自然之中欣赏。如果孩子是把文学和自己的生命维系在一起的，那么，她会更深刻地解读作品，会领略到其间美好的自然与文学的境地，会让她的生命也美好起来。如果只是机械背诵，孩子就有可能产生厌倦情绪，其实也无法真正领会文学之美。所以，如果能够真正领会诗歌中传达的意境，就算不背诵出来，也没有什么问题。

还有，孩子自己的想象力很重要。十几岁的孩子，无拘无束，应以启发为主。艺术思维即形象思维，就是诉诸孩子的各种感觉：听觉、触觉、味觉、嗅觉……千万不要为孩子规定什么定式，或者用背公式的方法学文学，这样反而会限制她。而是要引导她，首先是走入美的境界；然后，学会联想。联想自己曾经学过的类似美好的作品，联想自己的人生。慢慢地，她的心灵越来越丰富，想象力越来越不羁，才会真正拥有自己的创造，而创造力才是人类最宝贵的。

在中国的经典著作里面，还有一些是哲学作品，孩子接触到的最多的是诸子百家。这些作品我个人认为更加不需要背诵了。所谓哲学，主要是四个方面的引导：什么是自然、什么是人生、自然与人的关系、人与人的关系。说到底，哲学解决的是人生的问题。这一点，我特别想和你们探讨。我现在教的学生，大一进来的时候还是比较茫然的。他们是在应试教育的语境中长大的，貌似语文、数学、外语、物理……什么都学过了，但是他们不知道自己真正喜欢的是什么，还有，他们不知道自己想成为怎样的人。

先说第一个问题，每个人由于天赋的不同，一定会在某一方面显现出自己的优势来。而应试教育是无法让人发现自我的。其实在这一方面，家长尤其需要负责：自己到底了解孩子吗？就像你们的女儿，那么优秀，上次我来，发现她什么都学，文学、历史、数学、英语、画画、西班牙语……这样家长的感觉是很好，我们什么都学，也很省心，不用动脑筋。但是我认为，你们的女儿，一定在某一方面是最有天赋的，你们一定要试着去了解她，让她找到最适合自己的那样东西；或者说，你们要找到让女儿一生都会很充实、很快乐、很有价值感的那样东西。人生有限，如果你们背过《庄子》，一定知道："以有涯随无涯，殆矣！"再有天赋的人，最终也只是在某一方面有所成就。席勒就曾经埋怨过自己，为什么又喜欢哲学，又喜欢文学；而歌德，也曾在生物学中不可自拔。最终如何呢？最终传世的，只是他们的文学作品。歌德也说过，如果自己把研究生物的时间花在文学上面，不知又有多少好的作品会诞生。我有时候会想到自己的人生，我从小只是热爱文学，数理化很差，说实话也毫无兴趣。也曾想过考外语专业，甚至还想学外贸，后来发现自己只适合学文学。但幸运的是，我把大部分时间都花在阅读经典上面，现在能够自由自在联想、自由自在思考，也得益于从小的阅读。但如果我从小语、数、外什么都学，没有把大量时间花在自己热爱的事情上，估计我现在还在寻找最适合自己的事情。我听说，你们不让孩子在学校上学，就是因为你们认为学校不自由，会限制孩子；但是如果孩子在家里，整本整本背书，什么都要学，是不是其严苛更甚于学校啊？家长如果只是花钱让孩子什么都学，竟不能发现孩子的潜力所在，那就不是成功的家长了。

第二个重要的问题，我们引导孩子树立的那些所谓"理想"正确吗？我的学生们往往会说，我想考好大学、当公务员，我想考研，我想找好工作。这些说法都是有误区的，首先，正如前面提及，孩子们往往不知道自己适合什么，从小也没有热爱的东西；其次，考好大学、找好工作，然后呢？可能是买好房子、有好车子，定居国外等等。我经常在国外旅行，一直在想，如果只是定居在世界上最好的国家，吃穿住用都好，工作也好，这算是个理想吗？其实也不过如此罢，现在国内的生活也很不错。那么关键的问题在哪里呢，钱理群先生说，我们的孩子，现在都不做梦了。他希望孩子们拥有真正的梦。这是什么意思呢？一方面，当然是孩子们丧失了想象力，在如此鼓励机制下长大的孩子，就算拥有了一切，他们最多也只是一个工匠，终究不能成为大师；另一方面，真正的理想是有超越性的。我们对孩子的引导中最重要的缺失在于，我要成为一个怎样人格的人！比如，成为一个正直的、善良的、关爱的、跳脱小我的、有责任心的人；从职业的角度而言，成为教师、医生、律师……，任何职业在养家糊口的同时，其实都具有超越性，是跳脱小我、服务于更多的人的。那么，我们有没有关注到职业的超越性呢，为什么自己会选择这种职业呢？对于没有宗教信仰的大多数中国人来说，我们的内心没有死后的退路，我们只有这一生，如何才能不虚度此生呢？就像孔子那样，一辈子颠沛流离，然而内心坚定有追求，甚至不知老冉冉其将至也。我们要给孩子的，应该是真正的理想，有超越性的理想。

其实，我们并不能陪伴孩子一生。我们能给孩子的，就是让她能够独立。如果她这一生，真正有自己热爱的东西，愿意为这样东西坚守；如果她这一生，拥有高尚的人格，拥有关怀与责任心；如果她这一生，是快乐的人生，诗意的人生——懂得欣赏、并能够创造，那么就足够了，这些是最重要的！远甚于一些外在的虚名，像什么会多少样技能、懂多少国语言、上了什么世界优秀的学校。即便取得如此成绩的孩子，如果内心缺失，不懂生活，其实也是失败者。你们觉得呢？

还有，中国人有一种危机转嫁的模式。当然，你们和一般家长不一样，他们自己不优秀，做不到，所以逼着孩子学很多东西；而你们呢，则是自己都很优秀，希望孩子更优秀。但是有点殊途同归的味道。这样对孩子的成长其实是不利的，很可能造成孩子的心理扭曲，并误导孩子的价值取向，反而会影响孩子的一生，让其一生都很压抑。而真正需要关注的东西，前面我已基本和你们探讨过了。

以上是我的一些想法，许×和我，是二十年的朋友了，虽然平常不太联系，但心里却一直牵挂着对方。这次说了那么多，其实也是希望我的朋友一家能更快乐；而你们那么美好的女儿，以后会更优秀。

好了，正当春天，我就不唠唠叨叨了，大家赏春要紧。

祝

春天快乐！

郎净

2011 年

无法言说，淡淡的哀伤

　　女儿出生以前，我就想好了一大堆要读给她听的书：《安徒生童话》《格林童话》《一千零一夜》……想让她有纯净的心、有漫天的想象力。她出生后朋友送了一套《安徒生童话》的绘本，我就开始讲给女儿听，但是越讲，我的心越哀伤，不知道该如何继续下去。

　　不想说那些文学运动、背景知识，只说说那些故事吧。真正进入这些故事的世界之后，我发现它们并不是真正的童话世界。

　　我不知道如何给女儿讲《卖火柴的小女孩》，讲她在寒冷中死去，但是死去之前是如此的幸福。尽管她看见了可爱的摇摇摆摆向她走来的大火鸡、看见了灯光闪闪烁烁的圣诞树、看见了来接她的微笑着的奶奶，但是最终，小星星在天上划过一道弧线，生命就此消逝了。我们看见的，只是冻僵在人家屋角的光着脚的女孩。我不喜欢中国式的阐释，好像女孩的死是对某某罪恶的控诉。但是我无法告诉孩子，为什么雪夜会如此寒冷，为何漫天的星星会谢去，为何幸福只存在于转瞬即逝的虚幻之间……

我不知道如何给女儿讲《海的女儿》，如果用一个不贴切的形容，我会联想到李义山的"沧海月明珠有泪"，好像整个故事都沉浸在渺无边际的苍茫与忧郁之中，那无法描摹的蓝色与水汽浸润天地。我无法告诉女儿这样的结果：小人鱼爱一个人，或者说爱上一个异类，最后自己却变成了海上的一个泡沫。我无法解释，为何挚爱与痛苦一定要如影随形；为何刻骨铭心的一切，最终却如烟雾般消逝；甚至无法解释，为何人类可以拥有不灭的灵魂，鱼却不能，是人的自负吗？而鱼显然比人更加深情，那种深情，是人类无法企及的。人类只是虚妄地自负着，内心深处却明白自己的虚妄，并暗暗地羡慕小人鱼这种无法企及的真正的生命的升华。

我会联想到我写的一个片段，是看了越剧艺术片《追鱼》之后的感慨，这部片子是中国版的人鱼恋。鲤鱼精因为和凡人的爱情，被天庭追杀，最终被观世音解救，她宁愿放弃得道成仙，选择了打入凡间：

> 真正的网在于天地之间，于是我就如同《追鱼》中的鲤鱼精一般，美好的营造与逃避之后，只能面对狂风乌云，"江湖皆网罟，鱼龙失所依"。我和她本无计逃脱。
>
> 如果有观世音对我说："你是愿大隐还是小隐？"
> "小隐随我南海修炼，五百年后，得道升仙。"

"大隐拔鱼鳞三片，打入凡间受苦。"

我会选择吗？我会像鲤鱼精那样，断然说："为了张珍，小妖宁愿大隐"吗？

我不知道，我很想在如悬崖般的人生上，梦见自己的选择。在梦中如果我如此回答，我会为自己幸福落泪。

我不知道如何给女儿讲《锡兵的故事》，应该怎样告诉她锡兵是那么勇敢，那么执着。他因为自己只有一条腿，就爱上了在跳着芭蕾舞的女孩子。我不知道如何告诉她，这样一个锡兵为何会看见这样一个世界：午夜十二点现形、不让他盯着女孩的妖怪，在阴沟里面收通行证的老鼠，一口就把他吞下去的大鱼。而最终，也最让人不忍卒读的是，正是一个天真的小男孩，一下子把锡兵扔到了火里面。我不知道如何给她解释所谓锡兵的勇敢，锡兵总是直着一条腿，坚定地面对一切。其实不是他坚定，实在是他在这样的世上无可奈何，于是只能任自己被丢在盒子外面过夜、被大风刮走、在河水中沉沉浮浮，最终被扔到火里面。其实一切和他的勇敢或者坚定毫无关系，事情该怎样就怎样发生了，我们称赞他的品质，而他的品质和他的命运毫无关联。最终那个跳芭蕾舞的纸做的女孩，随风飘过来，和锡兵烧在了一起，成为一块心形的锡块。我不知道这样的结尾是喜是悲，如何解释给孩子听，是要告诉她这就是执着坚定的人生或者生死不渝的真情的最终结果吗？

我不知道如何给女儿讲《飞箱的故事》。一个年轻人凭借自己的飞箱，见到了城堡里的公主，告诉她自己是个神仙，他用自己的讲故事的才华，赢得了所有人的喜欢，最终赢得了自己和公主的婚姻。我不知道如何告诉孩子，那个故事的结尾竟然是如此地出乎意料：年轻人为了给自己的婚礼增添一些色彩，坐在飞箱上飞起来，在天上燃起了漫天的烟火，整个城里面的人都被这绚丽的夜空震撼了，这是世界上或者童话里面最美好的结尾了。但是正是那展示着幸福的烟火，燃烧尽了年轻人的飞箱，他再也无法回到王宫，于是就到世界各地去流浪，给各地的人们讲故事。而公主，每天都在期盼着夜空，期盼着自己的神仙夫婿。我无法向女儿说，为什么幸福如此绚烂，却毁于绚烂；也许，所有的贫穷的、爱想象的年轻人都会渴望得到一个如此神奇的飞箱，所有待在家里、爱想象的女孩子，都会渴望飞来一个多情的男孩子。而其实那些只是一个绚烂的梦境，因为最终什么都没有发生过，贫穷的依旧流浪、期盼的依旧等待，而激情与想象，怎么也敌不过现实的生活……诚然，安徒生的童话世界与其说是浪漫的，毋宁说是非常现实的。

我想，或者我希望，女儿一点都感觉不到这些。事实也应该如此吧，她其实和我小的时候一样，在欢天喜地地听着这些故事。在这个时刻，她有纯净的心，漫天的想象力，和对世界无限的接纳……

应试作文"养成"记

前段时间看梅子涵的《我的女儿》，看到他辅导女儿写作文，"中间一小拎，结尾一大拎"，我不由莞尔而笑，于是联想到女儿多多的作文历程，有趣且心酸，一并记录下来。

多多读小学一、二年级的时候，完全沉浸在自己的幻想之中，每天放学路上，和同学的对话方式就是"假装你是……""假装我是……"。她曾经对着一个小男孩，说了下面这么一段话："假装我戴着面纱，假装一阵风吹过来，面纱一下就被吹开了。假装你一下子看到了，你说：'哎呀！这么美啊！'"小男孩愣愣地看着她，估计脑袋里是一片空白的，内心深处也是崩溃的。

每天晚上在床上，多多也会喃喃自语，编自己想象中的故事。一年级暑假，仗着能认七八百字，她开始了肆无忌惮的经典阅读。说她肆无忌惮，意思是她什么书都看，到四年级时，她最爱的书是《红楼梦》，已经通读过不下两遍了，其他就数不胜数了，什么古希腊神话、但丁的《神曲》、莎士比亚悲剧、雨果的

《巴黎圣母院》《悲惨世界》；勃朗特姐妹的《呼啸山庄》《简爱》；什么《西游记》《山海经》《镜花缘》；什么林海音、余秋雨、三毛，她都涉猎。她最喜欢家里一个大大的沙发，沙发旁边有一盏阅读灯、有两个小书架，她就窝在沙发里，沙发还能转，她每每一转转向书架那面，我们大家就看不见她了，有的时候一读就是一两个小时。

就这样，在阅读中，她的文字也越来越好，当然，这是我们自认为的越来越好。我们见到她写的小故事、小诗，都会很欣喜。比如小学一年级快结束时，她口述了一段游记：

> 五花海远处的水，波光闪闪，浮现出黄、绿、青、蓝、紫五种颜色。高大的山脉如此雄伟壮观，倒映在水中，如同水里的世界，如此奇妙！水中游动的黑色小鱼，追逐着倒影，有的潜到比较深的水里，有的突然冒上来，掀起一圈圈涟漪。有时突然刮一阵风，把湖边的落叶吹起，树叶沙沙作响，似乎伴着小鱼的舞姿，奏着乐。啊！多么美丽的风景！

二年级的时候，她又写出了自己平生第一首七言绝句："诗香水色伴花魂，落寞青山绕空门。女子持书观叶落，笛声委婉近黄昏。"

我们看见了，自然有一点小小的狂喜：真是不错啊，这孩子写作文不用发愁了。

然而事实却是，迄今为止她在作文方面，已经经历了好几次"打击"了。

第一次是三年级上学期的期末统考，作文主题是一只椰子从树上掉下来，掉到水里，要求孩子们自己拟题，来写椰子后面的历程。照道理，这应该是一个可自由发挥的题目，可以随便怎么写。

多多拟题为《旅途》，作文是这么写的：

> 一阵风吹来，拂过银色的浪花，缕缕轻烟般的细雨，从天际倾斜下来，冰冰凉，洒在椰子的身上。椰子一个寒战，落入了蓝色迷雾般的海水中。等椰子再睁开眼睛时，天已经全黑了。冰冷的黑色绸缎般的海水托着它，慢慢飘浮。这时，星星点点的明星出现在天空，也出现在海面，天和海也交融在了一起。天映着海，海映着天。椰子想起了椰树讲的故事：天空就在我的上方，我可以看见在那最亮的云朵上躺着一个女孩。她之所以那么累，是因为她每天都要编织一个新的世界。它们就住在我们心里，有的七彩有的灰白，有的欢乐有的悲伤。你要深深地感受它。每个人心里都有一个世界，不管欢乐，还是悲伤。……椰子知道了自己的世界，就是大海、沙滩、椰子林……

结果呢，这只很惬意地漂流海上，啥事也不干，以为了解自己世界的椰子，得到的分数很一般。

　　我和多爸知道成绩之后，开始调侃：为啥这只椰子的成绩这么一般呢？原因在于它的境界太低，而且变成了一个椰子中的哲学家，光顾着哲思了。而出卷的人呢，是想要听一个故事，一个很有意义的故事。

　　我说："我设计的高分作文是这样的，椰子在海上飘零，遇见奄奄一息的小兔在船上随波逐流，小兔已经几天没有喝水，于是椰子毅然献出了自己的汁水，救了小兔；后来椰子又遇见了几天没有吃饭的小狗，椰子又奉献出了自己的椰肉。小狗要带它一起走，椰子说：'不，我是属于大海的！'于是，一只孤零零的椰壳，在茫茫的大海中，快乐地飘浮着！"

　　多爸调侃说："你这算啥高分作文啊?！要我，就写一场捍卫正义、捍卫国土的战争。战争进行到最后一刻，已经水尽粮绝了，正在这个时候，椰子毅然献出了自己的血肉，最后战士发起冲锋，赢得了胜利。"

　　"好吧，还是你厉害，不愧高考语文考得比较好。"中文系的我只好很失落地甘拜下风。

　　第二次考试，作文题目是《一只书包》。这下多多要发挥想象力了，她改变哲学家的思路，变成了一个发明家。她说她自己是小明的一只书包，每天看见小主人总是丢三落四的，心里也很着急。她说希望设计出具有提示功能的书包，小主人忘了什么，就能发出提示的声音，比如"语文书忘带了！""作业忘带了！"之类；也可以设计出一只有温度的书包，无论天冷天热书包都可以调节温度，冬天让小主人很温暖，夏天让小主人很凉爽……

结果分数又很一般，我开始为多多分析原因："多多！要讲故事，讲故事啊！你要设计或者想象一个情节，讲一个你或者其他人和书包的故事。你不是平常很爱编故事的吗，比如说一只原来很普通的书包，被大都市的小主人嫌弃，后来被捐到了大山里面，却被山里的孩子视若珍宝之类的，你可以随便想啊！"

当然，由于我也是半带调侃，所以多多呆呆地看着我，不知道有没有听进去，但感觉她还是没有领会精神。但是我也不敢多灌输什么，孩子好不容易有的这份想象力和创造力，当妈的可不能亲手毁掉它。何况妈妈自己也教大学的基础写作，对学生那些模式化的作文，也是深恶痛绝的，又怎么能违心说些什么呢？

我后来发现多多也没有什么大的改变，比如有一次作业，老师出一道《如果我是……》的题目，她的题目让我觉得既匪夷所思，内心又有些窃喜，她的题目是《如果我是那一江春水》，她是这么写的：

　　如果我是那一江春水，黎明金色的曙光给我铺洒上明快的色彩，好似那一把野火燃烧过去，金红的、大红的、梅红的、紫红的、柠檬黄的、藤黄的，甚至还有紫的、蓝的……刹那间蔚蓝色的天空在我眼前铺展开来，明晃晃的阳光洒下来，我欢快向前奔淌而去。

岸边不知名的小花开得正旺，如同那画家随手洒落的色块，给我染上一片斑斓。两旁绿柳如烟，像刚出浴的美人儿，在风中摇曳，梳理着一头飘逸的长发。再往前，两边已有了人家，黑瓦白墙，炊烟袅袅，有一丝江南的韵味儿。几个洗衣姑娘来到岸边，清脆的笑声回响在两岸，我托起几叶渔舟，流淌得更欢乐。

正午，阳光变得猛烈起来，一切都变得静悄悄的。周围深绿的树木，把我染成了墨绿色。几只白鹭孤零零地飞着，翅膀掠过水面，给我增添了几抹跳跃的白色，我似乎要昏昏睡去。

傍晚，又变得清凉起来。几抹太阳的余晖洒落在一片蒹葭上，它们在风中轻摇，微微向我点头。天慢慢暗了下去，月亮升起来了，银色的月光斜铺在我身上，一切又归于平静。夜深了，我睡着了……

如果我是一江春水，我将会这样，静静地，享受这平凡而美丽的一天。

说实话，我很喜欢她的这篇作文，她的语文老师也在课堂上读了这篇作文，但是我们都知道，真正考试的话，这样的作文还是行不通的。

最沉痛的打击来自四年级上半学期的期末考试，考前我千叮咛万嘱咐："多多，考试归考试，平时写作归平时写作。考试的时候，你一定要讲一个有意义的故事，按照出题人的想法来写啊！"

考完回来，多多说完全履行了我的要求，结果作文成绩竟然是"C"！问了老师，老师说她涂改太多，卷面不清楚，所以阅卷老师都没有看内容就打分数了。我问多多，多多说："妈妈，这次我想写一篇完美的作文，所以我写的句子如果觉得不好，我就涂掉再写。"当她听说是这个分数的时候，她发了一会儿呆之后夺门而出，飞跑而去。我连忙跟出去，一眨眼就看不到她了。大概过了二十分钟，她才沮丧地回来。

我连忙劝她："多多，没关系的，以后写字写清楚一点就好了。"

但是在这之后起码二十天之内，她经常会在玩的时候突然愣住，然后用一种凄凉的眼神看着我说："妈妈，我不是个好孩子！我不是个好孩子！"

我们全家小心翼翼，劝了她很久很久，感觉她才有一点复苏。

于是我想，给她报些作文比赛吧，如果能拿个奖，可以让她对自己有点信心。我们就报了一个作文比赛。初赛的题目是《美好的一天》。初赛结束，我们很好奇地问她："你的美好的一天是怎样的呀？"多多说："妈妈，我觉得最美好的一天，就是在海南泡小鱼温泉!"我和多爸对望了一眼,眼神和内心都很复杂。我们告诉多多:"多多,这对于你来说当然是很美好的一天,但是对于作文比赛来说,这还不够美好哦,需要选择更有意义的事情……"我给多多举了个例子:"多多,妈妈以前也参加过征文比赛,比赛的题目是《我的妈妈》,我把我和外婆之间的日常生活写得很有趣味,结果呢,只得了一个优秀奖。后来,妈妈仔细拜读了获奖的作文,发现了差距。原来别人的妈妈要不就是老革命、要不就是捡垃圾资助孤儿、要不就是先进工作者啊,这其实不是比文章,是在比妈妈的贡献呢!"

这个比赛的决赛是口试,所以最终主要看初试的成绩。不出意外,多多拿了一个优秀奖。

我终于也只得承认这个现实了,好像多多总是不得要领,她写不来应试作文,学不会去模式化地讲故事或者升华主题。她平时最热衷的就是写自己的一篇大作《梦湖》——说是大作,因为到现在为止已经写了两万多字了,她完全沉浸在自己想象的世界里。

而《梦湖》是这样的文字:

> 天还是阴阴的,野菊和狐狸走在羊肠小道上,周围的树上尽是枯枝,衬着阴沉沉的天,如同纵横交错的剪影。天地之间只是灰、白、黑的色彩,四周非常寂静,空气似乎都凝固了。忽然,野菊似乎听到了"扑哧扑

咪"的声音，仔细一听，似乎又没有。不一会儿，又听见了"扑哧扑哧"的声音，这一次比上一次略响一些，但待野菊凝神细听，却又听不见了。野菊被这真真假假、虚虚实实的声音弄糊涂了。她问狐狸："你有没有听到一种奇怪的声音?"狐狸点点头，说："我听到了一些扑哧扑哧的声音。"野菊想了一会儿，问狐狸："你说，难道是我们走路的声音吗?"狐狸摇摇头。野菊又想了一想，问："那是风刮过树梢的声音吗?"狐狸答道："也不像啊。""难不成是林中山涧流水声?"狐狸道："越发不像了。"野菊向四处张望，又略思索了一会儿，笑道："是了，一定是山鸟扑翅的声音了。"狐狸点点头。突然间，那"扑哧扑哧"的声音更响了，在林间此起彼伏。而第一声鸟叫终于响起了，就好像一首交响乐的引子，刚开始只有两三声鸟叫，渐渐的，鸟叫声多了，每种鸟的声音质地各不相同，清脆的如笛声、浑厚有力的如同低音号、欢快的如同小提琴声、忧伤的如同大提琴声、华丽的带着许多颤音的如同管风琴声、像阳光般灿烂又有穿透力的如同小号声。其中偶尔响起一两声短促俏皮的、似金属碰撞之声的鸟叫，像三角铁的撞击……野菊和狐狸听醉了。猛然间，她们看见树上停满了鸟儿，到处是各种各样的鸟窝。鸟儿们羽色艳丽，单色的有一身火红如火焰的、一身漆黑如夜空的、一身洁白如玉的、一身金黄如阳光的、一身翠绿如翡翠的、一身宝蓝如大海的……花色的有黑中夹杂点点白毛的、栗色羽毛上有赭色斑纹的、绿中带着蓝色水纹的……野菊和狐狸看呆了。

这是她小说中我非常喜欢的一个片段。不过看来，小说和作文考试完全是两回事情啊。于是我开始分头教育，一方面，要让她阅读，以继续保持这种美好的想象和创作；另一方面，要让她渐渐领悟考试和平时写作是两码事情。

终于有一天，她们做了一份模拟卷，作文题目的名称是《××，我不是个完美小孩》，前面有一段小短文，说的是学校的要求越来越多，爸妈的要求越来越多，我觉得很累，真想大叫："我不是个完美小孩!"。

多多竟然完全领会了考试的精神，她在作文中写道：

我发烧刚好，就起了床，准备做作业。

因为刚退烧，我头重脚轻，糊糊涂涂坐到书桌前，拿起笔来，写出的字也东倒西歪。我昏头昏脑花了好长时间才做好数学卷，正想歇口气时，爸爸拿起卷子一看，勃然变色，批评我太粗心，字写得太难看，错了太多题。还说我期中考试会都得"C"……然后又数了数卷子上有几道题，冷笑着讽刺我："哈哈不错，你及格了。"我心里很委屈，真想喊出："我不是完美小孩！"

其实，我爸爸还是个好爸爸，经常带我出去玩，挤出时间陪我。他年轻时成绩很好，对自己要求很高，可能因为要期末了，比较着急才发火的。

可是，我真想辩解一下，告诉爸爸我病才刚好，告诉他我不是完美小孩……

每个人都不是完美的，正因为每个人都有小小的瑕斑，才这么迷人。

读了这篇作文之后，妈妈心情很复杂，又尴尬又高兴，尴尬的是爸爸就这么躺枪了，高兴的是，多多终于审题完全"清楚"，写出了一篇合格的应试作文。多多一回来就很紧张，向我解释："你和爸爸说一下啊，这只是作文啊！"

我把多多的文章发给多爸，多爸不愧是多爸，他说："这么写没错，不过怎么这么干巴巴啊。虽然是应试作文，文笔也要好一点吧！"

爸爸及时发现了问题，我也才想到，是啊，怎么多多写起这样的文章来，就那么乏味呢？于是又循循善诱："多多啊！应试作文也可以写得很美的，你想好主题和故事之后，里面要有精彩的描写，最后要有不错的升华才行啊！"

这次多多很积极，她说："妈妈，那我随便想象都可以是吗？"

"是啊，在主题的指导下，你可以进行任何合理的虚构！"

"那我写《妈妈，我不是完美小孩》可以吗？"

"可以！多多，我相信你的能力，一个文字能力强的孩子，想写什么都不在话下，应试作文更不在话下，你随便发挥吧！"

于是多多奋笔疾书，一挥而就，作文变成了《妈妈，我不是完美小孩》：

难得一个清闲的周末，没有什么课外补习班，作业也较少，我把笔一丢，美美地伸了一个懒腰，望向窗外。夏日的早晨，没有中午的闷热，微风从半掩着的窗子吹来，给我带来一丝清凉。金色的阳光斜斜地照进房间，把轻摇着的花影投在地板上。院子里，一对白蝴蝶在追逐嬉戏着……

此时，妈妈拿着一大盘水果，走进了房间。她看见我在发呆，一下就火了，对我吼道："怎么还在发呆，数学还没做呢！要小升初了，还不抓紧，真是的！"

我只得收起我那吓得散了一地的遐想，闷闷不乐地做起了数学题，一边做一边小声嘀咕："真是的，好好一个周末又被搅黄了，什么都要好，我又不是个完美小孩……"

好不容易做完了数学题，我有些口渴，盛水路上，我经过厨房，看见烟雾缭绕的厨房中，正在做午饭的妈妈用手轻轻拭去额头沁出的汗珠，自言自语道："唉！孩子也挺可怜的，作业又多，补习班也多。是不是对她太苛求了？毕竟没有孩子是完美的，下次不要对她大吼大叫了，要对她好点……"

最明亮的星球上也有黑斑，最美丽的碧玉上也有瑕疵，人也如此，但正因为这些小缺点，我们才如此耀眼，妈妈，你说对不对，对不对？

写完，多多问："妈妈，这篇怎么样？"

看完这篇确实有不少"虚构"的作文，我说："可以的，你就这么写好了。"然后马上又强调："不过，这只是应试作文啊，暑假我们好好写我们的小说，好吗？"

多多很开心，马上说："那当然好！"

于是我们相视而笑……

《梦湖》序

墨阳，我的女儿，明天你要考试，你已经入睡了。而我，坐在书桌前，静静地为你的书《梦湖》写序，这是一种多么美妙的感觉呀！

你出生以前，我就为你取好了名字，你的名字中有一个"墨"字。我心中一直有个小小的执念，希望你是个热爱阅读、热爱文字、热爱一切美好的孩子。

从你出生到现在，十年过去了，你已经小学五年级了，明年，就要成为一个初中生了。我感到最欣慰的事情就是，你确实爱上了阅读，还喜欢用色彩与文字表达自己。你会很欢喜地罗列："我喜欢阅读、喜欢写作、喜欢画画、喜欢戏曲……我一直在做我自己喜欢的事情！"作为妈妈，我尽力而为，为你营造一个自由宽松的空间。小学一年级之前，没有让你认字、学拼音、学英语、学数学；小学一年级之后，没有让你在校外补课，你只需要把作业做完即可，完成作业之后就可以做你自己想做的事情。

正因为此，小学之前，你就是个自由自在的孩子。你的生活里有全家人给你讲的各种各样的故事，有妈妈带你看的各种各样的演出、画展，也有各种各样的旅游经历。

你是个特别爱听故事、爱想象的孩子，我最喜欢看你和其他小朋友一起，一边走路，一边说，"假装你是……假装我是……假装我们一起去……"，你会设计好多好多的情节。有时候我们发现你晚上没有睡着，问你怎么了，你会告诉我们，晚上是你编故事的时间。

就这样，一个特别爱编故事、特别爱想象的孩子上了小学，可是这个孩子又基本不识字，读一年级是比较痛苦的，因为成绩跟不上。然而一年级又是一个转折期，到了第二学期期末你好歹也认识七八百字了。于是你在暑假里开始了自己的阅读——其实你早就对书架上的那些书"垂涎欲滴"了。小小的你，窝在大大的沙发上，一个暑假，竟然看了七十多本书！从此你就一发不可收拾了，开始了自己的阅读"生涯"。

我对你并不设限，偷偷地在你书架上放各种好书，所以你的阅读面也很广很广。三年级的时候，你已经把《红楼梦》翻来覆去看了好几遍了；四年级的时候，你迷上了莎士比亚的四大悲剧；五年级的时候，你又反复阅读古希腊神话。

读了好多好多书，你决定开始写了。四年级第一学期你开始动笔写《梦湖》。你想要写一个自己的童话，并且配上自己的插画。你很明确地告诉我："妈妈，我以后要读美院或者中文系，不管读哪个，我要做的事情是一样的，我要用自己的图画配自己的文字！"全家人也很明确地支持你："好啊！你的想法很好！加油哦！"

到了四年级，学校的作业开始多起来了，你只能零零碎碎地写。你毕竟是个孩子，有的时候，感觉你把这个"工程"忘掉了，我还会友情提醒一下："你的《梦湖》呢，别忘了哦。"每一次你大概只能写一千字的样子，你不断地去想象、修正作品的情节，终于在四年级结束的暑假，你写完了《梦湖》，并画好十几幅插画。我想，这是你小学阶段最好的成绩单罢！

《梦湖》讲述了一个小女孩野菊进入幻境梦湖，遇见了小猫雪泥，小猫雪泥让她寻找人类世界和梦湖急需的四样东西。由于人类世界越来越冷漠，所以丢失了色彩和梦，从而使得美丽的梦湖也越来越小。野菊在小狐狸的帮助下，经历了梦湖中种种的美好世界，邂逅了好多美好的小动物，一路得到了很多启示，最终找到了用阳光染红的玫瑰花瓣、海一样蓝的勿忘我、最灿烂的枫叶、第一片迎接春天的嫩芽。她和小狐狸重返人间，借助彩虹伞在天空播撒色彩，使得黑白的人间重新绚烂，使得人们重新开始做梦、有了温情。而最终小狐狸和野菊快乐地生活在一起，成了家人。

读完《梦湖》，我会不由自主地微笑。因为儿童文学一般都是由大人来写给小孩子，以成人的思维构筑孩子的童话世界。但这篇童话是由小孩子自己写的，这才应该是真正的童话吧？

并且，成年人的童话中会构筑善与恶的冲突，最终正义战胜了邪恶；然而孩子的眼睛里是没有邪恶的，所以《梦湖》中没有邪恶，全是美好的想象、美好的色彩。里面的每一个小动物——小猫雪泥、小狐狸、小刺猬、长颈鹿、大熊呼噜噜，都是那么可爱；每一株花花草草，都有灵魂；每一段故事，都是纯净积极的。里面也有淡淡的忧伤，但那忧伤，感觉就如同最干净的秋日里的露水一般清澈。

我喜欢读这样的句子：

> 他喜欢天空。他说，天空有时候是粉蓝的、有时候是宝蓝的、有时候是深蓝的、有时候是淡淡的带着些白色的蓝。妈妈死后，我常常和他一起仰望天空上的云彩，我总是看到，在太阳升起的方向，有一片纯白美丽的、像一只漂亮白狐的云朵。爸爸告诉我，它就是我妈妈。

> 猛然间，她们看见树上停满了鸟儿，到处都是各种各样的鸟窝……野菊不由得暗自感叹道：梦湖的树虽凋零了，但它们撑起了那么多鸟儿的窝、那么多鸟儿的快乐，让人感到很温暖，原来温暖无处不在啊。

> 每一朵花绽放的时候，世界上就多了一个花的精灵，但当花凋谢的时候，那个精灵，并没有像花朵一样陨落，而是会变成世界上的一抹色彩。而每一个善良的

小动物也一样，它们就算死了，灵魂也会住在最美好的地方，甚至有的时候，它们会化为天上的云彩。

读这些句子，我会为孩子对生命和世界的感悟落泪。每一朵花，是一个精灵；而每一个孩子，也是一个精灵，他们为世界上增添的，是最美的色彩，他们会让世界变得干净和平。相信大人们看到这样的语句，会有一种感伤与震撼吧！

所以，我要谢谢墨阳，谢谢我的女儿。你的《梦湖》，是我们最美的世界，我们这个小小的家，会像你在作品中期待的那样，有梦、有色彩、有清澈的情感。也希望好多好多小朋友们，能和你一起分享你的《梦湖》，以及分享他（她）们心中彩色的梦……

妈妈于 2017 年 11 月 6 日

阅读？阅读！

如何培养孩子的阅读兴趣？

很多家长会问这个问题，很多妈妈也希望听到简明易行的办法，但实际上，这是个难度很高的问题。

首先不是回答这个问题，而是要反问一下家长：你为何要关注这个问题？概括一下，家长大概会有这样几种心态：

第一种是焦虑型的，家长其实不只是关注阅读，而是一直在与别的孩子对比。如果看到琴弹得好、画画得好、球玩得好、作文写得好的，都会觉得自己的孩子黯然失色，心里很失落。阅读只是其中的一项而已，并不是真正对阅读本身特别关注。如果是这样，就先得改变这种心态，每个孩子都有自己的特点，家长要能发现自己孩子的特点，找到适合他的路。有可能他对色彩敏感、有可能他的节奏感很强，而每一种兴趣的养成，都需要较长的时间，花费较大的精力，如果孩子有自己的兴趣点，并且适合他的天赋，那才是最好的。

第二种是实际型的，家长希望通过阅读达到某些直接的功

　　　　　　　　　　　　　　　　　明亮的阅读

用，例如提高语文成绩，写好作文等等。但是阅读恰恰最不能立竿见影，首先阅读兴趣的培养是很难的，需要从小的引导，有的时候，错过了某个阶段，孩子就有可能关上这扇门；其次，阅读需要日积月累，潜移默化，家长一定要让自己学会等待。

第三种是真正热爱型的，家长没有任何焦虑，只是希望培养孩子的阅读兴趣，期待孩子长期的发展，并且希望阅读成为孩子日常生活的一部分，陪伴以及引导他（她）的成长。我想，这样的想法才是最好的，而这样的阅读以及陪伴阅读，也没有任何负担。

调整心态之后，才能进入正题吧。说起来，不同的个体因其特点不同，适用的方法也可能不同，我只是想结合自己的童年和女儿目前的阅读状况来谈一谈。

在读小学之前，我和女儿都是零基础，不认字、不学拼音、不学英语、不学数学。我是因为没有上过幼儿园，终日闲逛，虽然不识字，但是看了好多小人书。我们希望女儿在应该玩的阶段好好玩，她上的也是公立幼儿园，并且是严格执行教委规定、不教语数外的那种公立幼儿园。然而零基础不等于不作为。从女儿八个月开始，我们就给她讲各种故事，听各种故事CD，她很小就对《格林童话》《安徒生童话》《一千零一夜》《小王子》《红楼梦》《西游记》《水浒传》《三国演义》等作品非常熟悉，甚至能自己讲述其中的内容。同时，我们带她看各种演出、各种展览，去各地旅游，让她感受各种美。记得有一次我们带她去看越剧

《红楼梦》，她对情节已经非常稔熟，当看到黛玉焚稿时，小小的孩子竟然泪流满面。

我们没有教语数外，没有进行所谓的幼小衔接，但我们让她自己说出我喜欢音乐、我喜欢戏曲、我喜欢画画、我喜欢听故事；而其中的喜欢听故事，就直接关系到后来的阅读，当有一天（小学一年级的暑假），她认了足够多的字的时候，不需要我们说什么，她就主动去寻找书籍，投入阅读之中了。仅仅一年级的暑假，她就读了大大小小70多本书。

在这里还想谈谈我对拼音的看法。我的父亲也曾提出让我教她拼音，但我总是不断推托，说这个容易，一个星期就学会了，其实最终我并没有教她拼音。这也是我的观点，那就是拼音的阶段要越短越好，直接接触文字是最好的。中国文字本来就是象形的、美的，很多孩子却依赖拼音，忽略文字本身，这是很糟糕的，说到底拼音只是工具罢了，短期内掌握，能够应用就好了。

既然开始读书了，那就开始吧！

接下来的问题就是营造读书的环境。

一定要给孩子营造读书的氛围，或大或小，孩子最好有个读书的小角落。多多就拥有自己的读书角，拥有自己的书架。她有一个很舒服的沙发，沙发边上是一个落地台灯，沙发还能转，一转就直接面向她自己的书架，背对我们所有人，然后她就像消失了似的，一声不响，可以一直看一两个小时。书架上的书，会偷偷进行调整，会结合她目前的兴趣点，不断增加新的书本；看了好多遍的，会偷偷下架。这个，当然都是妈妈在默默地调整。书架上，贴着她自己写的"我爱读书"四个字。整个家里是安静的，我们的这个家庭，只要多多在的时候，是不打开电视机的，时间长了，多多根本想不到要去看电视；当然她也很少打游戏，不玩 iPad，爸爸只是在周末时，会教她玩一些游戏，但也是浅玩辄止。另外，家长自己要热爱阅读，孩子才会觉得阅读是天经地义的事情。中国的家长会有危机转嫁的做法，就是自己做不到的，强求孩子做到。自己在玩游戏，不准孩子玩游戏；自己看电视，不准孩子看电视；自己没有学习习惯，却要求孩子全神贯注。这样的家长，指责孩子没有达到要求，是不合理的。所以家长也需要反思自己，时刻扪心自问，你要求孩子的行为，自己能做到吗？孩子读了书，你能与他（她）交流吗？营造读书氛围，也不只是在家中。我会带孩子去逛书店、文具店，去逛每年一度的上海书展。记得多多 27 个月的时候，我带她逛书展，她坐在华师大出版社的大熊旁边，捧着绘本看了好久好久。苏州诚品书店开业了，我们马上就做了一个美美的诚品之旅。

　　营造了环境，接下来就是看什么书了。这方面，我也有一些自己的观点。

　　现在的许多孩子，也读了不少书。我总结一下，家长会为孩子买的书，大概有以下几类：一种是百科全书式的，孩子们以记忆知识点为乐，如果自己的孩子说出世界上有几大洲几大洋，说出什么是恒星行星，说出雨是怎样形成的等等，家长也会觉得非常骄傲。我觉得这没有问题，可以培养孩子们的兴趣，开拓孩子们的知识面。然而，只读百科全书类型的书是不够的，甚至会误导孩子，以为读书就是炫耀各类知识。

第二类是情节性较强的，甚至有悬疑探案情节的。这样的书能在一定层面上开拓孩子的想象力，但是结构比较单一，模式重复，孩子会只关注情节，而不关注文字本身；看完了也纯属娱乐，谈不上激发思考。这种书浅尝辄止，看一本两本的就可以了。

第三类是教辅类的，家长会买好多作文指导类的书，这类书最不可取，会约束孩子的想象力，形成定式，甚至会导致孩子写"假"作文，缺少自己真实的生活感受。我曾经和学生开玩笑，如果我出一个《雨》的作文题，我不准你们写以下三类——雨中送伞型、雨中助人型、雨中初恋型，你们会怎么写？我所说的三个类型就是长期模式化的结果。上海有个作文培训班，名字叫"三段式"作文，我看到这个名字，就已经觉得大有问题了。我认为，不需要看作文书，当然也不需要上什么作文培训班，要提高写作，只有阅读和练笔两个途径，阅读不能速成，写作也不能速成。

第四类是看漫画类的书，我觉得漫画是很有趣的，但读图不能成为阅读的全部。20世纪末到21世纪有一个转型，就是从文字的阅读转向图像的阅读，这是有利有弊的。图像的阅读更为直接，但也意味着较少思考和想象。文字是抽象的符号，读者在阅读的过程中，是需要靠想象去重构的，说直接些，读图更不动脑筋吧。我非常欣赏绘本，然而还是认为，从小学二年级开始，孩子就应该阅读纯文字的作品了。

所以，我的第一个观点就是，书架上的书可以丰富一些，可以有上述提到的百科全书、漫画、悬疑小说之类的，让孩子接触各种类型的书籍。家长自己的阅读面要开阔，孩子的阅读面才可能广泛。

第二个观点，选择一些经典作品进行阅读。经典带给孩子两方面的引导，一方面是文字的美好，这是其他任何类型的书都很难做到的。我给女儿看《约翰·克里斯朵夫》，我只读了四个字，她就喜不自禁，要看这本书，那四个字就是第一段的"江风浩荡"。记得我小的时候，对文字也非常敏感，会不自觉地去模仿这些文字，去看别人是怎么写风、写水、写春、写秋、写人、写动物。慢慢地，自己的文字也越来越有进步。杜甫说的"转益多师是汝师"，就是这个道理。文字首先是从模仿开始的，那么，模仿的文本，当然一定要美文才可。另一方面，经典其实是和最优秀的灵魂对话，它是对人生的一种引导。它带你思考人生最普遍的问题：什么是生，什么是死，什么是理想，什么是情感？并不是说这些问题有标准答案，而是说经典提供的是最深沉、最优秀的思考以及行为方式，你可以选择你最希望的方式，可以像儒家那样尽力而为，可以像道家那样做逍遥游，可以热爱身边的人，可以亲近自然。经典是对生命最好的引导，所以，从孩子的长远发展来看，经典是最为开卷有益的。

第三个观点，不要为孩子设限。许多家长都会选择一些拼音简读本，或者是改写本，认为小学生读不了大部头，不能直接读原著，这都是错误的。或许是机缘巧合，我童年时家境并不富裕，然而我父母工作的医院有一个小小的图书馆，职工的孩子可以一次借五六本书。现在回想起来，那架上多的是外国文学以及中国古典文学的名著，所以竖版繁体字的《封神演义》，我就是在二年级时看的；毛姆的《月亮与六便士》，我是当童话借来看的；托尔斯泰的三部长篇小说，我是小学五年级看的。我想，自己最后成为中文系的学生，和阅读有直接的关系。特别有意思的是，我小学时代还读完了妈妈的三大本《实用护理常规》和爸爸的《内科诊断学》。所以对孩子来说，其实大人认为的简单或者难，是没有意义的。他们面对的本来就是一个未知的全新的世界，拼音的难度和唐诗、荷马史诗的难度其实是一样的。家长大可以放手让孩子直接接触最好的作品，而不是改写本或者简写本。当然，经典的选择可以有个循序渐进的过程。小学阶段，首先可以看一些接近儿童想象的名著，各类童话、古希腊神话、希伯来神话、荷马史诗、中国民间传说、佛经故事均可；像《哈利·波特》《魔戒》《绿野仙踪》《青鸟》《秘密花园》《柳林风声》《海底两万里》《西游记》之类的，对孩子来说都没有任何问题；其次，可以看一些优美的童谣、诗歌集、散文集。非常有意思的是，女儿二年级就看余秋雨的《文化苦旅》、三毛的《撒哈拉的故事》了，她认为没有任何难度，还认为余秋雨的散文文笔很好。那样的话，选书就更容易了，于是沈从文、丰子恺、汪曾祺、冰心、杨绛、鲁迅等人的散文，都可以偷偷地放上书架，等待她看了。诗歌方面，我带孩子不仅读了唐诗，还讲了《诗经》《楚辞》、汉乐府、宋诗、明清诗的一些片段，她也都能接受。很多年来，我们学语文只局限于教材，所学的知识都是零碎的，接触到的文本只是沧海一粟，家长一定要尽力开拓孩子的阅读空间啊。

第四个观点，有一些文本，可以以其他的方式带入。一些难度较高的作品，比如《红楼梦》，如果不能直接读原著，可以通过让孩子听故事、看戏曲，或者自己讲简单的情节，让孩子先有进入感，以后再接触作品就容易了。记得我曾经给女儿讲过《牡丹亭》的故事，她再去看昆曲《牡丹亭》，不但完全能理解，而且能欣赏其中之美。到杜丽娘"离魂"一则，我看到她潸然泪下。也可以利用一些不错的声像资料，让孩子先熟悉《史记》《三国演义》《水浒传》《明史》之类的内容，以后他们再阅读，就会容易得多。

第五个观点，带孩子读书，可以发掘其兴趣所在，慢慢从零散的阅读到形成一定的体系。当然，这是一个很长的过程。尤其是到了初高中阶段，完全可以让孩子把作品和作品连接起来，把作品放在时间和空间的坐标系中去打量。如果孩子有特别关注的作家和某类型作品，有特别喜欢的时间段，不妨去读些文学史和史学方面的优秀作品。将作品和作品之间建立起关系来，形成联想，那可是很高的阅读境界了。

　　说了好多好多，最关键的是，让我们开始阅读吧……

写于 2016 年

考试

前两天我和好友李春玲聊天，聊到教育与考试，我们有诸多共鸣。加之期末，正当考试之时，我就很想写点什么。想起当年，那已经是上世纪了，我和春玲同住华师大博士公寓，我们就开始聊各种话题。我是学中文的，她是学教育的，但是我们都喜欢一些经典，探讨文学、哲学、教育方面的话题。

说说人生不同阶段的考试吧。说到这个，就想到我的导师周振鹤先生的一句话——现在的教育是小学生不像小学生，大学生不像大学生。我也深有同感。

正式开始有考试，是小学阶段。小学阶段，正当儿童中期（6—12岁），也是正式教育的开始。这个阶段的成长特征是缓慢而稳定，粗大运动技能有显著发展，精细运动技能也在迅速发展；认知方面，孩子进入了具体运算阶段，开始把逻辑思维应用于具体问题。除了运动和学习，这个阶段的儿童的一个重要任务（很容易被忽略），是要找到自己在社会中所处的位置。个体会发现自己可能擅长某些事情而不擅长另一些事情，会期望通过与他人比较来评价自我。

发展心理学对上述特点已有研究和概括。其实，即便不借助这些专业知识，任何一个家长或者教育工作者从内心深处也应该接纳这样的事实：这个阶段的孩子，一切都在发展之中，成长是缓慢而稳定的。所谓发展之中，也就是说不能要求孩子完美；这个阶段的孩子，运动和与同龄人一起玩耍的重要性，其实是超越学习的；这个阶段，如果对孩子提出过高的要求，反而会导致低自尊的产生，甚至影响孩子的一生。

然而我们的教育，有的时候太追求完美。从幼儿园开始，涂个颜色就要求"消灭小白点"，要求画得像，圆像圆、方像方；而小学阶段，上课需要坐得非常端正，小手要放好。至于考试，更是变本加厉。我记得我们小学的时候，考试成绩就是简单的评分，九十分及以上就是优秀。在一张试卷上，我可以作文很优秀，基础知识欠缺一点，但不妨碍我总分是优秀的，任何一个孩子都是有擅长的和不擅长的方面。而看看现在的小学考试，一门学科并不只有一个 A，需要达到三个或者四个 A。一张卷子被细分成基础知识、阅读理解、写作、书写水平等方面，要每个部分都得 A，你才有机会成为优秀生。而从四年级期末开始的考试成绩，就成为你是否能升入好的中学的一个重要因素。也就是说，孩子在小学阶段就一步都不能走错，每个方面都要精益求精。作业也是如此，每份作业交给老师之前，就已经是经过家长检查、已经达到全对的了。老师高要求、家长勤催促，儿童中期的孩子如果达不到这样的要求，就对自己产生怀疑，反而开始拖拉和对学习不感兴趣。我反问一下各位老师，您能做到如此完美吗？您小的时候就已经如此道德高尚、认知完善了吗？难道我们不允许孩子有活泼的天性、有擅长的方面、有各种被认可的途径、有慢慢完善自己的信心吗？大量时间耗在重复的书写、背默、刷题上面，难道孩子不需要时间去自由玩耍、发呆，去和同龄人交往，甚至去犯错误、在试错中慢慢长大吗？难道孩子不需要在开放性的教学中，去发展自己的想象力和创造力吗？

好不容易小升初之后，就迎来了焦虑的初中阶段。说焦虑是因为初中阶段现在成为人生的决定性阶段了。因为注定有 50％ 的人考不上高中，要被分流。很不巧的是，这个阶段遭遇的，恰恰又是青春期。我们每个人试着问自己一个问题：什么时候自己才真正知道自己要做什么，成为什么样的人，选择怎样的职业？会是在 14 岁吗？这是完全不可能的。我自己一直到 21 岁的时候，才知道自己最热爱的是中文，于是决定考中文系的研究生。而从性别的角度来讲，男生成熟得更晚一些。青春期要完成的一个关键的任务是界定同一性。青少年会走出家庭，去寻找同伴。同伴关系提供了社会比较，并且有助于界定可被接受的角色。然而，现在初中阶段的孩子为了那个决定性的考试，忙着补课刷题，很少有机会真正和同伴交流。由于在现实生活中不能有大段的时间在一起交往，只能转而投入到网络世界。甚至孩子们好不容易有机会在一起，既不会选择出去玩耍，也不会促膝谈心，而是安静地在一起联机打游戏，在游戏中进行交流。

从另外一个层面而言，现代社会已经不允许什么大器晚成的人生了，因为那些可能会大器晚成的人才，早就在中考的时候就被淘汰了。我估计现在00后都已经压力重重了，因为优秀的00后已经崭露头角了，比如说奥运冠军、奥数冠军、明星偶像、哈佛牛津之类名校生等等，"别人家的孩子"比比皆是，家长们也焦虑不堪，大概都认同张爱玲说的"成名要趁早"。其实这里面有许多误区：第一，行业的特征是完全不同的，大多数行业是需要积累的，比如法律、医学、教育等。少数行业确实会成就年轻人，二者是没有可比性的。第二，这只是很小的一部分群体，大部分孩子都是遵循着青春和岁月的规律，稳定发展的，不可能一蹴而就。第三，这是当下社会急功近利的群体心理的展示，人们恨不得孩子从幼儿园开始就上知天文、下知地理、文武全才、出类拔萃。第四，之前垮台的一些教育公司，为了谋利打出各种广告，让家长感觉自己的孩子一定要优秀、一定要考名校、一定要少年成名才可以，一定要从幼儿园开始就不输在起跑线上。这就导致学校里面气氛紧张，整个社会都在贩卖焦虑。家长呢，就花大把银子去缓释焦虑：起码做到问心无愧吧，我反正为你花了钱了，我已经做到我能做的了。就像之前，在很多培训机构外面，坐着的都是陪伴孩子的家长，大部分家长都在百无聊赖地刷着手机，他们自己不学习，却严苛要求孩子的学习。

具体到中考的教学和考试，确实有一种学校里面教了一加一，而考试要求考二乘三的感觉。很多学校仿佛默认孩子在外面补课，哪怕现在"双减"了，但是由于考试照旧、中考只有一半学生能升高中的指标照旧，所以孩子们还是在补课的，只是补课的成本更高了，补课的方式更加私密了——原本的大班教学，现在转入地下的一对一教学，家长的付出也更大了。孩子们到底在补什么呢？主要就是在刷题，针对中考各种刷题。要做到拿到卷子，每种题型都是做过的。想要做到熟练，仿佛某个校长说过，同一种类型的题目起码要刷六遍，考试的时候才能得心应手。也就是说，现在的孩子去考试，脑袋里面已经装满了程序，到时候就是启动程序的机器而已。语文也是如此，我可能是落伍了，或者是从小我语文都比较好，每次考试，特别是考作文，我会非常兴奋。一看到题目，仿佛看见一个陌生的挑战，马上会调动所有的想象力和创造力，神游构思、意兴遄飞，然后下笔有神，甚至有点自鸣得意。说实话我在语文课堂上得到的只是一些基础的知识，而更多的灵感是来自于自由自在的阅读。没想到现在中考之前很多孩子的作文都是准备过的。各种类型的作文写上十几篇，甚至花重金让机构改作文，然后背好。考试的时候竟然是去背默作文的。阅读理解也是一道我百思不得其解的题目，其实文学本身就是具有开放性的，是希望和读者引起共鸣，是希望构筑一个想象的空间的。现在却有了标准答案，那答案说到底是属于出题者的标准答案吧？所以中考基本还是以背诵和刷题为主。在三四年的时间里面，学校即便没有周考，也会每月考察一次，孩子们就在轮番考试中度过初中阶段，然后在茫然中被自然分流了。被淘汰的不乏本来可以大器晚成的、有想象力和创造力的、文学艺术方面有天赋的……这实在是一件令人感到可惜的事情。

然后就是高考，应试的部分我就不赘述了。我想说的是，到了高中，可能一个孩子成熟了一点，对自己有更多的了解了，应该可以慢慢形成一个对未来的设想了，然而并没有。大部分孩子还是很单纯地把理想定位在学好语数英物化方面，他们对未来的设想只是考一个好大学，但实际上这是一个假的理想。大部分孩子的专业是在成绩出来之后的家庭会议中决定的，而决定的依据也是哪个专业是热门的、日后好找工作，这也是一件很荒谬的事情。也就是说，高中三年，家长、老师、孩子的注意力全部在高考的几门课程上，压根儿没有考虑自己适合或者想要一个怎样的专业，完全没有花一点时间去了解一下大学的专业构成，都想着先拿了好成绩再说，然后对着招生目录如大海捞针、茫然困惑。中国孩子真正思考自己的未来，是在大学四年，进了学校，孩子才恍然大悟，自己那么认真地寒窗苦读十几年，竟然没有考虑过自己到底想要什么，只是齐刷刷的流水线上的一个被生产对象。

而民间甚至学校里面一直流传的一句话就是"考上大学就好了，就不用那么辛苦了！"感觉大学成了一个养老院，或者说是找工作用的暂居地。而该还的总是要还的，虽然这种偿还来得太早太快。从学前、幼儿园努力到大学，或者加一个研究生（中国的学历也是水涨船高，现在不考个研也对不起自己的考试理想），我们的孩子终于"躺平"不学了。这就是所谓的"大学生不像大学生",人生真正该为自己长期学习的时间到了,但可惜的是毕业之后,大部分人就失去了学习的动力,再加上在应试教育中想象力和创造力已被磨灭,只是做着如工匠一般的日复一日的工作。当然,接下来也还是要努力的,就是继续新一轮的循环,开始督促自己的下一代,学习上十几年,然后"躺平"不学。

这样的考试系统,里面有许多问题,针对这些问题,我有一些设想。

第一,就是要注重孩子的成长规律。我是70后,我感觉我们那个时候的教育倒是相对轻松合理的。小学和初中阶段都比较轻松,作业也不是很多,也没有面临随时会被淘汰的压力和同学间PK"互搏"的残酷。如果说有一场比较重要的考试,那就是高考。到那个时候,其实孩子也成熟了,在这个年龄段进行决定性的考试,是相对合理的。所以我很赞成现在的一个观点,就是普及高中,到高中再分流,这是相对合理的。

第二,我和春玲都觉得,可以有另外一种考试系统。春玲早就思考过这个了,她想得非常详细。而我呢,只是有一些初步的想法。比如一种终身学习的可能性。只要你有精力和强大的动力,八十岁照样可以去参加考试、改变自己。我们是否应该为有志者提供一个长期考试的系统,而且考试是覆盖各行各业的?这个考试你在人生的哪个阶段都可以参加,只要你下定了决心、做好了充足的准备。考试是循序渐进的,也是有难度的,它是以各个行业所需要的人才的特点决定的，是真正理论维系实践的，有很强大的人才筛选功能。而一旦你"升级打怪"成功，进阶到高手阶段，各行各业也会以此作为依据，不拘一格选人才。而行业内从业人员也可以通过参加这种进阶型的考试，不断提升自我，也不断提升自己的专业境界，藉此进入更理想的工作岗位。这样的话，国民的学习也不会到大学就结束了，而是形成一种终身学习的理念。而我们的工匠，最终也就有可能成为大师了。另一方面，估计家长和学校就不会那么焦虑，会让孩子真正按照他们的特点成长了。

以上就是我对考试的观察和思考，和每一个正在考试中的孩子，以及拥有考试中的孩子的家长共享。要实现这些设想的确很难很漫长，但是希望通过此文，我们能达成一些共鸣，释放一些焦虑罢！

写于 2022 年 1 月 1 日

进与退

——理想与审美

　　这篇文字想拟题为《进与退》，又想拟题为《理想与审美》。因为两年来的情绪确实如这题目般跌宕起伏。不管怎样，总算是把一些东西慢慢梳理出来了。

　　写之前也会感慨，因为这个时代，好像"成功"人士才拥有话语权，让大家有不容置疑的感觉；而平常人，或者是"不成功"的人，甚至是"失败者"，是没有发声的必要的，即便发声，也会被淹没在茫茫人海之中。这个时代的更新速度太快，不允许有深思和沉淀；这个时代的价值观太流变，没有一致的道和真理。仿佛大家都置身于狂欢舞台之上，到处光怪陆离，闪烁的光点和喧嚣的声音炫人耳目，留下强烈的印记，然而亦转瞬即逝。这倒是有点像庄子的意思，万物齐一，孰长孰短；此亦一是非，彼亦一是非。个体身处其间，真不知道何去何从，有点进退维谷。

　　首先想来说说进与退。与时俱进，我们这个时代设置的是进、奔跑、冲刺、个人奋斗……没有设置一个退路，没有让一个困顿的人休息的时间、让一个人暂时颓废的地方。而人生其实是漫长的，并不能一直绷得那么紧。再强劲的金属，也会有疲劳极限。一张一弛，才是文武之道。

中国古代的士会兼具儒道，既有往前的进取空间，又有退回来的余地。哪怕李白这样的道教徒，也会说"吾与尔，达则兼济天下，穷则独善其身"。在我们的传统文化里，是认定人生有张有弛、有穷有达的。如果人生顺达，就去实现兼济天下的理想；如果境遇不佳，则不妨独善其身，追求个体的自我完满。儒家和道家在某些方面是不冲突的，相反它们一起营造了一种完整的人生。向前走，修身齐家治国平天下；向后退，任真固穷退隐山林田园。进与退，朝与野，同样是值得尊重的。

说完维系当下的进与退，再来说说理想与审美。

我们的教育里面引导的理想可以有一些超越性吗？如果从接地气的角度来看，理想在这个时代也只能和职业紧紧维系。但是即便是职业理想，也具备两个方面，第一，是适合自己的、自己热爱的事情。人之才气，如何同得？每个人都有自己的天赋所在，我们现在的教育要针对那么多孩子，没办法，只能搞平均主义，忽略了每个孩子的天赋和个性差异。家长在考试的重压之下，也无暇顾及孩子自身的特点。所以很多孩子填高考志愿的时候是茫然的，家长也是根据热门与否、工作好找与否的标准来为孩子选择专业。家长和孩子甚至认为，考上大学就意味着不用奋斗了，结果后来才发现考入大学其实是一个很痛苦、很茫然的开始，那是职业生涯的起点。而很多孩子发现自己不适合、不喜欢自己的专业，那时已经迟了。如此情况下，他们以后的工作，大抵也是为了八小时之余的十六小时，至于这八小时，毫无乐趣可言，这样漫长的人生，是挺可怕的。如果一个人能干自己适合的、喜欢的工作，会有一种实现自我的感觉，那么工作就成为其真正的理想，就是一件幸福的事情。而且我绝不相信，如果一个人把力量长期用在自己最适合、最热爱的工作上，他竟会做不到养家糊口，更别提可能被时代抛弃。

第二，任何职业都有超越性，并不只是为了小我。所谓悟道之前，砍柴担水；悟道之后，仍旧是砍柴担水，虽然还是日常生活，但是境界完全不一样了。做教师、律师、记者、厨师、修理工，都有超越性的层面，一方面实现了自我，另一方面服务了大众。那是一种真正的境界开拓与价值归属。

超越性的理想，还应体现在我想成为怎样人格的人。所谓"成人"，并不只是年龄到了，孔子把成人提到了十分重要的地位，这种人格既表现为内心的德性，又外化为具体的行为过程。而我们现在有些家长的教育，是很少引导孩子思考自己将成为怎样人格的人的。我们好像不提倡孩子变成一个善良的人，而是提倡他们变成一个充满竞争力的人。

其实，如果有了超越性的理想，一个人就会有更开阔的世界，也就有了人生回旋接纳的余地。即便是暂时在学习、工作中遭遇困难，也会觉得我是在追求一件很有意义的事情，我是要自我实现，我是要超越小我。所以暂时的困难、挫折并不能阻挡自己。"退"反而成为人生孜孜不倦的追求过程中，一种必要的经历。

接下来想说审美。席勒说在物质状态到道德状态之间，还有一个审美状态。蔡元培先生也极力提倡美育，我觉得是很有道理的。我们的教育里面，也缺乏了审美教育这一环节。我们的语文书里面选了很多美文，但最终都引向段落大意和中心思想，指向某种明确的意义和标准答案；我们学习很多诗词，都是用来揭示什么的，而不是描述什么、想象什么的；我们的诗词大会，是一场轰轰烈烈的背诵大会。文学本来是诉诸感官的、诉诸形象和想象的，让我们看见最美的、听见最美的、闻到最美的、触摸到最美的，然后心生感动和愉悦。然而我们不是这么引导孩子的。所以本来应该带来美好的内容，却变成了模式化套路化的范本。

审美除了落实到教育层面，还应该渗透在日常生活之中。热爱生活、热爱自然。

屈原说：进不入以离尤兮，退将复修吾初服。这也是一种进与退。如果实现不了政治理想，就回到香花香草的世界，去欣赏自然之美，去进行人格的自我完善。孔子心中会有一片开阔的海，等着他乘桴而去；陶潜的人生里面有一片田园，是用他自己的生命照亮的田园；苏东坡一生宦海沉浮，但常州的一块终老之地，却让他心有安顿。一方面，人生可以退回来；另一方面，退回来也可以生活得很美、很充实。

而我们现在太着急、跑得太快了，就忽略了人生中那片审美的天地；反过来说，如果我们有审美的自己的小天地，我们热爱文字、热爱色彩、热爱旋律、热爱山水、热爱四季的更替，那我们的生命，也会被开拓得山高水长，如天地般开阔，甚至可以"神与物游"。那我们，就不会被逼仄的时代弄得进退维谷。

　　所以我们的人生应该是完整的，有进有退、有得有失、有成有败、有悲有欢、有生有死。而我们在自己的人生里面，需要有对生命真正的认知，需要有尽力而为甚至知其不可为而为之的、超越性的理想，需要有一个日常的审美的世界。我们的眼前，可以开阔起来⋯⋯

写于 2020 年

纯粹

回家的时候，一路之上，还是越剧《西湖山水还依旧》陪伴着我，就这么给自己营造一个狭小的空间，然后飞快游移在高架上，让我的小空间斜穿上海的大空间，虽然我知道，每次的穿越，其实都是不留痕迹的。声音也罢，我的思绪也罢……

很后来才知道，我为什么那么迷恋越剧，或者一些美的文字，其实原因只是两个字——"纯粹"。

最近在看清代女词人的词，看蒋坦为自己的妻子写的《秋灯琐忆》，很美，过滤掉尘世的美，但还是有蛛丝马迹吐露心声。关锳在词中说"一样光阴漂泊感，盐米光阴无奈"，而蒋坦也承认关锳因为俗事，几乎要放弃文学。但无论如何，他们最终都在文字中毅然抛开尘世，表达自己纯粹而唯美的理想。那么，只是在文字中可以拥有纯粹吗？现实中呢，可以繁华落尽见真淳吗？

也许可以。疏离，喜欢疏离这个词。疏离之后，会有纯粹。

细想过往，比如我喜欢戏曲，就是疏离的喜欢。自己如朝圣般去昆剧团联系学生看戏事宜，并在昆剧团购买了《牡丹亭》的碟片，原本这一天很完美，但是当我信步走到昆剧团附近的一家小音像店的时候，竟然惊讶地发现昆剧团以比较高的价格把碟片卖给了我，虽然不在乎那几十元钱，但不得不承认，这个细节确实影响了我之后的心情。

其实我一直知道，台上和台下确是两个世界，而台下的无疑更真实一些。但我还是喜欢欣赏那戏曲中的世界，尤其是中国传统的戏曲，爱恨都是那么简单，简单到年轻人不能接受，然而他们可知道，简单其实是最难的。就像白蛇一样，爱得那么简单，在人世间，却是最难的一件事情。喜欢胡晓明师写的文字，每次想到就会心而笑："而在此热闹而多样之中，白娘子单单看上了许仙。她直觉的多情而任气，只晓得天上情，不懂得人间法，于是没有顾虑计较，没有试试玩玩，连一点这样俗气的心思都没有。看上了就是看上了，就请老天帮忙下雨，第二天就开口提婚事，就成家也立业，就生小孩子。"所以，只是如痴如醉地在台下远距离地打量着，整个身心沉浸到那音乐中去，就足够了。其他的，演员也罢、人事也罢、星光灿烂也罢，都不是自己所关注的。而自己喜欢吟唱戏曲，也不太愿意当众表演，只是在自己的空间里面，把一段"西湖山水还依旧"唱得身心俱空，那就足矣。

我喜欢羽毛球，是疏离的喜欢。小西开玩笑提及他们学校的某某某，靠着羽毛球水平在业余中尚且过得去，先是当上了学生会主席，然后找到了好工作。原来羽毛球竟有如此神通，细想也对，当年在华师大，也有人靠羽毛球协会的第一桶金，最终仕途亨通。然而我只是喜欢沉醉在淋漓尽致的运动空间之中，有的时候我甚至觉得，自己比那些专业的运动员幸福多了，因为自己是深爱着羽毛球，不含一点杂质。我的羽毛球世界，是执着而清爽的。

我喜欢古琴，是疏离的喜欢。我不敢听别人说古琴圈的轶事，听得多了，怕自己失去对古琴的信念，怕中国最雅的声音，会被沾染。我不太习惯当众表演，如果在很多人面前弹琴，自己的琴声会打上折扣，古琴的弹奏，本应该是为着自己的性情，为着去捕捉逝去的唯美。然而，现在的琴界，却如此热闹非凡，简直像是一场人声鼎沸的合奏。

我喜欢文字，是疏离的喜欢。曾经有人到我家，翻阅我的散文，惊讶地问："你为什么不想办法去发表？"我为什么一定要发表？诚然，我也有设想，想着当文字积累到一定的程度，就去出本散文集，送给我的亲人和挚友。我也想完成自己的长篇小说，一生就此一部。然而，我绝对不会为了发表或者出文集，去写文字；我一直觉得，为着发表写的文字，一定不纯粹；而想办法去发表，那就更糟糕了，为之而写的文字一定会发生质变。就如同当有人偷听的时候，古琴的声音会发生变化一样。

我喜欢学生，也是疏离的喜欢。我不敢深入学生的圈子，现在的学生面临的环境很复杂。我只做到老师应该做的即可，我只问心无愧即可，上好我的课，学生有什么问题，一定想方设法尽力回答他们。至于他们怎么想，我并不想知道；知道得多了，可能会失落或者厌倦。当然，那么多年的教师当下来，我想我会一笑置之的。曾经有个学生，还没得到我的许可，便在邮件里称呼我为他的好友，等到一学期的课程结束了，成绩给定了，他又写了邮件，大意是课程结束了，他不会再和我联系了，我原谅他的功利。我竟然觉得他并不是学生中最糟的，起码他很真实。

　　我就在我的狭小空间里面，与这个世界疏离着，为着某种纯粹的理想，为着那句我始终喜欢的话"繁华落尽见真淳"。世间的人们熙熙攘攘，来来去去。而我只是在我的狭小的空间之中，伴随着我喜欢的音乐，以及我的文字，穿行于世界，然后不留痕迹，声音也罢，我的思绪也罢，我的文字也罢……

《阳关三叠》

读研究生的时候，邂逅了根据《渭城曲》改编的古琴曲《阳关三叠》。

"渭城朝雨浥轻尘，客舍青青柳色新。劝君更尽一杯酒，西出阳关无故人。"

诗歌是早就知道的了，或者每个中国人早就知道的了。想起来的时候，漫天轻轻的雨，似乎不忍惊动些什么，却把无尽缠绵的柳色渲染得更加迷蒙，更加拨动心弦。而那无边的柳色，竟然是氤氲在西北的苍黄之中，向西，再向西，慢慢地就要隐去，退却，只剩下漫天的昏黄了。就这么告别，一杯薄酒，一个故人，在似真似幻的新绿中，在无边的昏黄中，在勾留不住的春色中，只是一杯薄酒和一个故人。而渐渐地，那些新绿、春色、薄酒、故人，都将逝去……

古琴响起的时候，也是这么轻轻的、慢慢的。简单的几个音符，构成简单的旋律，好像分别时简单的色彩一般，但每个音符直叩人心，并且回旋往复，似乎一点一点在流逝，却一点一点在沉积……

喜欢写东西的时候放音乐，于是一盘古琴的CD，被我翻来覆去地放。一开始会怦然心动，会随着音乐写文字；放了几遍之后，音乐渐渐隐退了，只剩下自己的文字。写着写着，某一刻突然又听到那音乐，仿佛不是在CD机里面放着，而是从心里翻检出来的。

那个时候，自己还好年轻，从诗意来看，似乎更喜欢高适的《别董大》："千里黄云白日曛，北风吹雁雪纷纷。莫愁前路无知己。天下谁人不识君。"在大漠无边的北风与昏黄中，也能拓出一片属于自己的热闹与天地。

继续读书，后来读博士了，有一个机会，可以和林友仁先生学古琴。去音乐学院的路，像是一条朝圣的路，就是因为太敬畏，左思右想，觉得自己要做博士论文，是不可能有持续的时间练琴的，于是去了几次，就不敢再去。然而，就在这段日子里，我开始从古琴弹奏的角度了解琴曲。这样一曲《阳关三叠》，竟然是属于入门的曲子，也就是说，是古琴中比较容易弹奏的一曲。这让我很惊讶，有些不能接受这样的定位。然而还是喜欢，所以继续听。

在上海博物馆的青铜器展厅，我听到了这首曲子。第一次随意走到展厅一侧的编钟前时，有一些简单的乐符被叮叮咚咚地敲击出来，一个曲调也慢慢流淌起来，然后我脱口而出：阳关三叠！其实，自己平时一直在听这首曲子啊，但是在上博邂逅，竟还是惊喜。于是，心里面又多了一种编钟的声音，古琴会有一些吟猱，让情绪越发凄婉，而编钟更加简单，它只是一下一下撞击心头。

后来，就去了离家很远的上海体育学院当老师，每次都要斜穿上海，而自己上的课，也不是古代文学，感觉生活的旋律都改变了。很长一段时间，我的日常就是认真备课、来回四个小时奔波在路上去上课。路途遥远，感觉有点像《阳关三叠》琴歌中之词"遄行，遄行，长途越度关津"。那个时候，虽然热爱上课，自己的所学，却不知何去何从。由于学校需要，去做了一个近代体育的研究。一切都从零开始，我把所有的课都集中在两天，其中一天要连上九节课，而剩下的时间，基本都在上海图书馆度过。就这样忙碌了三年的样子，完成了那个课题。最大的收获，可能不是出版了书籍，而是又能像读书时那样泡在图书馆里，回家之后打开自己的 CD 机，一边整理资料，一边听古琴曲。虽然二者不是很契合，没有办法让旋律催发心中的灵感，然而，对我来说，也是一种很好的陪伴。这个时候听琴曲，发现的不是旋律，而是旋律转折停顿时的那些留白，好像什么都没有，却是深沉隽永的。

在自己还来不及想再做些什么的时候，我怀孕了，有了多多。于是真的什么也不做了，给自己放了个长长的假。此时心里念着的，就是重拾古琴。自己弹琴，终于还有听众了呢。虽然我无法想象这个"故人"的模样，心里既惊喜又惴惴不安。于是，又如朝圣般，走向了胡维礼老师的家。这次我没有放弃，而是一直坚持着。很快，我就真的开始弹《阳关三叠》了。它确实是一支入门的曲子，并不难。然而，古琴的所有曲子都是这样罢，弹出来只是零碎的乐符罢了，要把曲子表达的意韵弹出来，却是需要长长久久地反复、感悟、体验，一方面是技巧的练习，另一方面是生命的不断注入，就像人生的境界一般，越简单的，越难。

怀孕的时候我就和多多一起听各种古琴演奏，上古琴课，回家练琴。多多出生之后，继续这一切。

多多出生了，是个女孩。朋友们都说孩子带得很好，好可爱。然而我自己知道，那都是父母的功劳，我有很长一段时间在很多方面陷入了空白之中。觉得自己记忆力减退得很厉害，觉得时日迁延，自己好像再没有什么"天下谁人不识君"的壮志凌云了，能把每一堂课上好，就已经很不错。对于多多，我按照自己原先设想的方式，让她不断听故事、好好玩，有空就带她旅游。然而，无论是在工作还是育儿方面，我都觉得自己的内心是不安的。自己好像一直在追寻什么，却一直没有追寻到。

我开始尝试在教学方面做一些改变。我报了一门任意选修课"中国戏曲史"，我总想上一些与我的专业、我的兴趣结合的课程。而上公共必修课"大学语文"的时候，不管对象是运动训练还是体育教育专业的学生，我都希望能上得有趣些。虽然内心是那么孤单，"西出阳关无故人"，我找不到朋友交流我的感受，阳关之外，地老天荒。

多多十三个月大的时候，我第一次出去开了一个会——在南京东南大学培训大学语文。就这么简单，没有任何预兆、没有任何仪式，我打开客房的门，遇见了小红，两个人简简单单问了一声好。她下午要与认识的人交流，到了夜晚，我们才躺下来开始聊天。没有想到，这样的聊天，就一直延续了八年，一直延续到现在。我们那时候在东南大学，白天认真听课，一下课就暴走买书，买完书就继续聊天。原来我们是华东师范大学的校友啊，原来我们都是古典文学专业，原来我们都爱买书，原来我们都疯狂热爱教学，原来我们都有一个女儿……

从南京很兴奋地回到家，又有一个惊喜在等我，那就是，小多多会走路了！

慢慢地，我好像有一种复苏的感觉。

在戏曲史方面，我在课程中加入了一堂乐器演奏课，想让学生感受一下现场的中国古曲聆听。我找到了一个热心而琴艺高超的搭档黄伟钧，这么多年来，我们也成了好友。我们先是尝试一节课（45分钟）她弹琵琶，然后再一节课是古琴，我和她合奏两曲，而那些大的曲子就由她一人完成。这样相当于她一个人开了一场音乐独奏会，而且是琵琶和古琴两种乐器！后来发现这样太辛苦，又根据能邀请到的人的不同，尝试古琴和古筝的组合、古琴和戏曲演唱的组合。后来，我做了一个介绍古琴的PPT，想以讲和弹奏结合的方式展开，边讲解边弹奏，这样是最合理的。小红是制作PPT的高手，我做了一个基本版，她帮我配上唯美的图片，制作动画——淡雅的山水清韵的图片出现之后，上面甚至还有云雾慢慢流淌，这下课件变得美轮美奂，上课效果也很好。然而，我总觉得有些不满足。古琴演奏部分，有一个琴歌的演唱，其中有《阳关三叠》《关山月》《忆故人》，由黄老师弹奏，我来演唱。这一部分很吸引学生，但对我来说，却很有挑战性。可能是由于自己上课太用力的缘故，我得了严重的慢性咽喉炎，每个学期都会发作。以前很多戏曲、歌曲，我都可以把高音喊上去，但现在不用说高音，就是平常的曲子，唱一会儿就非常疲劳。所以每次演唱，我都心里没有把握。如果不能很好地呈现，反而会破坏古琴的美好。

有一次完成演奏课之后，黄伟钧对我说："我得到了一个昆曲《牡丹亭》中《皂罗袍》的古琴谱，我来练古琴，你来学唱，以后我们就可以为学生弹奏这个曲子了！"我说："好！"答应了之后，我突然觉得这是一个艰难的任务，昆曲的发声我全然不会，更何况那水磨的唱腔！刚好黄老师推荐了一个声乐老师给我，我决定从头学起。待从头学起，才发现自己连基本的发声方法都不对，原来自己一直是在用嗓子直接唱，而且很紧张，嗓子没有打开。我买了一大堆书，体会什么叫"打呵欠""喝水""放松"，不断寻找发声的位置。好在嗓子是自带的乐器，无论何时何地都能琢磨。经历了很让人灰心的三个月之后，突然有一天，我找到了那种放松的感觉，我试着让父亲拉二胡，我来唱越剧，我很顺利地完成了傅派的唱段、金派的一些唱段，当时有一种惊喜的感觉。于是，我决定再开始昆曲的学习。自从多多出生之后，我就买了一辆车，去学校的时间大大缩减了，不过来回也要两个小时，我一边开车，一边不断地跟着唱。似乎又回到了年轻时痴迷某事的状态。

于是重新思考《阳关三叠》的唱法。《阳关三叠》琴曲后有这样一句：紧五弦，凄凉调，须浅吟低唱。这里应该用很轻的却顿挫有力的方式去表达。"清和节当春"五个字，慢慢地吐出，惆怅低沉，似有无限心事，在春天里面缓缓化开来。渭城朝雨、浥轻尘，都是轻轻的，而"客舍青青"开始，越来越缠绵，"青青"二字，像是柳枝被风吹动，牵缠在一起。"劝君更尽一杯酒，西出阳关无故人"，则是一种朋友间的依依惜别，竟一时不知说什么好，只是说："再喝一杯吧，不然，出了阳关，就遇不见故人了。"说话的时候，无边的惆怅就像这无边的柳色一般……而"遄行，遄行，长途越度关津，惆怅役此身"却渐趋激越，是在漫漫天地中辛苦行走的景象。

其实有的时候，我们爱诗，就因为诗中的许多情感触动了自己，更何况还要响起旋律，让人简直欲罢不能。年轻的时候，我会觉得"无故人"是这首诗的重点，感到人生好孤单；而年纪渐长，才发现"故人"才是这首诗的重点。每个人的行走都是长途越度关津，都是孤独的，然而心中始终有那一杯酒在，有曾经陪伴的人，天地之间的行走就变得温暖，变得有依托起来。西出阳关无故人，其实是一路有故人陪伴的。

就这样，黄老师陪伴我一直坚持上戏曲史的演奏课。我们还开拓了一下，去小学、大学做关于古琴的讲座，只要有孩子们愿意听，我们就会去讲。而小红和我一直在教学上进行交流，我们用一个暑假战高温，我在上海，她在合肥，我准备内容，她来制作模板并美化，合作完成了中国戏曲史的全部课件。从古琴到中国戏曲史，我们的课件都好美、好用心。当然，每一学期都会遇见真正热爱传统文化的学生，看着他们专注的神情，我会生出无限欣喜之心。

在忙忙碌碌上课的同时，多多也慢慢长大了。她读幼儿园的时候，我就经常带她去看各种演出，不管是戏曲、芭蕾、交响乐还是民乐。家里的书房中放着我的古琴，她有时候也会去随意弹拨。渐渐地，她听我念诗，也会背一些诗歌了。在她幼儿园大班的时候，我开始给她上每周一课，也就是按照春夏秋冬，每个星期选择一个话题，给她和别的孩子讲诗。我没有刻意让她们背诗，或者刻板地去概括诗歌，而是让她们去理解诗歌的情感、诗歌的美。

多多幼儿园毕业的时候，我拟定的话题就是"分别的季节"，选择的就是王维的《渭城曲》和高适的《别董大》。上完之后，我问多多会对分开的好朋友说些什么，她说："我要对好朋友说，虽然你走了，但是你别担心，我永远是你的朋友。"是啊，不是失去了，而是一直在那里，这样的理解太好了。

因为多多太小，没有让她直接学古琴，而是在小学一年级的时候，先让她学了钢琴，想打下一个扎实的乐理基础。也没有对多多有过多的要求，不考级，每天练琴的时间很短。有的时候，我会批评多多不够勤奋，说："要不我们放弃了吧？反正你也讨厌练习。"但每次这种时候，多多都会回答："我不放弃！"虽然进步不是很大，但起码她始终是在音乐中的。渐渐地，她也会模仿妈妈，唱起了越剧、昆曲；渐渐地，她迷上了阅读。好像妈妈喜欢的一切，她都喜欢。她有时竟不是妈妈的女儿，而成了妈妈的闺蜜了。

有那么几次，她在古琴上面，好像用散音弹出了《阳关三叠》的片段，虽然她并不会古琴的指法，只是随便的拨弦。后来，她就开始用钢琴的黑键弹《阳关三叠》。终于，她发出了很郑重的邀请："妈妈，我来弹钢琴，你来唱《阳关三叠》。"她竟然用钢琴的黑键，弹出了《阳关三叠》的第一段，而且左手还配上了和声。我把这个片段录了下来，心里是一种心满意足的感觉。

后来，多多也会唱这首曲子了，她用稚嫩的童声来唱，却动人心弦。

三年级的时候，多多加入了小学的合唱团B组，刚好如雅学堂选择她们学校作为古诗词吟唱的试点，她们学习了《长歌行》《游子吟》，很巧，还有一首是《阳关三叠》。多多就开始认真练唱，但不知为什么，她唱歌的时候总是好紧张，下巴会习惯性地用力，声音也放不开。她是那么喜欢唱这些曲子，同时也迷上了戏曲。她非常想唱得再好一些，于是我也给她请了声乐老师。但是要让小孩子去感受声乐的道理很难，她的进步很缓慢，我也不着急，慢慢来吧，只要喜欢着就好……

最终，她们要参加一台大型的古诗词演唱晚会，曲目就是《阳关三叠》，多多竟然被选为领唱！这下全家人都很紧张了，督促多多好好练习。原本家里都是我唱阳关的声音，而现在则变成多多了！而我，除了在她耳边不断重复"放松""高音不要紧张"之类的话以外，还不断重复"背挺起来""不要低着头！"之类有关形体的提示。我一直不怀疑多多对诗歌的理解，只是要参加这么大型的演出，生怕她会怯场、会影响到演出。可以说，多多演出前全家人都好焦虑。

终于等到了演出的时刻。灯光渐渐亮起，四十个孩子身着白色的汉服，很安静地站在舞台上，淡淡哀伤的前奏响起。多多和其他三个小领唱分别站在主唱演员的身边伴唱。多多站在那边，她原本就瘦，穿上汉服以后，显得非常清雅。看不出她有紧张的表情，只是安静地、庄重地融入整首旋律之中，好像她原本就属于这种旋律似的。而四十个孩子的声音是如此简单朴素，里面没有装饰，没有训练的痕迹，没有任何复杂的念头，只是一片童心，干净纯美。他们相对坐下行礼、饮酒、慢慢分开，而《阳关三叠》那熟悉的旋律回环萦绕，陪伴我那么多年的旋律！

看的时候、听的时候，我似乎进入冰雪世界一般，浑身是发冷的，而心是颤抖的、热的，那么多过往一一而来。人到中年，得到了、失去了；惆怅过、欢喜过；孤独的、温暖的，眼泪不由自主滑落、滑落……

而我知道，这首曲子还会不断响起，而故人，始终不曾远离，并且越来越多。无边柳色之中的，是无边的温暖或者热爱……

古琴之赛

这两天在关注中国民乐大赛，关注古琴项目的比赛。其实写到项目两个字，我就觉得语感不太好，似乎和这种乐器不太般配，可能是因为此种音乐在我心目中太过神圣。想起自己刚刚去老师处学琴的心境，穿梭于上海的老式公房之中，看着那些暗暗的墙，明亮的花，那些慢慢行走的老人，我都不能自禁，怦然心动。那一条通往老师家的路，竟如朝圣之路。所以，现在有如此的聆听机会，自然不能错过。但是看过之后，总觉得有一些不尽如人意之处，不吐不快。

有一点是肯定的，每个古琴选手，不管是少年组还是中青年组的，都技巧娴熟，挥洒自如，甚至可能大大超越古代之士人。曾在晚明士人张岱的《陶庵梦忆》中看到如下一则：

> 越中琴客不满五六人，经年不事操缦，琴安得佳？余结丝社，月必三会之。有小徵曰："中郎音癖，《清溪弄》三载乃成；贺令神交，《广陵散》千年不绝。器由

神以合道，人易学而难精。幸生岩壑之乡，共志丝桐之雅。清泉磐石，援琴歌《水仙》之操，便足怡情；洞响松风，三者皆自然之声，正须类聚。偕我同志，爰立琴盟，约有常期，宁虚芳日。"

一看即知，明代士子的勤奋程度远远比不上今人，甚至经年不事操缦，技术自然好不到哪里去，张岱注意到了此点，所以组织丝社，希望大家共同练习。然而后面谈及的东西，可能就是今人所欠缺的。

首先，此次古琴组比赛，《广陵散》成为最热门曲目，其次为《流水》，听上去非常热闹，看起来也好，滚拂拨刺，让人眼花缭乱。这样的比赛，似乎成为展示古琴高难度指法的比赛。只有一名选手，弹了《渔樵问答》，让人能够聆听古琴的安静。另外，《离骚》一曲，也非常打动人心。但是，可能这些曲目相对来说，技巧较为简单，所以得分好像也不是很高。

《广陵散》和《流水》其实都是好曲目，选手们也弹得很熟练，或者我只能用熟练一词来描述。然而，《广陵散》凝聚的是中国士人之精神；而《流水》孕育的是自然之气质，其间的神韵，显然今人未得。

如张岱所言，《广陵散》千年不绝。听此曲，我总会联想起聂政刺韩白虹贯日，联想起"昔时人已没，今日水犹寒"的诗句，亦想起嵇康的"悼嵇生之永辞兮，顾日影而弹琴"。真正的中国士人，定是有着深沉的历史责任感和"舍生取义"之人生决断，聂政如此，率性与名教对抗的嵇康亦如此。我想，嵇康虽有"声无哀乐论"，他弹《广陵散》一定不会遵循自己的理论，而是真正有所寄托的。然而现在的演奏，却很难"由神以合道"，因为弹者并不能解读属于中国的士之精神了，有的时候，太娴熟太挥洒自如了，反而有一些缺失，让人关注不到内在的神韵。记得听老八张的碟，当年的老古琴家并非如此完美，有的时候甚至有些凝滞或者质朴，但是感觉听到的直接是灵魂，是一种真正的理解。

再说《流水》，反复听管平湖的流水，真是如闻天籁。这也就是庄子说的："夫大块噫气，其名为风。是唯无作，作则万窍怒呺。而独不闻之翏翏乎？山林之畏佳，大木百围之窍穴，似鼻、似口、似耳、似枅、似圈、似臼、似洼者、似污者；激者、謞者、叱者，吸者、叫者、譹者、宎者、咬者，前者唱于而随者唱喁。泠风则小和，飘风则大和，厉风济者则众窍为虚。而独不见之调调之刁刁乎？"

如风行天地，如水流四野，一切都是自自然然的相遇，所有的声音，高高下下、叮叮咚咚、冰泉凝塞、即时豁然、春江潮水、月映万川……每一次邂逅就如"坐看云起时"那么自然，无丝毫做作，正是所谓的"无我之境"吧。

管先生的《流水》正是如此，相信他一定是无数次聆听摹拟自然之水流，才得出这样的天籁之音。而现在我们弹奏《流水》，有时感觉那水流得妖冶非常，几乎是违背自然规律的；那里面有太多刻意的东西、太多得意的东西，不是无我之境、自然之境，而是有我之境，甚至是唯我无他之境。

我想，张岱之"由神以合道"，"清泉磐石……涧响松风，三者皆自然之声，正须类聚"，这才是弹琴之正道。

另外想说的是，古琴其实不适合比赛；但如果要比赛，如何评判，当下诸多古琴大家，对此是否有深思？到底要传达什么，带给世人什么呢？希望不止是技巧罢！

明亮的阅读

生命里细若游丝的越剧

　　或许，在每个人的身体上，都缠绕着自己不知不觉却呕心沥血吐出的丝。时间久了，游丝飘荡，甚至蔓延到她经行的空气里去，有如天罗地网，个体却心甘情愿……

　　一直没有写那些缠绕着自己的游丝——它们无处不在，由里而外。它们是一些微弱的音乐，是一些纯粹的唱词，是一些自己陪伴自己度过生命的感动，是无数迎着强光看不清色彩的弦，是千丝万缕透明的蚕丝，是一杯寒冷若冰的春露……

　　一切皆为前定。

　　五岁的时候，在江南的小镇邂逅越剧《红楼梦》，很久都记不住那些唱词，只留下旋律，难以言说的喜欢。音乐总是要流逝的，她需要你在心里一遍一遍重复。而音乐总是荒谬，她在闪现的时候就走远了。于是，我习惯了反反复复、绸绸缪缪去想象、去吟唱。而长大之后渐渐明了的唱词，就会变得特别刻骨铭心，正是它们，锁住了将要流逝的音乐。正是它们，亲切地述说故事，让人们恍然大悟，原来那些留不住的，并非音乐，而是生命本身。这个时候，会宁愿那些只是音乐，希望它们会很快消逝；然而已经做不到了，那些曲调和唱词，已经细若游丝，与生命难分难解。

八岁的时候，试图用自己的文字锁住音乐，于是写了那么稚嫩的诗歌，并且用越剧来唱："玉雕花开黄金蕊，不饮酒来人自醉。晚风吹送千里香，夜花香胜名牡丹。"三十年都要过去了，我一直记得八岁的音乐。这是一种执着，执着到音乐不曾流逝，而岁月早已走远。而那些旋律，成为一种似有似无的联系，联系过去、现在、将来。

十四岁的我，喜欢跟着父亲的二胡唱越剧。家里有个小小的录音机，我会关上门，没完没了跟着磁带唱。我无论是走着、坐着、上学、游玩，总是不断想着、哼着、唱着那些曲调。时间久了，即便我是沉默的，即便我到处行走，即便我马上要睡去了，那些音乐和唱词，也会跟着我、追着我，响起在我经过的任何空间和时间里面。那个时候，痴痴迷迷，又新新鲜鲜。越剧里面，总是些至情、痴情。然而对于少年来说，却不会惧怕悲剧的结局，纵然是等待、纵然是未知，总是无限生机。就如同祝英台与梁山伯相逢于求学道中，她唱到："我家有个小九妹，聪明伶俐人敬佩。描龙绣凤称能手，琴棋书画件件会。"可能一切开端都应该是美好和明亮的，就像小九妹，就像九斤姑娘。于是我也唱："我家有个小九妹……"唱的时候，是在唱九妹，也仿佛是在唱自己，或者是在唱自己的理想。

十六岁的时候，终于寻到了五岁时候的梦。我一遍又一遍读《红楼梦》，那套中国艺术研究院校注的《红楼梦》，在手里翻来拈去，当细枝末节都被不断摩挲之后，厚厚的三本书也颓然苍老残缺。这个时候，王文娟缠绵蕴藉的声音，仿佛原本就是流动在空气里面，如彩云追月般，到处追随着我与我的影子。"我一生，与诗书做了闺中伴，与笔墨结成骨肉亲。曾记得，菊花赋诗得魁首，海棠起社斗清新。怡红院中行新令，潇湘馆内论旧文。一生心血结成字……"黛玉葬花、焚稿，最后一弯冷月葬花魂。对我来说，是无限地触动，我并非为她的死哀伤，而是为她如此唯美而哀伤。正如紫鹃所唱的："姑娘你，身体乃是宝和珍，再莫说，这样的话儿痛人心。世界上，总有良药可治病，更何况，这府中都是痛你的人……""姑娘啊，你要多多保养，再莫愁，把天大的事儿放开手，保养你玉精神，花模样，打开你眉上锁，腹中忧。"真的有这样的人儿，玉精神、花模样，真的可以一生只是纯粹地去爱、去把心血凝结成字？我羡慕她的美，甚至于羡慕她的死。如果人生能够如此纯美，那么短暂又何妨？而最后宝玉与紫鹃的对唱，其实印证了美的东西在世界上是不存在的，或者说，如果存在过，只是更让人觉得不真实。"问紫鹃，妹妹的诗稿今何在？""如片片蝴蝶火中化。""问紫鹃，妹妹的花锄今何在？""花锄虽在谁葬花？""问紫鹃，妹妹的瑶琴今何在？""琴弦已断你休提它！"仿佛有，仿佛没有；曾经有，又曾经没有。我想，真正的悲剧，不是千秋万世传唱细节的那种，而是事如春梦了无痕罢。正如李义山的那些无从解的意象：如眼泪般快要消逝到沧海中的、如烟般快要融化在暖空中的……

十九岁，在杭州读书。从家里坐船经行运河到杭州。我喜欢上了西湖，欢天喜地地穿着单鞋，冒着大雪去欣赏西湖的雪景；和朋友们披着月光，在孤山上唱歌通宵；考试之前，复习遍西湖山水。然而，终究要毕业。那个时候，心头只是一曲《白蛇传》："西湖山水还依旧，憔悴难对满眼秋。山边枫叶红如染，不堪回首忆旧游。"只要前奏响起，就有惊心动魄或者失魂落魄的感觉。一切都如此简单，如同白娘子爱上了许仙，简单地开始、简单地结束。如果说黛玉太美太纯粹，为世界不容；那白娘子太至情太深情，也是违背了人间的规则的。只是读书就好了，还能维系那些文字和音乐，然而毕业了，就只能入世。于是又想办法继续读硕、读博，去躲起来；终有一天，再无书可读了，就去当老师，说到底还是继续理想着。

一味任性简单，一味追逐单纯的理想的美，这正如春蚕吐丝，试图躲入蚕茧，隔开世事与自己，然而又如此单薄，不堪一击。有一段时间，所谓理想，用禅宗的话来说，如镜花水月，如泡如影如梦如幻。从来不喜欢戚派的低沉缠绵，然而那音乐终于在耳边心中响起："为妻是，千年白蛇峨眉修，羡红尘，远离洞府下山来。初相见，风雨同舟感情深，托终身，西湖花烛结鸾凤。以为是，夫唱妇随共百年，却不料，孽海风波情难酬……"白蛇羡慕红尘，而红尘，却辜负了白蛇。如同宝玉历劫来到俗

　　　　　　　　　　　　　　明亮的阅读

世，最终亦只能重新被僧道裹挟回去一样。

而《追鱼》中的鲤鱼精，也曾一度无路可觅，她唱到："江湖皆网罟，鱼龙失所依。"但最终，她觅到了真爱，她唱到："求娘娘，发慈悲。救小妖，免灾星。我情愿打入红尘去，与张珍，生死同命。宁丢了，千年道行，宁离却，这蓬莱仙境……"那音乐响起的时候，足够令人潸然泪下。是啊，世事复杂亦简单，如果抛开迷惑自己的一切表象，任它弱水三千，我只取一瓢饮，也许亦能在尘世顿悟。正如现在，只是从家里到教室，从教室到家里，心无旁骛，就会心满意足。与自己热爱的一切生死同命，那就可以了，不求千年道行，亦不求蓬莱仙境；最重要的是，我自简简单单，让世事或者规则复杂去吧！

时日迁延，终于明白，喜欢越剧，是因为越剧已经生长在自己的生命里面。喜欢越剧，其实不是为了那些情节，竟然还是为了某种唯美的、至情的、纯粹的理想。虽然自己达不到，但依旧吐丝不辍，微弱亦好、缠绕亦好、虚幻亦好、永生烦恼亦好，既然一切已经如茧如弦如酒，就让它们日生夜长，即弹即逝、随吟随斟，就让那些音乐、那些语句，打动一生。最后，一切透明的茧、透明的弦、透明的酒，都如同透明的生命一般，晶莹剔透，却了无踪迹……

生命里细若游丝的越剧

满天风雨下西楼

有的时候，我无意记住整首诗歌，但会有那么几个句子，执着地闪现或者回旋于我的生命之中。

就好像今年的夏天特别漫长、特别特别漫长，长到让我忘记了另外三个季节以及一切过往的日常生活，好像所有的悲欢离合都可以发生在这个夏天，而所有的悲欢离合也只能在这个夏天一一登场。

所以，一切中年人应该拥有的情节，都无视疫情的封锁、生活的停滞而如期上映了。我父亲和我先生的父亲，几乎同时病倒，而且都病情凶险。一个动了腹部最大的手术，还有一个，则是连手术的机会也没有。

我在父亲确诊之后，好好地哭了两天，哭得连女儿都开始不满："你这样有什么用啊？"这是怎样的一种宣泄啊！似乎把整个浑浑噩噩、混混沌沌的中年生活扯开了一个口子，然后蓄积已久的天上之水漫无涯际地把我淹没，让我身不由己。然而哭完这两天，我就重新变得冷静，好像中年就是一个没有什么期待的阶段，只是沉着地去兵来将挡水来土掩罢！

一项一项检查、评估过去，父亲终于可以做手术了，我的内心是无比激动的，毕竟父亲年纪那么大了，能做手术就是好事，能遇见那么好的医生就是幸事；但我又如此害怕。医生、助理医生、麻醉师一轮一轮地讲手术中以及手术后可能出现的风险，讲得连哥哥都落泪动摇了，但我还是快速地签了字。签完字大家偷偷去见父亲，确切地说是父亲和母亲偷偷从病房里面溜出来见大家。哥哥看见父亲，竟然眼泪又掉了下来，父亲拍拍哥哥说："不要担心，有事莫胆小，无事莫胆大。"而我则像醍醐灌顶，突然觉得一切都没有什么可怕的了。父亲手术那天，哥哥一家过来，我们在家里一起等待手术结果，手术进行了六个多小时，听到手术顺利的消息大家都很高兴。

然后就是等待，等待父亲出院。术后的恢复不是那么顺利，所以等了很久很久，父亲才出院回家；而回家之后的恢复同样不顺利，我们又在久久等待，哪怕父亲今天比昨天多吃一个小馄饨，也是让我们高兴的事情。

然后又收到了公公突然过世的噩耗，在看似没有尽期的夏日里参加葬礼，跟着一项一项程序走完葬礼，是一种很不真实的感觉。那么多年，公公一直把婆婆的骨灰盒放在家里，日夜守护，现在公公和婆婆终于合葬了，也算得一种圆满。我们带回了当年婆婆的绣品，绣得那么认真、那么好看。人已无处可觅，那上面的一针一线却无比真实，那便是一个人在岁月里面留下的微弱而执着的印记吧。

回到家里，仍旧是炎热的无边无际的夏天，父亲在养病，女儿又不断生病，女儿最主要的病是慢性荨麻疹，这也是一种不确定什么时候会好起来的病。后来甚至连钟点工也病倒了，请了一段时间的假。好像这样的日子没有尽期，各种意外都成了常态，只能说夏天和人生真是太真实了。

人生不太会有很大的反转，不管你愿不愿意，接纳不接纳，日常生活就是这么日复一日地过着。季节却不一样，终于台风来了，在被夏天占据着的秋天来了……

我们小区的绿化非常好，有很高大的树，密密地长着。台风来的时候，仿佛人世间就不存在了，漫天是树的声音、风的声音、雨点的声音。为着这久违的风雨，我站到了露台上面，突然就被自然裹挟了，一种强大的力量把我和植物一起摇曳起来，甚至像是要往低处吹落，也就突然想起了那句诗"满天风雨下西楼"。

我爱上那句诗是在大学的时候，那时候热爱一切唯美的诗句。现在想来那时候之所以爱，是把它和"风飘飘兮吹衣""无言独上西楼"那样的句子，一起放进了少年的人设之中。想着一个年轻落寞却不知为何落寞的女子，穿着一袭烟雨蒙蒙的裙，然后风把衣襟吹起、把头发吹起，她就那样走着，天地自然都在衬托着她。

人设毕竟是人设，其实少年时代的她，长得并不算好看，但是却爱一切美好的事情，总是在寻觅一切美好。她在童年时期的自然里面得到了力量。她的小学和初中是在山中度过的。许多个漫天风雨之时，她都是在连绵的群山中度过的。山是如此高远，风雨仿佛是从天际直接跌落人间，而风雨跌落的时候，人间便消失了。天地之间，只是自然的声音、自然的力量、自然的色泽，所以她会爱上所有古诗里面的风雨、旷野、山中岁月，也会打量在所有风雨、旷野、山中岁月里面的自己。少年时总有无尽的力量去相信自己，相信"我见青山多妩媚、料青山见我应如是。情与貌、略相似"。她相信自然也在注视着自己。

我们慢慢长大，山水从生命中退却。慢慢走回无边的人间，这种外在的注视就转移至朋友，转移至自己所爱的人，甚至转移至某种冥冥之中注定，却无法言说的天命。这个世界上，总会有人欣赏自己、打量自己吧？总会发生些什么即便当时已惘然的唯美甚或凄美吧？"满天风雨下西楼"，后来的场景，就是在自己高中回归的那座江南小镇上展开的。小学之前她借住在外婆那里，游荡在运河边的小镇之上。在那些百年老宅子里面穿行，却并不知道小镇有多美，直到长大后小镇被拆得荡然无存，才无限惘怅地追忆自己的身影，去遥想满天风雨之时，运河水面开阔、桥影摇曳。那些从古到今的无数过客，都曾或撑伞或拄杖或一叶轻舟，穿行在风雨之中。而今虽然没有风雨对床的知己，但可以以少年的姿态独下高楼。那少年，虽则孤单，未来却有无限的希望；而且她希望她被无边风雨衬托的一刻，总有一天，会被和自

满天风雨下西楼

己心灵相通的人打量和欣赏。确实，在她的生命里面，慢慢生长起了一种力量，甚至有那么一种天命所归的使命感。

而到了知天命的年龄，她又在一个台风的天气里面，想起了"满天风雨下西楼"。这场风雨，已经不再是出现在连绵的群山之中，也不在唯美的小镇之上，而是在真实的岁月里面。这场风雨之外，没有一切外在的注视。天地之间，有的只是一个年华渐老的女子，坦然而真实地站立在风雨里面。她的人生已将至知天命之年，也并未有特殊的天命眷顾，她只是慢慢过着每一个日子，接纳每一个日子。她在这场风雨中最想说的一句话是："高温天气总算过去了，天凉快了呢，大家都会舒服些了罢！"说完这句，她突然没来由地想起了"满天风雨下西楼"的上一句，而上一句在过往的岁月里面是基本不会闪现的，而现在，它竟然闪现了，那句诗就是"日暮酒醒人已远"……

抄书甚于著书

明人言：抄书更胜著书，颇有理，故抄明人之书如下——

王阳明曰：不可以我前日用得功夫了，今却不济，便要矫强，做出一个没破绽的模样，这便是助长，连前些子功夫都坏了。

罗念庵曰：从前为"良知时时见在"一句误却，欠缺培养一段功夫。培养原属收敛翕聚。

刘蕺山曰：造化人事，皆以收敛为主，发散是不得已事。

云栖大师曰：是盖有心病二焉：一者懒病，二者狂病。懒则惮于博究，疲于精思，惟图省便，不劳心力故。狂则上轻古德，下藐今人。惟恣胸臆，自用自专故。

憨山大师曰：用力极处，不计日月，忽然冷灰豆爆，便是大欢喜时节也。

杨慎曰：夫从乳出酪，从酪出酥，从生酥出熟酥，从熟酥出醍醐。犹之精义以入神，非一蹴之力也。

明人被后人批为狂疏无学，其实亦有被误解之处。其一，明人解明人，抑或后人解明人，有断章取义之处。想王阳明拈出"致良知"三字，其艰辛更甚于格物，其于"无善无恶"之解，正是历经一段实在人生方得，岂是后人之"空""混"能得？后人只是在其章句中寻找自己方便，因此抹煞其大义。就连王世贞、胡应鳞之复古派，若非博综典籍、谙习掌故，又何能树一家之言？

其二，实学种子早已于晚明埋下，岂待明亡方反思？故嵇文甫之总结最为客观：于是乎清初诸大师出来，以经世致用、实事求是相号召，截然划出一个思想史上的新时代。这一班大师都是明代遗民，他们的早年生活，还有些是应该叙入晚明思想史以内的。

抛开明清看现在，"不计日月，冷灰豆爆"者着实难觅，"空""混"者则遍布寰宇；即如晚明才学空疏、任情率性者亦无。明清诸子皆口诛笔伐之乡愿，则源远流长。如王泾阳所云："三代而下，只是乡愿一班人名利兼收，便宜受用。"

读书甚于看书

今日读晚明才子徐野君之《雁楼集》——确切说来，应该是看《雁楼集》，看到了野君的《读书声赋》，不由神往，摘抄其中一段如下：

> 琅然可赋者，庶几惟读书之声，作十年之豹隐，逞一时之龙吟。大学小学今文古文，一上一下，屈指该廿一之史；三反三复，寓目尽十三之经。既春弦而夏诵，谁凤知而莫成。或踞山巅、或临水涘、或辟明窗、或拭净几。锦轴初抽、牙签载启；蕊笈累累，瑶编缕缕。谡谡兮助煮茗之松风，霏霏兮似落花之春雨。停句字而伊吾，对圣贤而谈许。掷地金声，随风玉举。他如墙头雪映、帐底萤囊。借空庭之明月，依邻家之末光。利锥惨烈，圆枕惊惶。授生徒而广海，虽寝食而弗忘。当斯际也，孰不把卷而徜徉，摇头鼓掌，转喉引吭，高者类壮夫之叱咤，低者同美女之悠扬。意偶倦而节短，兴方豪

而韵长。谓余此中有金屋兮，触手皆挂壁之琳琅；或曰玉颜在兹兮，化为环佩之玎珰。车百乘兮，随之而毂转；粟千钟兮，因之而齿香。非丝非竹，若断若续。同游引连臂之歌，独坐奏清夜之曲。

特别喜欢其中描述的山巅水浃、明窗净几的读书之处。今日有学生让我解读一句话——读万卷书不如行万里路，行万里路不如阅人无数。我说："我只知道'读万卷书，行万里路'这八个字，不知道还有这种版本。而且古人所言行万里路，情境和现代人是不同的，行万里路，应该是行走于真正的天地自然之间；另一方面，行万里路，亦有岁月磨砺之意，以及为了理想而奔波之意。阅人无数之类的，应该是后来人加上去的吧，未免太世俗功利了。"

看野君文字就会很明白，在山水自然之中读书，且行且读，这二者本是融为一体的，行万里路、读万卷书，原本是分不开的；而读书真的是读书，而非如现在般默默看书：叱咤悠扬，因其性情；节短韵长，随其文字。可一人读，独坐清夜；可几人读，把臂同游。直读到风生云起，松鸣簌簌；直读到云来雾遮，落花霏霏。而细听，非松非花，非丝非竹，只是那读书之人，读书于自然之中，怎不让人感怀，让人遐想……

与书告别

最近一些日子没有读书，因为阳光太好，秋天太美。记得以前我读梁遇春的散文时，被他的文字当头棒喝，于是写了一首小诗，以示顿悟：当五月来临之际/我听见鸟鸣/花儿也渐渐为春天开/我就向/我的书籍同宗教/告别了……

现在眼见得天地慢慢被银杏叶儿染成金色，又到了我告别书籍的时候，于是把过往的读书历程好好打了一个包，准备在太阳里面晒晒收好，省得发霉。收拾的同时，不能免中国人的俗，自然是要总结几大点几小点，以古鉴今，并展望未来。写过文字百万，我永远写不好的就是个人小结、现实意义之类的东西，正在词穷之际，忽然想起一痛快淋漓之人——嵇康。想起他的"必不堪者七，甚不可者二"，于是大喜，准备抄袭套用改头换面——反正此种手段现已合法并通行天下。借嵇康之法，总结本人读书之道。当然，出于对嵇康的尊敬，我只敢言"必不堪者四"罢了。

读书之必不堪者一：尚未读书，动辄便问有用无用。做老师以来，批改作文无数。发现有一语被引用得颇为频繁：书中自有黄金屋，书中自有颜如玉。现在正告学生，千万莫信此语，我自小学二年级开始自由看书至今，尚无一书中跳出黄金屋来。此念应歇，尚能安静读书。读书如此，做学问做人都是这样，还是史学家顾颉刚先生说得好，他说自己开始做学问的时候总问有用无用，后来发现不应该这么想，评判标准应该是真还是不真。

读书之必不堪者二：尚未读书，便觅捷径。有许多学生以如此句式问我："如何在短期内快速提高……"我其实并不知道如何回答。这怪不得学生。当下社会，凡事力求快速，并且最令人瞠目结舌之处在于：凡事都需要在某一期限内完成。我从小受的教育也是：到2000年实现四个现代化。以至于想到2000年，都无限神往并肃然起敬。读书至今，才发现，其实真正的读书或者做学问，不可能规定期限，也不可能短期速成。像现在满天飞的校级、市级、国家级课题，规定一年或者两年的期限内完成，其实大多都是草草了事；而每年度的考核标准，更像是痴人说梦。真正由技进道，对某一领域心领神会，那是需要一个漫长的积累过程的。孔子把一生分为几个阶段，最后一个阶段是"七十而从心所欲不逾矩"。其实孔子早就告诉大家了：读书也好，人格的自我完善也好，那是一辈子的事情。

读书之必不堪者三：追逐潮流，怕落人后。现在怕了"时尚"一词以及"与时俱进"一词。凡事经过"时尚"包装，就可能会走样。例如如今"国学"热潮涌来，作为古典文学专业的我，原本只在僻处自看自书。最近竟然不乏问津者："××，以后是否能教我孩子四书五经？"问得多了，发现竟然需要开个私塾才罢。而实际上，许多人并不是真正想了解儒家和道家的内涵，只是时尚如此，如果不赶上潮流，就会落人之后。一些学生看书的动机也是如此，生怕有一天走出去，大家说："哎呀，你怎么那么土，连××的书都没有看过！"这下颜面大失，没法再混，也再不能与时俱进了。其实大可不必如此惶恐。在我看来，"与时俱进"一词其实纯属荒谬，大家大可放心，没有人会被他的那个时代遗弃的，人一定是和他的那个时代共存共生的。

读书之必不堪者四：心如蜂巢，永动不宁。"静谧"可能是这个时代最缺失的氛围了。无法安静，无法真正的安静。无法安静，也就无法思考了。而读书不思考，不联想，那就失却意义了。奔跑是这个时代的姿势，于是众人一路飞奔、气喘吁吁、疲于奔命。但是为何而奔跑，却无暇问及了；更不用说错过多少风景。想起我最喜欢的几个读书所在：第一个是华东师范大学图书馆八楼的古籍阅览室，高处自有妙处，满屋古籍，一张大大的桌子洒满阳光，很安静很安静；四楼的研究生阅览室也不错，有软软的椅子，桌子用挡板隔开，自成一个角落。架子上一排排的书可随意去拿取，于是在那里看书，在那里沉思默想，甚至在那里酣眠片刻；上海图书馆是另外一个好去处，每次去都要待上一天，带上个杯子，喝着暖暖的水，享受着夏天或者冬天的空调。从一楼的近代文献阅览室穿梭到综合阅览室，从二楼的古籍阅览室踱步到期刊阅览室，真是人生的享受啊。当然，我也颇有野人献芹的意味，把自己以为最好的，拿出来给众位分享一下。

其实不堪者尚多，唉，但是秋阳太好，我啰里啰唆的，会遭天谴的。所以，还是丢开书，丢开笔，且去享受自然罢。

看书，看人，看己

好久没有这样看书了，书不用看完，看不下去就丢开；看这本书的时候，想起那本书，就放下这本书，看那本书。

这个寒假：看《东坡志林》，看《禅宗语录》，看《费正清文集》，看《李叔同传记》，看《护生画集》，看《中国哲学史》，看《四书》，看费振钟的随笔，看梁遇春、沈从文的散文，甚至看《洛丽塔》。

好像在每本书中，我都在若有若无、似认真似随意地寻找些什么；这些书没有什么共性，却处处相同。

我不知道自己是在看书，还是在看人，看己。

我不知道自己想知道些什么，我只知道追随着自己情绪的流动去选择书。

有点像小时候的痴迷，只要是有字的，我都要去看，并为着发现一些新的东西而开心。

但却没有小时候的快乐，看这些文字，我始终是在淡淡地忧伤着，为着逝去了的一些东西，别人的、自己的；为着一些不能实现的理想。

可能每本书都是因执着而来的吧，可能书牵连到的每个人都是执着的吧，不论是何种生涯、何种哲学、何种宗教、何种情感。

而不论是何种生涯、何种哲学、何种宗教、何种情感，越浓烈越真挚的，却越迷离越怅惘。

我喜欢的苏东坡，他在越来越痛苦之中越来越旷达，他是矛盾的，一边洞察生死一边寻找丹药以期延年。

我喜欢的李叔同，他为何反反复复强调慎独、不言人过，是否他自己也无法真正做到？为何他在临终前要"悲欣交集"，难道他并不能彻悟？

我不太了解的王阳明，他一生可谓历经磨难，孤寂之中扪心自觅，才得到知行之道。但他的心中究竟经历了何种痛苦，才终于自己说服自己，不向外物寻觅，独守其心？这真的是如月明飞锡般的超脱吗？

我不喜欢《洛丽塔》，不喜欢是因为我讨厌这种类似"乱伦"的情感，但终卷之后，我却不能不叹息，这书中充盈的却是一种至真至情，而为何至情总是不为人所解，其结局为何永远不能真正的唯美？

就是这样，痛苦、怅惘、情真至极，从每本书中溢出，似真似幻，无可捉摸无法察觉，一旦遇到真实的人世间的气息，它们就再也无从寻觅，或者只能消逝了。

　　　　　　　　　　　　　明亮的阅读

很久以来，就希望自己有空下来的片刻，在自己的书房里面写意地看书，但现在终于发现，我再也不可能真正地写意了。因为这种看似写意的方式，其实并不闲适，反而令人沉痛：

如一场大雾，越来越明亮，却越来越迷离；如一场大雪，寒意刻骨铭心、漫天惆怅无休无止；如一场楚天长短黄昏之雨，叫人无愁自愁，无愁不愁……

二　我所读兮

中庸之道

——读《中庸》

    中国人喜以中庸自许，无论是人生态度还是为人处世的方式。每每中庸被等同于在人际关系之中游刃有余、左右逢源；在自己的仕途之中审时度势、顺风扯帆。其实，这与真正的中庸之道，相悖甚远。

    真正的中庸之道，是一种人格理想，贯彻在生命之中，贯彻在人群之中。是一种发自内心、体现在外的仁与礼：一方面，尽己之心，推己及人，也就是所谓的忠恕之道了；另一方面，对自己所领悟到的道与志向，还要自度度人，度人也就是传统所谓的教化了。这种理想是沉甸甸的，仁以为己任，不亦重乎？这岂是一般小人，只知道功利二字，只知道勾心斗角、揣度他人，在尔虞我诈之中保全自身之意！

    真正的中庸之道，需要在天地万物纷纷世态之中做好选择，打定主意。正如宋代陈淳所注的"惟其能择，而又能守之，乃为真能知之"。既然你选择了这样崇高的理想，尽己为人，那你就要坚持，用勇气去贯彻一生。所谓的中庸，并不是人云亦云，这是最为错误的解释。正确之解应该是"故君子和而不流……中立而不倚……",和以待人并非没有原则地对任何人,君子不会为流俗所移,而是始终守中和而无所偏倚。中庸并非随大流、去审时度势或揣摩世人,而是坚持道、坚持自我。这又岂是常人做得到的?

真正的中庸之道,必定不会那么春风得意,必定要颠沛流离却执着不悔。"君子依乎中庸,遁世不见知而不悔",坚持正道,哪怕终身不为世人了解,也绝不懊悔;"正己而不求于人",只要自己言行一致,正心诚意,哪怕再困苦也不需求于他人;"故君子之道,暗然而日章;小人之道,的然而日亡",坚持这样的理想,哪怕身处暗然,内心都是充实的,举止都是光明的;"君子无入而不自得焉",无论身处何方,何等境遇,皆能自得,皆能"上不怨天,下不尤人"。这才是真正的中庸之道,至诚不息的中庸之道。"死而后已,不亦远乎",试问贪求名利的世人又如何能做到,如何不有愧于心呢?

活着的屈原

两千年以后，我们会说起屈原。我们说屈原品性高洁，我们说他伟大。我们说得很轻易，很理所当然。

但是，两千年以后，我重读屈原，我的心里是沉痛的，感觉自己伴随他憔悴，却又爱莫能助。

在《离骚》和《渔父》里，我看着他死去，看着他宿命般地走向水畔。

如果一个人死去，那也罢了；我们都在探讨屈原之死，甚至连那个节日——端午，都是为了祭祀屈原才彰显。

但是，我们没有关注他的生，他的离骚，本来就是遭遇忧愁的意思。我们没有去解读他所遭遇的忧愁，我们没有读懂他的忧愁。

屈原纵使是死了，纵使年年有成千上万人想起他，其实大家并不在意他的痛苦，而是在意于他的死，在意于每年一度为伟大所设置的节日。

即便是所有的、成千上万的、代代凭吊他的、认为他伟大的人们，生活在他的那个时代，也会让屈原憔悴死去的，并且，很有可能，所有的人，都是凶手。

是啊，我们可曾解读他的生命，以及，我们自己的生命？

屈原说："朝搴阰之木兰兮，夕揽洲之宿莽。"那时的他，山清水明的眼神，远离尘世的装束，赤子之心，兰草之性。他在自然中游弋，远非世俗中人。于是，他用看待自然的眼光去看待人们。他以为，他是这样生活，世人也应如此。

屈原说："余既滋兰之九畹兮，又树蕙之百亩。"于是他希望去亲近世人，和他们一起美好。于是他认真地做了，并且陶醉在清风绿意之中。那时的他，峨冠博带，神采俊逸，如神仙下世，普度众生。

屈原说："初既与余成言兮，后悔遁而有他。"我不知道楚怀王、不知道世人，都对屈原说了些什么。我想，一定是大言炎炎，小言詹詹。我想，如果是我，我也会用话语欺骗他："真的，我们也和你这般想。"人们甚至会说："我们是品性高洁的，我们是求真务实的，""我们为着一个理想，不惜奋斗终生！"于是，屈原相信了，相信了众人上指九天、下索黄泉的誓言；相信了从楚怀王开始到众生的谎言；更可怕的是，世人在言之凿凿的时候，自己也相信了自己。

屈原说："众皆竞进以贪婪兮，凭不厌乎求索。"很快的，我们这些人，这些苟活于世上，打着崇高伟大旗帜的小人们，被屈原清澈的眼神看穿了。恕己量人，驰骛追逐，我们本是勾心斗角、追逐私利的人，毫无疑问，直说罢了，何必遮遮掩掩！

屈原说："苟余情其信姱以练要兮，长颙颔亦何伤。"秋意阵阵，秋气肃杀。秋花惨淡秋草黄，秋风秋雨愁煞人。屈原渐行渐远，渐趋憔悴。他本不为自然的凋零哀伤，他感受到的漫天肃杀，是人世间的天罗地网，他是在人世间颙颔嗟叹。他太认真，认真得触怒了世人，世间每一个人都自以为有权力嘲笑他。我们摇头叹气，自以为世故，自以为混得不错，我们会说："你太天真，太傻。""这个世界原本就是如此的！""你一个人能改变吗？"

屈原说："举世皆浊我独清，众人皆醉我独醒。"屈原奔走世间，而世间本无路可走。他行吟泽畔，颜色憔悴，形容枯槁。我们只允许他在荒郊野外独自行吟，甚至在他最沉痛的时候，还要派一个渔父老到地去劝说他，用我们的方式去劝说他，为什么不随波逐流、为什么不与世人同醉！而屈原说的话语，我们并没有读懂。后来的人，只会正义地斥责楚国的小人。实际上，屈原想说的是，这浑浊和沉醉，沾染的，是所有的时间与空间。代复一代，我们都在重演着！

我不忍心去想，屈原活着时候的那些痛苦、徘徊、犹豫、坚持、疑惑、绝望、沉痛、憔悴！！！

世人也从来不去想，屈原活着时候的那些痛苦、徘徊、犹豫、坚持、疑惑、绝望、沉痛、憔悴！！！

我们只知道擂鼓竞舟，搞一个漂亮的大场面；我们只知道把粽子推陈出新，卖到更远的地方去；我们只知道把端午节再三强调，寻找一个传统文化的主持人；我们利用了屈原的痛苦与死，装点我们形式主义的大旗，装点我们的繁荣人生，装点我们伟大而崇高的口号。

仅此而已。

解读"崇高"

　　西方美学范畴之中有"崇高"之审美观照，一般说来，崇高的对象往往体现出巨大、无限、晦暗、粗犷等，体现出某种反形式的特征。崇高，一开始拒斥主体，而后升华主体，是一种从痛感向快感的转化：开始会对主体造成恐惧，产生拒斥和威胁，进而却能唤起主体自身的理性观念和勇气，主体便超越了对象达到新的精神境。这个过程使得主客体从拒斥疏远到最终同一。

　　试以这个概念解读初盛唐诗歌。

　　初唐张若虚的《春江花月夜》，正是体现出了接近这种崇高的审美境界。不过由于中国人的中和内敛的特质，因此在自然面前，在无边无际的春江和月光面前，诗歌中没有直接体现出人的错愕与震惊。但前面大篇幅地描写无人之境的春江，描写宇宙，其间没有属于人的思想，或者说，人甚至来不及思想，如同被抑住了呼吸一般，有很长一段时间的惊讶与静穆；慢慢地，我们才发现江边之人，开始从无限的宇宙之中找回有限的自我，并开始感慨地发问。而这些问题是没有答案的，发问者也不需要答案。

他只是把自己与自然的距离渐渐缩短，希望以很亲切的对话方式来缩短距离。最后，人由于自身的灵性，用自己有限的生命暂时融入了无限的自然之中，从而也升华了自己的生命。这就是崇高的审美方式。

到了盛唐，我们发现这种方式完全不能适用。即便对象依旧如此无限、巨大、粗犷甚至晦暗，例如在边塞诗派笔下、在李白笔下的那些自然，本就具有这些特质，茫茫的雪海、呼啸的狂风、大如席的燕山雪花、难于上青天的蜀道，无不具有崇高的外观。但是对于盛唐诗人来说，却并不形成强烈的反差，没有乍一相逢时应该有的惊讶、恐惧和威胁感。其主要原因在于盛唐诗人的心理高度，他们本就习惯于以俯视的视角看待一切，甚至想方设法拔高自己所处的高度，所以，主体习惯于过分彰显自我。在一切高度、一切伟大面前，他们都具有充分的心理准备。可以说，西方的崇高式的审美观照法是一种外在超越法，使得客体被主体升华，客体是被动的；而盛唐诗人面对崇高的景象的时候，早就已经有了心理准备，这个过程就是主体的内在超越法。所以，客体与主体客观存在的差距缩短、消失甚至变形了。在这个时候，客体是主动的。

具体的表现在于：当诗人邂逅具有高度、深度、广度、厚度的自然之时，他们并不恐惧或是震惊，而是坦然自若地平视甚至俯视一切，所以李白就会看到"衡山苍苍入紫冥，下看南极老人星"。我们需要抬头仰视的星辰，在李白却是俯视的。而杜甫的

"会当凌绝顶，一览众山小"，与其说是泰山的高度，不如说杜甫更高于泰山，整首诗体现的是他自己的心理高度。而当诗人邂逅平常风景的时候，他们却会赋予其神奇的色彩，他们会在平常的地点想象崇高和伟大。例如，李白会想象："天姥连天向天横，势拔五岳掩赤城。"

看同样一组诗歌——盛唐诗人登上慈恩寺塔的诗歌，就能感受他们的心理高度。

与高适薛据同登慈恩寺浮图

岑参

塔势如涌出，孤高耸天宫。登临出世界，磴道盘虚空。突兀压神州，峥嵘如鬼工。

四角碍白日，七层摩苍穹。下窥指高鸟，俯听闻惊风。连山若波涛，奔走似朝东。

青槐夹驰道，宫馆何玲珑。秋色从西来，苍然满关中。五陵北原上，万古青蒙蒙。

净理了可悟，胜因夙所宗。誓将挂冠去，觉道资无穷。

在岑参眼中，见到山若波涛，宫馆玲珑；远望五陵，青意蒙蒙。已经有出世之想。

再看杜甫：

同诸公登慈恩寺塔

杜甫

高标跨苍穹，烈风无时休。自非旷士怀，登兹翻百忧。方知象教力，足可追冥搜。

仰穿龙蛇窟，始出枝撑幽。七星在北户，河汉声西流。羲和鞭白日，少昊行清秋。

秦山忽破碎，泾渭不可求。俯视但一气，焉能辨皇州？回首叫虞舜，苍梧云正愁。

惜哉瑶池饮，日晏昆仑丘。黄鹄去不息，哀鸣何所投？君看随阳雁，各有稻粱谋。

杜甫只是登塔，塔却比天还高，具有神话高度。杜甫在这里看到的是羲和、少昊，银河、北斗，怎么可能再看到人间呢？人间只不过是"俯视但一气"罢了。

这就是盛唐诗人的观照方式。

从这一组诗歌的审美观照方式，我们不由思考一个问题：初唐的《春江花月夜》算是一种"崇高"审美的展示，但亦有所偏差，在一些盛唐诗人笔下却气象全殊，原因何在？

首先在于审美主体的不同。崇高与优美这组概念，着重点在于描述客体，忽视了主体自身也会有所不同。不同的主体看待客体的时候，审美感受是完全不同的。其次在于主体与客体的心理距离不同，在盛唐，诗人的心理高度远远凌驾于自然万物。再次，中西对于天人关系的解读方式不同。西方的天与人之间如隔天堑，自然疏离于人世，而中国人会在自然之中安顿生命，对自然并不敬畏，有的是亲近之情。

又：

后读宇文所安之《追忆》，中间有这样的评价：人们可以注意到，在中国的艺术思想里既没有论述美也没有论述崇高这个引人注目的事实。这两个概念反映的都是纯主体与纯客体之间的异化和对立。……与此相反，中国人的思想强有力地趋向于统一和再统一。圣人就是这一过程的完满的结果，他通过某种深奥的途径与天地同在。

这段话正是我在读"崇高"时的所思，中国艺术思想中基本无"崇高"这一范畴，主体与客体之间无法形成异化和强烈的对立冲突。主体本身就试图与天地同在，成为世界这一整体中的一部分，也就是说，主体自觉地把自己认同为客体的一部分，所以主体邂逅客体时，没有异物感与强烈的反差感，当然也就形成不了"崇高"这一审美过程。

有一种诗

　　有一种诗人，找着找着，他想要寻找的东西，渐渐全无踪迹。有一种诗人，走着走着，他的人，渐渐全无踪迹。

　　很喜欢这样的句子：

　　　　春来遍是桃花水，不辨仙源何处寻。

　　本来是很执着的一个念头，或是一种理想，要归去，要适彼乐土，要在这人世间找到最美的归宿。然而看着春日漫漫的春水，那些不知从何而来，要往何方而去的春水；看着不辨方向漫天飘飞的桃花落入水中，汤汤洋洋而来，诗人也就释然了，也就不刻意去寻找那个所谓的桃花源了。

　　　　松下问童子，言师采药去。只在此山中，云深不知处。

　　　　欲持一瓢酒，远慰风雨夕。落叶满空山，何处寻行迹？

诗人本来是认真地去寻找朋友，而那寻访之时，心里一定也怀着不吐不快的千言万语，不然为何要持酒，要寻求慰藉。然而到了之后，才发现要在那烟云变幻的山中，或是那无边落叶的山中，寻找到伊人，实在是很渺茫的事情。然而，自己心中的一点执着或惆怅，却也随白云飘荡而去、随落叶萧萧而散。虽然没有寻到那个倾诉的对象，却对着自然，进入更高的神秘安静的境界。

人事有代谢，往来成古今。江山留胜迹，我辈复登临。

诗人本来要登山临水，作一番超越小我的历史的感慨，甚至想象自己会如羊祜般堕泪，如陈子昂般怆然而涕下。然而真的登临胜境了，又突然变得如此平静、如此不动声色。在无限的空间与时间内，方生方死、方死方生的过客，怀着一颗了然澄澈的心。一切都是自然而然的，人事代谢、古今交替。不知有多少过客曾经临此地，今天恰逢我又路过这儿。无大欢喜、无大悲哀，只是自然而然罢了。

而有一种诗人，走着走着，自己也便全无踪迹了。

采菊东篱下，悠然见南山。

行到水穷处，坐看云起时。

这里面一定有人，有人在秋日的东篱之下采撷淡淡的菊花，有人在行坐随意。然而他们采着采着、走着走着，就不见踪迹了。

菊花仿佛是自然的导引，它的淡淡之黄与远方南山淡淡之蓝，是秋天一对最美好的补色。渊明就这么随意采撷，不经意间便邂逅南山。山悠然，人悠然；山悠然见到人，人悠然见到山；山见到悠然的人，人见到悠然的山；山是自然，人也是自然。于是人就融合到整个秋天的天地里去，忘却了自己的存在。我们也只见到一个手持菊花的人，呆呆看着南山，看着绯红的暮色，看着飞鸟以南山为背景，穿越暮色而去。这一刹那，是一种静穆的永恒，是人与天地万物一起生生不已，自由自在。而既然已经无我，当然也忘却了语言，只需要任真自得，委运大化即可。

而王维，兴来独往，随意行走，不知不觉，有碧水将尽；随意坐憩，不知不觉，有白云渐生。而水尽也罢、云生也罢，皆为自自然然的变化。行走也罢、坐下也罢，也没有任何刻意的地方。此时那个行走的人，其实已经化作水、化作风、化作云、化作花，化作天地自然。

而更有一些诗，干脆连那个诗人，也轻轻地、唯恐惊动了什么似地退出了。

如果说张九龄的"草木有本心，何求美人折"，已经感悟到了自然之独立性、自然之远远超越人类的生机，然而尚有人的思考与判断在里面，那么在"雨中山果落，灯下草虫鸣"二句诗中，人就彻底退出了自然，而自然，则得着大自在了……

愈淡愈浓

——读孟浩然《宿业师山房期丁大不至》

> 夕阳度西岭，群壑倏已暝。
>
> 松月生夜凉，风泉满清听。
>
> 樵人归欲尽，烟鸟栖初定。
>
> 之子期未来，孤琴候萝径。

  一千多年前，如今夜的傍晚，孟浩然守候在夕阳之下，群壑之中。充盈在天地之间的盛唐意气，在一个简简单单、平平淡淡的诗人面前，如灿烂的夕阳，倏而转化为清清的月光。而满纸的景致，日月风泉、烟鸟琴萝，亦如山水画中的浓墨淡彩，烘托出的不是繁杂的事象，而是如禅的境界。

  有的时候，我真的不愿意去把某一个时刻和一个人的一生相联，我不愿意用"三十犹未遇……望断金马门"去概括孟浩然一生的守候，纵使他开元间的确应试不第；纵使他漫游江淮，很快重返襄阳；纵使他被引为幕宾，却次年归里……但这个夜晚，他静静地携琴守在山路，而在这样的时刻，他会，也一定已经忘却了人世的躁动，他守望的，是一个真正"清秀彻骨"的尘外世界。这也正是孟浩然的过人之处，他能把纷纷乱乱化解为冲澹清远，再从清清淡淡之间演绎出禅思妙悟，正如在一杯澄澈的水中，加入香茗缕缕……

于是我们看到
群山渐渐隐去它们的轮廓
风拂过松枝，拂过月光
叮叮咚咚拨动山泉
人渐渐远去，鸟渐渐散尽
诗人的衣袂飘扬，琴声未起
……

但另一曲天籁之音早已如泛音初起，打动人心了，那就是真正的自然之音。我们不需要去想夜晚之冷，不需要去想今天得夜宿山房，不需要感叹无人相伴，也不需要引领遥望，总之，我们不需要等待，也绝对不会寂寞。自然就是一种生机，一种圆满。

真想拥有，然后保留这种感觉。

我曾经以为：真正的水，绝对不会流经有桥的地方。我们的周围，有着那么多的符号、文本、期望、失落，而月亮与泉水的声音，就像是不可企及的，哪怕仅仅是小乘的自度境界。事实却正相反，无论我们花费了多少岁月构筑成自我的氛围，当某一天，蓦然与一片飘落的金色的树叶或是一曲穿越白色石子的溪水相遇时，会恍然若失，那时你看到的就是真正的树叶，真正的水。

而孟浩然，在他的诗中，总能突破那种被营造的氛围，暂时忘却"不才明主弃，多病故人疏"的人生际遇，暂时忘却"润从河汉下，花逼艳阳开"的开元盛世，而直接与天地遭遇，却表现得淡若无意。

《王孟诗评》中对此诗的评论堪称最佳："此诗愈淡愈浓，景物满眼，而清淡之趣更浮动，非寂寞者。"

林语堂《苏东坡传》导读

——华东师范大学图书馆"微信读书时光"

大家好，我是上海体育学院的老师郎净，很高兴能收到母校华东师范大学图书馆的邀请，在这里与大家分享五分钟的微信读书时光。我想分享的是林语堂的《苏东坡传》以及当下最打动我的苏东坡先生的文字。

我是在上大学的时候看林语堂先生的《苏东坡传》——和你们年龄差不多的时候，我也爱上了这部传记，过了很多年，我觉得这部作品仍然是一流的、优秀的、值得阅读的。我大致总结了一下我对这部作品的看法。

首先最吸引我的是《苏东坡传》的文字。我是中文系的，所以有一种对于好文字的癖好。我最看不得的是好文字被坏文字解读得失去光彩。苏轼是一个文学天才，而林语堂之文字配得上写苏轼。比如他解读苏轼在杭州西湖的诗歌，不是去直接翻译诗句，而是去想象苏轼泛舟的场景、用唯美的文字将人带入诗境之中：

在船的四周，湖水一碧如染，约有十里之遥，往远
处看，白云依偎于山巅，使山峦半隐半显，白云飘忽出
没，山容随之而改变；山峦供白云以家乡，使之倦游而
归息。有时天阴欲雪，阴霾低垂，丘阜便隐而难见。阴
霾之后，游客尚可望见楼塔闪动、东鳞西爪，远山轮
廓，依稀在望……

这样的文字，感觉是以诗解诗。我自己一直持有的观点也
是，讲文学一定要以诗解诗，语言一定要美，要当得起被讲的经
典作品。

其次，林语堂是从神韵上把握苏轼，有中国文学写意之特
点。林语堂在苏轼身上倾注的是自己的人格理想，也是数千年来
中国文人将儒释道之精髓融会贯通于人生的一种人格理想，当然
林语堂对苏轼会有神化之倾向，但是总体气质把握得还是很到
位的。

我若说一提到苏东坡，在中国总会引起人亲切敬佩
的微笑，也许这话最能概括苏东坡的一切了。苏东坡的
人品，具有一个多才多艺的天才的深厚、广博、诙谐，
有高度的智力，有天真烂漫的赤子之心——正如耶稣所
说，具有蛇的智慧，兼有鸽子的温柔敦厚，在苏东坡这

些方面，其他诗人是不能望其项背的。这些品质之荟萃于一身，是天地间的凤毛麟角，不可多见的。而苏东坡正是此等人！他保持天真淳朴，终身不渝。政治上的勾心斗角与利害谋算，与他的人品是格格不入的；他的诗词文章，或一时即兴之作，或是有所不满时有感而发，都是自然流露，顺乎天性……他一直卷在政治漩涡之中，但是他却光风霁月，高高超越于狗苟蝇营的政治勾当之上。他不忮不求，随时随地吟诗作赋，批评臧否，纯然表达心之所感，至于会招致何等后果，与自己有何利害，则一概置之度外了。

读完这样的文字，作为中国人的你，是否已经在会心而笑了呢？

当然，由于林语堂受当时资料缺失的限制，有的地方会有些错误。但是，瑕不掩瑜，林语堂的《苏东坡传》无疑是一部非常好的作品。

最后，我想说的是，在这个特别的疫情期，重读《苏东坡传》，我最大的感触倒不是苏轼的那些轻快、超越、旷达；我被感动的反而是那些颠沛流离、那些形单影只的时光与真正的痛苦。没有那些痛苦，不会成就苏轼。苏轼在人生最后的阶段，总结过自己的一生："问汝平生功业、黄州惠州儋州。"黄州、惠州、儋州，正是他被贬谪被流放的时期，是他人生的最低谷，而不是他科举得意、政治方面有成就之时，他认为平生功业恰恰是在黄州、惠州与儋州，是非常有深意的。

我想，真正的人生应该是完整的，有生有死、有快乐有痛苦、有进有退、有成功有失败。而我们这个时代，可能更注重快乐、进取、成功，其实这样的人生，某种意义上来说，恰恰是不完整、让人想要逃避痛苦的，让人只注重奔跑而不愿意停留一下、安静下来真正有所得的。所以，最后用一段我很有感触的苏东坡的文字来结尾：

记游松风亭

余尝寓居惠州嘉祐寺，纵步松风亭下。足力疲乏，思欲就林止息。望亭宇尚在木末，意谓是如何得到？良久，忽曰："此间有什么歇不得处？"由是如挂钩之鱼，忽得解脱。若人悟此，虽兵阵相接，鼓声如雷霆，进则死敌，退则死法。当恁么时也不妨熟歇。

是啊，此间有什么歇不得处，听完这句话，你是否释然了呢？

旧时天气旧时衣，只有情怀，不似旧家时

——《醉花阴》与《声声慢》赏析

　　《醉花阴》是李清照前期词的代表作，而《声声慢》是清照后期词的代表作。二者情怀迥异，意境殊然。如若释卷遥想，不啻为两轴截然不同之画卷。但若细细对照，可发现二词借助之意象大抵相同，我们起码能在二词中发现下列共通之处或词眼：秋、愁、酒、菊花、黄昏。相同的意象，带给我们的却是截然不同的审美感受以及情感渲染，真的是风景不殊，却正有山河之异了。让我们进入词中，细细解读吧！

醉花阴

　　薄雾浓云愁永昼，瑞脑消金兽。佳节又重阳，玉枕纱厨，半夜凉初透。东篱把酒黄昏后，有暗香盈袖。莫道不销魂，帘卷西风，人比黄花瘦。

声声慢

　　寻寻觅觅，冷冷清清，凄凄惨惨戚戚，乍暖还寒时

候，最难将息。三杯两盏淡酒，怎敌他，晚来风急！雁过也，正伤心，却是旧时相识。满地黄花堆积，憔悴损，如今有谁堪摘？守着窗儿，独自怎生得黑！梧桐更兼细雨，到黄昏、点点滴滴。这次第，怎一个愁字了得！

《醉花阴》一词当作于赵明诚出守莱州，而清照独居青州之时。赵明诚和李清照可算是神仙眷属了，他们赏玩金石，不惜典卖衣饰；饮茶谈史，不知岁月流逝。清照曾言当时情景："水色山光与人亲，说不尽，无穷好。"

伊世珍之《琅嬛记》言："易安以重阳《醉花阴》词函致明诚。明诚叹赏，自愧弗逮，务欲胜之。一切谢客，忘食忘寝者三日夜，得五十阕。杂易安作，以示友人陆德夫。德夫玩之再三，曰：'只三句绝佳。'明诚诘之，答曰：'莫道不销魂，帘卷西风，人比黄花瘦。'正易安作也。"

此则典故已为人熟知，但典故之中透露的清照写词契机，却很少有人探究。大多数欣赏者认为清照此词乃伤别怀人之作，从此动机出发，清照与大多数闺怨女子无异，凝眸远眺，多愁善感；但笔者认为，更值得我们关注的却是清照的另外一重境界，该词实际上是清照主动的艺术创作。李清照和赵明诚之间不仅仅有举案齐眉的伉俪之情；还有志同道合、如琢如磨的知己之感。清照之鸿雁传书，一方面表达的是对赵明诚的思念；另一方面却是展示自己的新作，希望得到知己的赏识。"为伊消得人憔悴"，并不是简单的相思，而是对文学境界的追求。另外，李清照乃是女中丈夫，自有豪情一面。她和明诚经常比试谁更能阅史不忘，赢者饮茶。从这个角度来看，他们还有着竞争的关系呢，难怪乎赵明诚接函寝食难安，并非因为远方妻子的想念所致，而是希望发奋比拼一番。

从这样的契机去解读清照之词，我们更应该关注的并非简单的闺怨，而是清照如何去创造一种唯美的词境，并展示给赵明诚。

正如上述，该词中有一些重要的词眼：秋、酒、菊花、愁、黄昏。

总体来看，此词之秋乃写意之秋，充盈着的是主体的品格与审美情境。在这样的秋天，东篱把酒，是一种闲淡的，甚至有些刻意的意境营造：遥想多年前陶潜之人与南山的契合；追随陶潜之人融于自然的境界；与陶潜不同的是，此处多的是一份唯美的营造。陶潜是主体完全融于客体：他专注于南山，专注于黄昏的归鸟，以至于"此中有真意，欲辨已忘言"。而女词人则或多或少地游离于东篱之菊与自然。菊花与暗香并非呈现一种无我之境，而是更加凸现主体之形象：人比黄花瘦。

以菊比人，清照在《多丽》一词中即有，她吟咏白菊，以女子为喻，比之为江畔解佩之神女，纨扇题诗之班婕妤，但清照又说："细看取，屈平陶令，风韵正相宜。"这样的对照很奇特，前者皆为女性形象，后来则出现屈平陶令；《醉花阴》亦复如是，清照在塑造女性形象的时候又提及了渊明。

其实清照笔下的女子正是合女性之典雅与陶潜之高标逸韵为一体的，而此女子亦即清照自己：才思清逸，又有林下之风，应非柔弱之闺怨女子可比。而这种形象最终在《醉花阴》中成为一种化境，所谓的"人比黄花瘦"，着意摹写的是人之精神与气质：如菊花般淡雅，纤瘦但有神采。赋人以花之精神，我们解读到的是一种人淡如菊之"典雅"；另一方面，也正是上文所言的，其中暗合的是陶潜与屈平之气质，实为一种极高的人格理想与审美理想。

《醉花阴》中言及之愁，是一种淡淡的，甚至自为之愁；而《醉花阴》中言及之黄昏，是一片远远的，涂抹氤氲色彩之背景。在中国古典诗词中，女子的凝神远望、衣带渐宽、黯然销魂，其实增添的都是女子的生动与美丽。试想如此的场景：淡香充盈着夜晚，碧纱厨中的凉意都染着朦胧的绿色。重阳独守，女词人于黄昏时分，闲适地在东篱把酒。西风阵阵，吹动衣襟。篱边开满黄花，黄花中伊人清瘦，花般模样与精神。

这样的如写意画卷般的场景，这样集天地灵气的清瘦的女子，令读者凝神叹惋。其实，这一形象也是女词人对自己的打量。女词人始终是跳脱于这幅空灵的图卷之外打量着，并沉醉于这种唯美的意境之中的，其实换句话说，这幅卷轴的作者正是女词人自己。

女词人是在与赵明诚小别之后寄词与他的，她相信，这样的图景同样也能打动明诚吧。所以，我们不难联想，女词人在自得地打量着这幅卷轴，并想象着赵明诚在远方的打量。

与《醉花阴》截然不同的是《声声慢》，该词当作于建炎三年秋，是年八月十八日赵明诚卒，系悼亡之词。

在该词中，外在的审美视线顿然收回。寻寻觅觅是对外在的环视，寻觅的结果是孤身一人，冷冷清清；而这种孤单又引起了凄凄惨惨戚戚的心理感受。从外在的寻觅最终辗转至沉痛的心灵。原先对于秋的写意观照，而今在词人眼前消失殆尽。寻寻觅觅，哪怕再度是当年之清景，也已无心把握，无所触动了。凄凄惨惨戚戚，不再是修饰秋天、修饰女子的笔触，而是真正无法排解，如影随形，沁入心脾的痛苦。

清照在《武陵春》中说"物是人非事事休，欲语泪先流"；在《南歌子》里说"旧时天气旧时衣，只有情怀不似，旧家时"。

确实如此，其实通过外在的寻寻觅觅，清照看到的还是秋天、菊花与黄昏，但情怀已经完全不一样了。当年是为了创作一种唯美的意境；而今则只剩用文字直接表达内心、排遣忧愁了。

写意之秋，如今变成了写实之秋。在这样的秋天饮酒，并非是为了营造某种唯美的、令人把玩的画图。如果说在南渡之后，建炎二年，李清照的饮酒还有一些名士之气："不如随分樽前醉，莫负东篱菊蕊黄"（《鹧鸪天》），而如今则真正是为了抵挡秋晚之风了，只可惜酒薄风急，哪堪抵挡。

在无边的秋风和黄昏之中，再无暗香温暖的空气和心情，不管是瑞脑之香还是菊花之香。当年可以寄书给明诚，为他描绘自己清丽的秋思，而今纵有鸿雁传书，伊人何在？她痛失的是朝朝暮暮的丈夫，是高山流水般的知己。如果说秋景真的不同了，倒也罢了；最怕的是景物依然，伊人不复，这样的痛苦才真正刻骨铭心。

如今黄花依旧满地，花之繁盛应不减当年，在词人眼中，却都已如自己般花事将了。女词人当年是"人比黄花瘦"，而今是"憔悴损，如今有谁堪摘?"。曾经花般精神的她，憔悴亦如黄花一般，凌乱满地；重重叠叠；千朵万朵，似无穷尽。憔悴此时被不经意地赋予了具体的形象，写实的菊花，相比当初写意的菊花，带给人更多不堪直面的视觉冲击。以前每次说到菊花，清照总要提及陶潜，在《声声慢》中，我们却没有再度看到渊明。

我们看到的是如此的场景：天色渐暗，一个人看着天色渐暗。内心的孤独与无法排解之愁绪也越来越浓黑。不知不觉中，窗外淅淅沥沥，萧萧飒飒，无边的细雨滴落。在黄昏中点点滴滴，冷冷冰冰，似乎永无绝期。这样的时候，你无法回忆也不相信那些曾经的飘逸与灵气，那些自得与唯美，那些灿烂与明亮的时分。

"这次第，怎一个愁字了得"，如今的愁字，如此简单，没有修饰。只是一种无法排解的情绪吧！

禅宗灵感

今日看禅宗语录，感觉一两句话就能让人豁然开朗，于是将禅宗语录对应上自己的问题，发现很有启示，确实有顿悟的感觉：借尔言语，解我疑惑。尔言至清，吾惑终浊。本是俗人，本无机锋。明明如月，清清如水，恕我痴绝，一往情深。

如何是道：云在天，水在瓶。

如何是路：要行即行，要坐即坐。

如何是岁月：来莫可抑，往莫可追。

如何是生死：而今而后，不钝置汝。

如何是欢喜：愁杀人。

如何是烦恼：放不下，担取去。

如何是名利：空手去，空手归。

如何是理想：井中红焰，日里浮沤。

如何是文字：形于笔墨，何有吾宗？

如何是言语：若无有问，终无言说。

如何是人本分：求生不得，求死不能。

如何是此生终不可得：

幽林鸟叫，碧涧鱼跳，云片展张，瀑布呜咽。

舍利子

张岱在《陶庵梦忆》中如此说："余今大梦将寤，犹事雕虫，又是一番梦呓。因叹慧业文人，名心难化，政如邯郸梦断，漏尽钟鸣，卢生遗表，犹思摹拓二王，以流传后世，则其名根一点，坚固如佛家舍利，劫火猛烈，犹烧之不失也。"

《心经》中说："舍利子：色不异空，空不异色。色即是空，空即是色。受想行识，亦复如是。"

《心经》里的舍利子是佛陀的弟子，但读这段文字，也会让我们联想起佛教圣物舍利子。我一直觉得舍利子是一种矛盾，一种两难。用它比喻文学如是，用它指代宗教复如是。

舍利子并非大彻大悟；它本不该用来象征宗教境界。既然空即是色，色即是空，应该是了无牵挂，物我两空。又怎会历尽劫火，依然留下结晶，任众生观看唏嘘，幻想膜拜？

舍利子：是诸法空相，不生不灭，不垢不净，不增不减……

而佛教之结晶舍利子用存在说明不生不灭，用色彩说明不垢不净，用晶莹执着说明不增不减。希望世人了悟无色、无受想行识、无眼耳鼻舌身意、无色声香味触法。而世人终究见之触之感之咏之，遥问其当年何以悲欣交集，其结果只如汉赋般"劝百讽一"吧？

其实，舍利子只是一种对存在的眷恋，一种对过往的证实和复现。它是这样一种希望：希望被回忆；是涅槃者无望的希望，后来者永恒的希望。

张岱用其比喻自己的作品，真是贴切：大梦将寤，犹事雕虫；春心化灰，犹复相思。明知如梦如幻、如电如风，还要如痴如醉、如缠如绵。

而文学之感人至深至远正在于此：如春梦般缥缈难寻的往事、化为烟为雾为霰为露的人生，却能于虚无之中，凝结成沧海之珠、蓝田玉气，凝结成七彩各色、晶莹剔透的舍利子。

其执着如是，是为文学，是为人生。

疏疏如残雪

——读张岱《陶庵梦忆》

所谓读，应该说是"看"加上我的会心而笑，因为张岱的文字中既有色彩又有深情。

一些句子就这么跳跃在眼前：

> 林下漏月光，疏疏如残雪。
>
> 大枫数株，蓊以他树，森森冷绿，小楼痴对，便可面壁十年。
>
> 大约如吴无奇游黄山，见一怪石，辄瞋目叫曰："岂有此理！岂有此理！"
>
> 余读书其中，扑面临头，受用一绿，幽窗开卷，字俱碧鲜。
>
> 舟子喃喃曰："莫说相公痴，更有痴似相公者。"
>
> 人无癖不可与交，以其无深情也；人无疵不可与交，以其无真气也。

许久未见这般色彩了：疏如残雪的月光；冷绿色的树林；碧鲜的文字。好像用流飙之回雪洗净了双眸；好像打开沉沉黑木做的窗户，猝不及防地与鲜亮的绿色邂逅，真可以痴立十年，面壁十年了。

许久未见这般文字了，文字中尽是痴与深情，尽是世人所谓岂有此理之理。想起昨日，丝绵被褥，悠扬古曲加上闻一多论唐诗的文字，小西进来一语道破："你现在可是世界上最幸福之人了罢，又暖和，又有音乐，还看书！"当时深得我心，不由惬意而笑。

真希望自己也在大雪之中漫遇张岱，与张岱拥炉赏雪，让舟子叹为痴人；不对，最好应相逢于崇祯乙卯八月十三之西湖小划船之中……

张岱彼时正在西湖上大啖塘栖蜜橘，历数自己心仪之杭州方物：西瓜、鸡豆子、花下藕、韭芽、玄笋、塘栖蜜橘。

此时有女子立于湖边岸上，轻纨淡素，令童子致意："相公船肯载我女郎至一桥否？"

张岱欣然许之，女子欣然上船。小舟欣然行之，舟中人欣然就饮。至一桥，已是漏二下矣。

岱问女子住处，笑而不答，飘然而去，不能追也。

倘若竟是我自塘栖而去，与张岱饮酒泛舟，共吃塘栖蜜橘，到得一桥，又飘然而去，既能得见深情痴情之张岱，身为塘栖人，又能一品被张岱、俞平伯等人推许，却至今未能谋面之塘栖蜜橘，如何不是快事？

痴想至此，不由痴笑。想想平生痴人行径，今天得遇张岱，终于释然，甚而终于坚定痴念，如何不是好事？

　　　　　　　　　　　　　　　明亮的阅读

明亮开阔的深情

——读纳兰容若词

今日重读纳兰容若之词，细细品其景其情。读之时正当冬日萧索，叶落殆尽，天地万物展现出无边的开阔，亦蕴含着无边的凄清，仿佛正合纳兰词境。

相比许多词缠绵婉约的景物描摹，纳兰词的场景是比较开阔直接的。他似乎随手拈来，不特意为情造景，仿佛将有情人直接处天地之间、四时之候，无处无非万物，无处无非痴情。

繁花之时可以伤情，"减容光，莫为繁花又断肠"；花谢之时可以伤情，"落花如梦凄迷……愁无限，消瘦尽，有谁知"；有雨时可以伤情，"新寒中酒敲窗雨，残香细裛秋情绪"；雨停时可以伤情，"雨歇梧桐泪乍收，遣怀翻自忆从头"；月明时可以伤情，"海天谁放冰轮满？惆怅离情"；落日时可以伤情，"一片晕红疑著雨，晚风吹掠鬓云偏。倩魂销尽夕阳前"。

而其景物摹写，场景非常开阔。哪怕是以女子之眼光、口吻来写，也写得关山万里、离情幕天席地，例如他的《浪淘沙》："紫玉拨寒灰，心字全非。疏帘犹是隔年垂。半卷夕阳红雨入，燕子来时。回首碧云西，多少心期。短长亭外短长堤。百尺游丝千里梦，无限凄迷。"

词一开始还是深闺场景，女子以紫玉钗拨寒灰，心字香早已冷却、不成形状。自从丈夫别去，帘子一直低垂着。这仿佛是许多词境惯写的细节，然而后面的视野却一下子阔大起来，只是稍稍卷起那帘子，夕阳与万点落花便径直飞入，燕子亦随之飞来。仿佛画面一下子从静态化为了动态；而只是卷了一下帘子，那女子便直接向碧云之西寻找，她的目光越过长亭短亭、长堤短堤，穿越百丈游丝千里梦境。而那惆怅，直接化入无边的自然之中。

所以试读容若的这些句子，"雨余花外却斜阳"；"芳草绿波吹不尽，只隔遥山"；"天外孤帆云外树，看又是春随人去"；"风紧雁行高，无边落木萧萧"；"断续凉云来一缕，飘堕几丝灵雨"；"一别如斯，落尽梨花月又西"；"记得别伊时，桃花柳万丝"；"五夜光寒，照来积雪平于栈"；"万丈穹庐人醉，星影摇摇欲坠"。眼前很少纤细狭窄之景致，亦不会拐弯抹角地去用典故指代自然，风就是风、雨就是雨、日就是日、月就是月、花就是花、柳就是柳。他很少将目光停留在一个很小的范围内，在他笔下，有的只是无边的斜阳照着雨后成片的花；漫天的风吹落萧萧的叶；清冷的月光映着一地梨花；桃花烂漫于万条柳丝之中；积雪平齐于营外栅栏之上，星影斜笼于万丈穹庐之上。

而他将情感直接置入开阔的场景之中，没有任何缠绵隐晦，只是把自己的情感简单而深情地讲述出来。"对此茫茫，不觉成长叹"，好像可以用来解释他许多词的画面。"谁道飘零不可怜"；"年来憔悴与愁并"；"相看好处却无言"；"当时只道是寻常"；"此情已自成追忆"；"刚作愁时又忆卿"；"而今才道当时错"；"近来怕说当时事"；"人道情多情转薄，而今真个悔多情"；"近来无限伤心事，谁与话长更？"

这些话语，没有任何矫饰，就像直接从心里流淌出来，轻轻说给离别的爱人、已逝的妻子听的。这些话语，如此亲切家常，没有任何兜兜转转，把人心里最深的、最真的东西，用最简单的语句说出来，而说这些话的时候，四季在身边轮转，山水在眼前变换，夕阳如醉，明月如水，直接辉映在有情人的鬓丝、衣襟上，天地万物之壮美，如今都成了人间深情、柔情之背景。自然无边之开阔壮美，越发衬托出容若无边之深情执着。

所以，我们也会在四季轮转、山水变换之中，不断沉吟容若之词，慰藉自己深情之人生。

《西厢记》与中国传统的爱情观

　　莺莺与张生的故事从唐代开始，就一直为世人反复吟咏。这不仅是因为它的文情才致，"《西厢记》者，金董解元所著也，辞最古雅，为后世北曲之祖"，"王实甫之词，如花间美人。铺叙委婉，深得骚人之趣。极有佳句，若玉环之出浴华清，绿珠之采莲洛浦"，也不仅是因为它的结构精巧，"《西厢》妙处，不当以字句求之。其联络顾盼，斐亹映发，如长河之流，率然之蛇，是一部片段好文字，他曲莫及"。最重要的原因是它写出了一个"情"字：这是一个独特的"情"字——是中国古代特有的对爱情的关注方式，这种方式，上迄《诗经》或更为久远的年代，一直以复沓般的方式重复着、深化着，并不断地吸收着各个时期新的讯息。最为充分地展现这种方式的载体，就是历来的文学作品。相比而言，戏曲或小说之类以叙事为主的体裁能更为直接地传递这种讯息。

　　对崔、张爱情的评析是《西厢记》研究的一个重要组成部分，其中主要有对人物形象的剖析——对人物语言、动作、心理、性格发展的分析，以及对情节结构的探微，更进一步的，是对《西厢记》爱情婚姻基础、爱情观，以及这种爱情受时代影响而呈现出的特点的研究。但把《西厢记》放入一个更大的范畴——整个中国古代的爱情叙事，我们就会发现它契合了国人独特的情爱律动，包容着许多演练已久的爱情定式，抒发着数千年来的爱情理想。如果我们一一解读，《西厢》便会更具魅力与深意。

愿天下有情的都成了眷属

这个主题是最为直接而打动人心的，是作者的心声，也是所有人的心声。在另一个戏曲大家汤显祖那里，我们也听到了这种呼声："情不知所起，一往而深。生者可以死，死可以生。生而不可以与死，死而不可复生者，皆非情之至也。"但正是这种呼声，使我们注意到了这只是一个理想，在现实中的大部分时段中，它因为缺失而更令人渴求。

对美满爱情的追求，是每个人的理想，"《西厢》者，字字皆耒开情窍，刮出情肠。故自边会都鄙及荒海穷壤，宁有不传乎？自王侯士农而商贾卒隶，宁有不知乎？然一登场即耄耋妇孺喑聱疲癃皆能拍掌，……"《西厢》所以能流传至今、脍炙人口，正因为它淋漓尽致地渲染了这种情，更重要的是，在某种程度上，它实现了这种理想：我们不论元稹的始乱而终弃，也不论《西厢》该于何处结尾，起码他们的爱情是曾经存在并得以实现的。中国戏曲的功成名就、夫妻团圆的模式看似简单，实则孕育着民众的心理期望，背后有着复杂的社会因素及千年历史所沉淀的心理定式。对于诸如崔莺莺与张生、杜丽娘与柳梦梅这样的爱情故事，受众总是以一种期待的心情去关注剧情的展开，并从美满的结局中得到预期的快感。现实的缺失在戏曲中得到了补偿。缺失使得受众产生美好的理想，这种理想包含两个层面：一个是主人公本身的浪漫层面。主人公总是略胜于常人，却仍受着常规社会的限制。这种略胜常人，体现在《西厢》中，是典型的才子佳人：张生是"才高难入俗人机"的书生，莺莺是"千般袅娜，万般旖旎"的相国小姐，正应了"郎才女貌"的理想。这与中国特有的重文的传统是分不开的，自隋代开科举制度后，出身寒门的文人便有了一条仕进的道路或者只是一个衣锦还乡的理想。戏曲中才学渊博的书生一登场，就意味着他日后的高就。于是无论是相国小姐、太守之女还是华山圣母，择偶的标准都是对方的才学，却不论其当下的地位。

而对女子，则主要关注她的容貌及身份。从《诗经》开始，就不遗笔力地展开对女子容颜体态的刻画，"手如柔荑，肤如凝脂。领如蝤蛴，齿如瓠犀。螓首蛾眉，巧笑倩兮，美目盼兮"。同时，在许多文本中也可看出对她的身份地位的关注，这种关注超过了对男主人公的要求。正如《硕人》的开场白："硕人其颀，……齐侯之子，卫侯之妻。东宫之妹，邢侯之姨，谭公维私。"寅恪先生的考证揭示了莺莺非尊贵之女，元稹的始乱终弃因此而发，这就是悲剧的原因。而戏曲，偏偏要把一种关于女子最美好而合理的理想赋予莺莺，故她终究成了相国之女，就像唐传奇《霍小玉传》中的霍小玉曾经也贵为王胄一样。这主要也与中国古代女子的实际地位有关，她们不像男子另有功业之途，对她们来说，前途就是一段好的婚姻，而好姻缘的条件就是自己的实际地位，或是自己的德貌。这样，通过对主人公的特质的不断追加，受众认为双方的般配程度已合乎理想并加以认可，这一点反映在戏曲上，才子佳人这种浪漫于生活本身的模式因而产生了。

另一层理想就是有情人的终成眷属。对照《牡丹亭》，我们可以看到这种理想实现的艰难性。为了成就杜丽娘与柳梦梅，《牡丹亭》动用了超常的力量："第云理之所必无，安知情之所必有邪!"冲破了重重阻碍：关山的阻碍、礼教的阻碍、阴阳的阻碍，从而使得夫妻团聚。这些情节的设置是现实中不存在的，受众感受到的是一种非凡的爱情力量，这种超越的情感使得受众接受了这种安排，达成了自己的理想，并回味其中的浪漫成分。而《西厢记》却不同，它终篇都设置于现实的情境之中，需要受众以设身处地的心态融入，以一种尽可能合理的方式去冲破现实的局限性。这种尽可能的方式，最终会被认为是真实存在的，其实它仍然是一种理想，是一种动用现实的最合理的安排。所以《西厢记》的终成眷属，是现实与理想穿插在一起，水乳相融、不可分割的。我们从文本的展开中可以发现这种特性始终贯穿首尾。

邂逅相遇　适我愿兮

《西厢记》中，张生巧遇莺莺于普救寺中。这种巧遇的方式构成了戏曲和小说的一种固定的模式，男、女主人公总是在不经意中相遇，相遇则一见钟情、密期暗约，私订终身，最终冲破重重阻碍，结成连理。

对《西厢记》的这种巧遇，后有《崔莺莺》旧词，以崔莺莺自述口吻写来，甚为风趣：

〔挂真儿〕一家埋怨看这一本《西厢记》，恨一恨关汉卿狠心的贼，将没作有编成戏。张生乃是读书客，红娘怎敢乱传书，奴是崔相国家莺莺也，怎敢辱没了先君的体。

后《红楼梦》中贾母也指出了这种模式的简单与不可信。

但是如果我们回味一下先秦以来的恋爱故事，则可以搜寻到这个模式的历史渊源：

野有蔓草，零露漙兮。有美一人，清扬婉兮，邂逅相遇，适我愿兮。

野有蔓草，零露瀼瀼。有美一人，婉如清扬。邂逅相遇，与子偕臧。

后人也已直示其源：

《会真》诸记，导闺房桑、濮之尤……爰采唐矣？沫之乡矣。云谁之思，美孟姜矣。期我乎桑中，要我乎上宫，送我乎淇之上矣。

《诗经》记载的男女交往是一种美好的现实，但随着岁月的流逝，这种现实渐渐变成了一种理想。杜正胜在《吾土与吾民》中说："周代平民生活中，部分地区男女交往相当自由，这种风气一直延续到汉初。在东汉时期，民间因日常工作的需要，也不太可能实行严格的男女之防。"然而时日愈后，限制愈多，到了明清尤甚。从清代闺范可见一斑："妇女不妖艳妆束，堂中不闻妇女声，不看台戏，不窥门。"

所以张生的"正撞着五百年前风流业冤"的"撞"字用得真是非常形象。正说明了这种情形的出人意料，却又似乎是早有宿缘。

崔、张的邂逅有其根源，那就是民间曾有过的那种浪漫的幸福。纵使不同的时期对这种幸福有不同的限制，但自由的结识、双方由衷的爱恋还是成了人们对爱情的最好的设想。所以在小说和戏曲中不厌其烦地出现这样的模式，实际上是表明了这种爱情的理想。由于这种理想，清规戒律的限制被打破了；贵族与平民的界限被打破了；地域的限制被打破了；甚至仙凡、生死的限制都被打破了。

心悦君兮君不知

〔仙吕〕〔八声甘州〕恹恹瘦损，早是伤神，那值残春。罗衣宽褪，能消几度黄昏？风袅篆烟不卷帘，雨打梨花深闭门；无语凭阑干，目断行云。

莺莺的无语，似乎并非为她一人一境所有，而是古代女子的特有的神情。在这种缄默中，她们衣带渐宽，伤春怜碧；或是对月感怀，望断秋水。

情之所钟，古之"士"则登山临水，恣其汗漫，争利求名，得以排遣；乱思移爱，事尚匪艰。古之"女"闺房窈窕，不能游目骋怀，薪米丛脞，未足忘情摄志；心乎爱矣，独居深念，思塞产而勿释，魂屏营若有亡，理丝愈纷，解带反结。

钱锺书的这段话并非独为《氓》中女主人公而发，他刻画出了大多数古代女子的心态和处境。女子向来受着很大的限制。《易经》有云："女正位乎内，男正位乎外，男女正，天地之大义也。"这种"内"，意味着妇女的分工与地位，自东周开始，妇女已需遵守"三从"，也就是说，女子的起居、婚姻都不能由自己安排，女子于是被局限在一个很小的空间之内，这种空间包含着事实上的活动空间和由此而及的思维空间。所以，即便在男女交往还比较自由的周代，女子还是受到了心理上的极大的限制："女之耽兮，不可说也。"

"小梅香伏侍得勤，老夫人拘系得紧"，并不是对莺莺一人的限制，而是对所有女子的限制。女子心中的所思所想不能表达出来，愿望被禁锢在内心深处。于是有了唐人的《闺怨》，情思突然被一树春色或是轻扬的东风挑起；于是有了中国戏曲传统的拜月一折，焚香祷告于溶溶月色之中；于是有了《红楼梦》中的葬花，看落红成阵，冷月葬花魂。实际上这都是古代女子情感的独特的倾诉方式。这些方式最主要的一个特点就是心有所动而脉脉无语。

《西厢记》中的莺莺正是受了这种事实上的限制。所有她的性格的发展都源于对现实的某种顾虑。在过程中，她大部分时间是处于缄默之中的。这在元稹的《莺莺传》中尤为深刻，甚至在冲破重重阻碍，见到了张生之后，她也是"终夕无一言"的。红娘的唱词"对人前花言巧语；——没人处便想张生；——背地里愁眉泪眼"形象地道出了莺莺的模样，也道出了事实上的阻碍有多大。

而莺莺的酬韵与寄方，可说是用文字打破了这种缄默，这是她冲破现实的一面，这种力量，不啻于倩女离魂，也不啻于丽娘还魂。因为她是用自己的实际努力来达成自己的理想的，这就显得尤为难能可贵了。难怪张岱要将之与当时之怪幻传奇相对比了："传奇至今日，怪幻极矣。……兄看《琵琶》《西厢》，有何怪异？布帛菽粟之中，自有许多滋味，咀嚼不尽，传之永远，愈久愈新，愈淡愈远。"

以现实圆理想，这正是《西厢记》久盛的一个重要原因。

取妻如之何，匪媒不得

《礼记》有载："昏礼者，将合二姓之好。上以事宗庙，而下以继后世也，故君子重之。是以昏礼，纳采、问名、纳吉、纳征、请期、亲迎，……"

婚礼需要遵循这六种仪式，才是男女双方正式而严肃的结合。这六种仪式中，媒人起了非常关键的穿针引线式的作用。

我国最早的媒神是生育神，后演变成为媒神。其形象也发生了很大的变动，从人类的祖先到伏羲以至后来的月老，神秘而久远的气息渐渐淡化，月老虽然也是神仙，但已成为了一个祥和的长者。人们通过他们寄托了对姻缘或生育的美好愿望。而月老，更被定格为好姻缘的赋予者。然而《西厢记》之出，使得聪慧伶俐的红娘成为人们好姻缘的系红线、搭鹊桥者，其地位甚至超越了月老。红娘的超越在于，她起了民间事实上的媒人的作用，又成为人们对好姻缘的祈求对象。那么，像月老这样只能待在遥远的天界的媒神，就不得不让位于她了。

在《西厢记》中，红娘起到的作用并不能等同于真正的媒人。古代的婚姻，应该是以"纳采"开始，即男家先发现议婚对象，再请媒妁从中撮合。而红娘，为的是慰张生与莺莺之情，作一牵线搭桥的使者。在老夫人宴中暗拒婚事之后，红娘对张生言道："你休慌，妾当与君谋之。"应该说，正是在红娘的帮助下，才成就了这段不合礼数的姻缘，后来红娘的唱词也可见这一点：

〖紫花儿序〗老夫人猜那穷酸做了新婚，小姐做了娇妻，这小贱人做了牵头。

既然这是那么的不符合常理，为什么红娘却成为大多数民众心目中的媒人呢？

首先，这正合乎一个婚姻所需的条件：需要有一个媒人。世俗的媒人起到了促成父母作主姻缘的作用，而《西厢记》中，红娘促成自择自愿的崔、张的姻缘，在很大程度上确实充当了媒人的角色。

其次，这是一个真正合乎人愿、合乎理想的媒人。如前所述，由于现实的限制，互相思慕的男女之间如要展开真正的爱恋非常困难。而红娘正可以帮助他们实现理想，同时也帮助受众圆满了心目中应该如此的爱情故事。

红娘所处的地位，其实确实能够令她做到这一点。从《诗经》的"娈彼诸姬，聊与之谋"——卫女与陪嫁之人诉说思念故国故乡之情，到后来的明清封建阶层的闺箴"妇女邪淫，或诱于三姑六婆、乳媪侍儿，……"，都可看出女子身边的陪伴者对她的作用。如果没有红娘，那真如崔莺莺所思的"他做了个影儿里的情郎，我做了个画儿里的爱宠"，"只落得心儿里念想，口儿里闲题，只索向梦儿里相逢"。

红娘的作用不仅在于穿针引线。在崔、张苦恼的时候，她及时地安慰他们，非常地善解人意；在出谋划策的时候，是那么聪明果敢，被张生称为"擎天柱"；在与老夫人争辩时，又那么义正词严，最终成就了崔、张的姻缘。这是一个非常实际而又非常理想的人物：她利用的是现实中尽可能可行的方式去实现理想，使受众感受到无距离感的亲切和慰藉人心。

红娘最终成了大家心目中的良媒，正由于此。

《西厢记》最打动人心的就是其中的"情"，这种"情"本是千年酿就的琼浆，以其醇厚和久久不能散去的至味令读者心神摇曳，怀古思今，最重要的是倾诉自我……

《长生殿》与国人的历史解读方式

安史之乱为唐朝盛衰之关键。公元 763 年，它以一种尚未结束之方式结束：安禄山、史思明之叛虽平，唐王朝面临之"变"未已。在政治与军事上，帝国边陲建立的一整套防卫体系均土崩瓦解，回纥、新罗、吐蕃、南诏等国开始摆脱唐的控制；国家内部藩镇割据，陷入此起彼伏的动荡之中；经济上，中央政权的剥削促进地区性倾向的活跃：四川蜀国、广州南汉国、浙江吴越国等地区逐渐独立；人文精神上，胡风渐衰，以儒学为本位的人文精神逐渐复苏并蓬勃发展，一直至后来的宋明理学。而历代对这一重大事件的陈述与分析，却始终笼罩在中国传统的史学分析眼光的审视之下，缺乏动态的观察以及深入的剖析。这样的审视，并非为史家专有，实际上反映着千百年来中国民众的思维方式与特性。

清代戏曲家洪昇的《长生殿》正是安史之乱史事、情事的大收煞。它的写作建立在历代诗歌（尤其借鉴白居易的《长恨歌》）以及《梧桐雨》《惊鸿记》等戏曲作品，《长恨歌传》《天宝遗事》《杨妃全传》等传奇与史料的基础之上，是对这一重大事件的文学及历史的总结。所以以它为蓝本，来洞悉民众对于重大史事的解读，是再合适也没有的了。

《长生殿·传概》中点出了整篇主旨："借太真外传谱新词，情而已。"安史之乱头绪纷繁，意义重大。在此则以一"情"字概括，综览全篇，此一"情"字又被化解成长生殿密誓、马嵬追思、霓裳遗事、夜雨闻铃等特定场景。这正是后人对安史之乱的传播方式，而这种方式在中唐就已逐渐定格：把安史之乱的纪实与纷繁简化为几种鲜明的意象。唐代对安史之乱诗歌的命题大抵如此，最著名者有《长恨歌》《马嵬》《华清宫》等。到了《长生殿》中，我们看到，戏曲之高潮正是集中于此：偷曲、密誓、埋玉、闻铃，这些意象被戏曲演绎成为具象，使"情"得到了淋漓尽致的发挥。这样的编排正合乎民众的思维定式。

首先，安史之乱之史事以帝王之事，甚至是帝王之家事来取而代之。这种思路较早的来源是儒家的政治思想：天下之本在国，国之本在家。这种思想以伦理为出发点，把国与家维系在一起，"君君，臣臣，父父，子子"构建成了国与家的有机体系，在此体系中，君，即帝王是核心，故国家即被看成是帝王之家，正是所谓的"普天之下，莫非王土；率土之滨，莫非王臣"。历来的修史把这一思想作为体例固定下来，用于编年体史书，如《春秋》之叙述顺序为起自鲁隐公元年，终至哀公十四年西狩获麟；《左传》上自周宣王二十三年，下至智伯之灭（周贞定王十六年，公元前 453 年）。其年代均以帝王的在位之年来计算。而纪传体史书，如《史记》，五个组成部分之首即为本纪，共十二篇。其年表也是按照帝王之年位排列。这并不仅仅是史书的编排方式，更是千年传承的思维框式。唐太宗《过旧宅》诗中有"一朝辞此地，四海遂为家"之句，正是帝王自身对国家定义的认可及发挥。《长生殿》的题目就是一个最好的例证，以长生殿借代帝王之家，以帝王之家来概括李杨爱情故事，又以帝王情事来代表整个安史之乱。文学与历史的编排都遵循着这种思路。

其次，既以帝王之事为整个安史之乱的核心事件，对国事的注意力就转至人事，自然把动乱归咎于帝王或帝王周围之人。尤其是女祸，杜甫之诗中就有"不闻夏殷衰，中自诛褒姒"之句。"唐人赋马嵬，动辄归咎太真。"女祸成为自周朝开始的国运衰亡的原因，《史记·周本纪》中即记幽王举烽火以娱褒姒而亡国；除了女祸之外，唐玄宗责无旁贷，李商隐《马嵬》诗即"讥明皇专事淫乐，不亲国政，不唯不足以保四海，且不能庇一贵妃"。不论是罪在玄宗，或是罪在杨妃，抑或是杨国忠等人，都是把国事尽推于地位最高的统治者身上。《长生殿》继承了这种分析史事的思路，"埋玉"一折中，众军士呐喊"杨国忠专权误国，今又交通吐蕃，我等誓不与此贼俱生"。"不杀贵妃，誓不扈驾"，贵妃哭诉："望陛下舍妾之身，以保宗社。"正是把动乱之因自觉归于人，而非势。有一种观点认为：国家衰时人们一般把焦点集中于人事，而非对制度提出疑问。所以郑畋之诗句"玄宗回马杨妃死，云雨难忘日月新"就已被赞作是"辅国之句"，其实并无新意，继承的仍是这种解史方法，他把李杨爱情暂置一边的同时，又把唐王室中兴的希望寄托在肃宗一人身上。现代人认为戏曲的模式太过单调，动辄就是奸臣被除，国家兴隆，殊不知，这正是国人自己剖析事物的特性。而戏曲，只不过是一种艺术化的记录而已。

第三，从《长生殿》的剧情穿插来看，它充分利用了文学的特点：以一个个诗化的精彩场面来展开整体情节。诗化同时也正是民众对历史的解读特征。诗化在文学上体现在几个方面，其表现之一是概括的，非具体的。"陷关"一折把潼关被破一带而过："跃马挥戈，精兵百万多。靴尖略动，踏残山与河。"这正是诗的表达方式，安史之乱的经历者，正是以这种俯视的、概括式的方式记录史实的。"俯视洛阳川，茫茫走胡兵。"，"千官无倚著，万姓徒悲哀。"他们着重渲染的是当时总体的情感氛围，而不在意于对具体实境的描述。从高适、李白、杜甫、王维等人的纪实诗歌中我们都能发现这种统一的心境与氛围。

诗化的表现之二为写意的、抒情的。《长生殿》的关目安排与其说是情节线索的展开，不如说是情感氛围的渐铸渐浓。从"密誓"的"愿世世生生，共为夫妇，永不相离"到"闻铃"的"铃声相应，阁道崚嶒，似我回肠恨怎平！"，是一个从喜极跌至悲极的过程，这之中浓缩出人间至情。

诗化的表现之三，则是对事件进行点评式的主观发挥，具有鲜明的倾向性。《长生殿》主要倾向于细致刻画李、杨爱情的成长过程，虽然它反映历史面貌，比以前同一题材都要充分，但主要还是以情感为主线。

诗化的方式并非为戏曲独有，戏曲只不过是这种思维方式的载体之一。从戏曲的固定模式中正可以提炼出民众对历史解读的诗化的特性。

我们来看对历史解读的非具体性。范晔的《后汉书》自序，如不留意，定会被目为文学结集之序："文患其事尽于形，情急于藻，义牵其旨，韵移其意"，"情志所托，故当以意为主，以文传意。以意为主，则其旨必见；以文传意，则其词不流。然后抽其芬芳，振其金石耳。"这两段文章，正是他的述史要旨：用一种简要、概括的笔法描述史事，而非拘泥于事态的琐细记载。从《春秋》开始就建立了这种"微言大义"的史官传统。后来的《三国志》甚至叙事过简，以致疏略。如曹操在许下屯田，在《魏志·武帝纪》中只写了一句："是岁，用枣祗、韩浩等议，始兴屯田。"这样，就为后人了解史实增设了很大的难度。

接下来要探讨的是写意、抒情的特质。民众习惯在对史事的抒发中寄寓自己的情感，或是以己之心，去构建史事的情感氛围。如王昭君一事，到宋词中，以一种灵动、飘逸的氛围把写意性推至极致："想佩环月夜归来，化作此花幽独。"同样的，对杨妃的遐想，也总是沉浸于马嵬的凄凄碧草与风雨之夜的断肠声中。这段情事甚至被抽象成一个优美的词牌名《雨霖铃》，用来捕捉普遍而又共通的情感律动。

而鲜明的倾向性，即在史诗中有个人情志的寄托以及对事件的判断。如司马光在《资治通鉴》中就表达了自己反对宋神宗对西夏用兵的一偏之见。胡三省曾在《音注序》中指出："其忠愤感慨不能自已于言者，则智伯才德之论，樊英名实之说，唐太宗君臣之议乐，李德裕、牛僧孺争维州事之类是也。"《长生殿》对安史之乱的描述，在一定程度上也反映了洪昇对明末朝政沉痛的批评，"弹词"的唱词"唱不尽兴亡梦幻，弹不尽悲伤感叹，大古里凄凉满眼对江山，我只待拨繁弦传幽怨，翻别调写愁烦，慢慢地把天宝当年遗事弹"，正是洪昇心曲，是他的创作解题。纵观历来的史论、谏议、翻案诗等，无不拣选史事，以古评今，让历史成为一种借鉴，而史书的主要目的是"正天下之得失"。

对历史的诗化解读，其结果是导致了述史效果的简化与浓化的鲜明对比。在表象上，历史被处理得看似非常单薄，《长生殿》聚合了历代对此事的视线焦点，把壮阔的安史之乱化为一段霓裳羽衣的舞曲，一幕凄凉缠绵的爱情，一个碧草沉寂的地名。看起来是中国戏曲的特性：关目分明，模式简单，有时甚至令人觉得乏味。但其实这种简化颇具深意：它是民众解史的心态聚合，这种聚合又是一种"浓化"，通过对主题的焦点式的重复与把握，盛唐以一种鲜明的气质出现在世人面前。后人对盛唐的如神话般的想象与追思，很大部分是通过这种聚合心态的文本表现得来的。虽然我们无法通过这种简化把握史实具象，但我们可以把握那个时代的气质。正如对贵妃之死这一主题的反复吟咏，并非简单的悼亡，在更深层的意味上，她的死等同于美的毁灭，她代表了文化唐朝时期最盛的冶容。盛唐的舞、盛唐的音乐、盛唐的爱情，熔于贵妃身上的繁华的氛围，无一不使贵妃与盛唐气象密不可分。所以这种简化，其实是更深层面上的浓化。民众对历史的解读正是寓深于简之中，重在提炼史事气质，使之直接打动人心，从而得以久久流传。

从传播效果来看，从《长生殿》中，不难发现劝百而讽一的述史效果。终以情动人，而寓于其中的对时局的批判，国家兴亡之痛，显得相对单薄。正如白居易的《长恨歌》，"从此君王不早朝""姊妹兄弟皆列士，可怜光彩生门户"等句含有讽刺意味，但它并非讽刺诗，它最精彩的部分是对爱情的描述。导致这种史事的叙述效果的原因，可以从文学传统的两个层面——抒情与叙述来论述。中国文学向来以抒情为重，其主要文体诗歌就决定了这一点。从叙述而言，中国文学对于事态的叙述讲究一种单一层面上的铺排，对寓于事态之中的个人观点采取点到即止的方式，对双重主题的把握向来很难到位。中国叙事的文体——赋正如此。司马相如之赋极度铺排，达到的效果非但不能讽劝帝王，反而使得汉武帝更生飘飘然之凌云之志。通过运用抒情的手法，史事经常被解读者处理成传奇，他们对史事进行相应的虚构与想象，从而使之契合自己的情感理想。

综此，一部《长生殿》，可以使我们审视民众对安史之乱的解读方式，进一步把握民众审视历史的眼光，把握深层的国民集体心理律动，从而更好地理解中国的文学与历史。

繁华尽处的贾母

　　贾母最爱热闹，她自己营造热闹，别人也会为她特意制造热闹。但所有的热闹如同一层繁花似锦的丝帛，如此单薄，甚至很容易被就秋风或者笛声穿透。正如《红楼梦》第七十五、七十六回描写的中秋时分。

　　在贾珍处，一席人正忙着添衣饮茶、换盏更酌，那么的热闹鼎沸，偏偏有墙下的长叹之声，随森森风声而来，又挟森森风声而去。

　　而贾母处，击鼓传花，月至中天。贾母命人远远地吹笛。其实，人人皆道贾母爱看热闹戏文，而贾母之鉴赏力并非只是如此，无论她言及戏曲之模式单一也好，或是论及临水之笛声也好，都暗示出她并非平庸之辈。只不过出于某种原因，她很少流露出自己的这种审美心境罢了。但是在兴致高时，她的真性情也会如吉光片羽，乍现出来：

　　"如此好月，不可不闻笛。"

　　此言闻则清新脱俗，如出逸士之口。

"音乐多了，反失雅致，只用吹笛的远远的吹起来就够了。"

此言则愈发高明，简直就是一流的鉴赏家言论了。

于是猛不防从那厢桂花树下，呜呜咽咽，悠悠扬扬，吹出笛声来。众人肃然危坐，默默无语。

而贾母又将品月闻笛之境界推至最孤高清奇之处："这还不大好，须得拣那曲谱越慢的吹来越好。"

到此时，贾母还陶醉在笛声之意境中，所以鸳鸯催歇，她十分不满，言道："偏今儿高兴，你又来催。"

为何偏今儿高兴，说明已经好久没有这样的兴致、这样的赏鉴了。这是一种纯粹的对美的解读；而显然，这也是一种一反"常态"的审美。

然而，桂花阴里，呜呜咽咽，袅袅悠悠，又发出一缕笛音来，果真比先越发凄凉。大家都寂然而坐。夜静月明，且笛声悲怨，贾母年老带酒之人，听此声音，不免有触于心，禁不住堕下泪来。

到此，笛声引来的已经不是唯美的感受，而是人生的感伤了。读"年老带酒""有触于心"八字，令人不由去揣度贾母：她一直在生命中避免繁华落尽的结局，而这个悲剧结局却时刻会如鬼魅般乍隐乍现；事实上，她一直在担忧着什么，这种担忧让她刻意去掩饰真实的心情与曾有的性灵。

只能暖酒止笛，驱赶一切孤寂凄清的因素。然后照常开始讲笑话，回归热闹之传统。贾母此时的表现耐人寻味，她对说笑话的建议，只是勉强笑道："这样更好，快说来我听。"勉强二字，心迹顿现，贾母真的那么爱听笑话吗？这样真的更好吗？

尤氏笑话未了，贾母竟已朦胧睡去。这亦非真正的睡去，而是掩饰自己的失落与凄凉心境：对于年老之人来说，美好如刚才的笛声一般，总是转瞬即逝，并且渐趋悲音；所以，贾母平时总会制造热闹，希望用欢快的乐曲填满自己的生命，而不敢去聆听自己真正喜欢的、认为最唯美的东西，怕引起蕴在心中最深处的感伤。

众人发现贾母似乎睡了，连忙轻轻请醒，此时贾母虽身处人群，但孤寂到了极致。

她笑道："我不困，白闭闭眼养神，你们只管说，我听着呢。"

王夫人说："夜已四更了，风露也大，请老太太安歇罢。"

贾母道："那里就四更了？"

贾母的系列细节，装睡、装作不知道时间的流逝，是一种非常复杂的心理：她从唯美的境界又回到了惯常的境界；她在热闹高兴的状态中不小心触动了内心孤寂的心弦；她在众人中凄清，却不愿意众人离去。她希望自己相信自己已经熟睡、已经忘却时日流逝；希望自己相信自己很高兴，没有恐惧……

她用自己的举动掩饰自己对家族前途的担忧；更重要的是，掩饰自己对生命、对美的流逝的悲哀。

遥念珂月

卓人月，字珂月，仁和（杭州）人，（晚明）拔贡生。才情横溢，命同长吉。有《蕊渊集》《蟾台集》《古今词统》《花舫缘》等作。

抄写了一晚上《蕊渊集》的目录，一边抄，一边心里反复重复着"仁和人，才情横溢，命同长吉"的句子。明天我就要远赴北京，去国家图书馆，去寻找仁和塘栖人卓人月的字字句句。我不知道仁和传经堂刻本的《卓珂月先生全集》是如何流落到北方甚至美国？而珂月是否会感到惆怅，当年他六战科场不利，最后一次考试归来后染病，是否因为太想用世、太想抛洒自己的满腔热血、太想展现自己的满腹才华，终因用药过猛而三十早逝。而他的文稿，历经几百年的流浪，颠沛流离，漂泊至京城，最终寂静默然，大隐于世。

我抄写着那些诗词曲赋的题目，那里面有我熟悉的家乡及一切：珂月幼时读书于水一方、珂月和徐野君十年交往、珂月为表弟卓方水题诗消解惆怅、珂月与野君一起编订《古今词统》、珂

明亮的阅读

月将才情化作杂剧《花舫缘》……其中也有我不熟悉的人和事，想按图索骥，去钩沉一切珂月提及的人物。

又有一些，是我既熟悉又不熟悉的，我想知道珂月笔下的竞渡、社集、端午、除夕、江行如何；珂月笔下的水仙、梅花、杏花、雪花如何；想知道珂月短暂一生，去吴门一游，去金陵见到久违的父亲，会有何感；而他漫步于乌镇、西湖，又如何；想知道珂月心中之李易安、苏东坡、陆放翁如何；想知道珂月之诗为何多为女子而发；我能否以诗解人、以诗解史。

这样想的时候，同时想起了陈寅恪先生的《柳如是别传》。我虽不敏，亦能想见先生细读诗歌时的心潮起伏，想见先生破解诗里因缘的那份灵性与自得。对于先生，我辈只是仰望，只能撙掇。有一些东西，我此生永远无法企及了，自己最多只是深山里面的小虫小兽，按照土法修修炼炼、游游弋弋，而本无望修成正果，最多只是自得其乐罢了，然亦足也。

遥想珂月，我能有的，只是真正发自内心的凭吊，真正同为江南人的感动，真正对已逝过往的追忆罢了！

徐士俊与冯小青

徐士俊为明末清初文学家，原名翔，字野君，又字三有、无双，号紫珍道人，又号西湖散人，杭州府仁和县塘栖镇人。在现实生活中，徐士俊和塘栖才子卓人月是生死至交，而在精神世界里，他有一个未曾谋面的红颜知己冯小青，他为小青创作了杂剧《春波影》。该剧后来被收入《盛明杂剧》，这部杂剧也使得徐士俊为众多文人所识，并与其形成共鸣。

其实不独《春波影》，徐士俊的作品整体都有一种柔婉多情、偏于女性的气质；他喜欢摹写六朝文风，偏好诗余创作；他的作品对女性有着自己至情独特的解读。

姚佺曾经这样评价徐士俊的作品："吾见吾子为诗与文词也，剪烟剪水，花笑玉香，殆锦作心绣作肝，绿沈添竹作管，桃花作笺者耶。前身白凤转而疋锦，又转而于麒麟。世世称文章丽则也，何一世之有为？"姚佺说他的作品如剪烟剪水、花笑玉香，出自锦心绣肝之思、绿沉添竹之笔、灼灼桃花之笺，他的前身应是白凤，转而后来转成疋锦，又转而麒麟，这一段形容多么唯美，又是多么柔美啊。

我们来看徐士俊笔下的冯小青，读懂的将不只是小青，还有士俊自身。

徐士俊的《春波影》本于支如增的《小青传》，该传作于明天启六年（1626），很快在文人中流传。卓人月和其父卓发之都有咏小青诗作。

小青是广陵人，幼时曾遇一女尼，预言小青早慧福薄，应该跟着她做弟子；如不然，千万不要识字，否则只有三十年好活。后来小青嫁给武陵冯子虚，受到大妇的妒忌，将她徙之于孤山别业，并不许冯子虚去见她。

小青和杨夫人及冯子虚的表妹小六娘交好，她们一起去游西湖，小青在西湖边祭奠苏小小，并临水影语："咳，波镜澄空，照出一般瘦影；眉山锁结，难销两颊愁容。煞可怜人也。"杨夫人曾经劝她另谋姻缘，小青不愿，说自己曾经梦见手折一花，随风片片着水，命止此矣。小六娘先小青而逝去，小青梦见小六娘向她道别。醒后小青言道："谁解我膏肓深病，怕做夕阳西碧桃花影。"小青亦病重，病中每日明妆冶服。一日小青命画师画自己的容颜，仿杜丽娘之举，画师画一图，不合小青之意，认为只得其形，未得其神。画师又画一图，小青认为神有了，但是丰彩未流动也。于是小青随意翻看图书、整理衣褶等，才画成神形俱备之图。小青自奠其图："小青，小青，此中乞有汝缘分耶？"然后一恸而亡。

徐士俊《春波影》中塑造的小青，感人至深的并不是她的爱情悲剧，而是她"顾影自怜"之凄美与唯美：瘦影、碧桃花影、自奠其图。小青自怜自艾，幽独地欣赏自己的美好，不愿意混同于俗世。看似薄命，其实却是主动地接受自己的悲剧命运。这种至情投射并不是对外的，而是对内的。冯子虚虽然也为小青深爱，但在剧中如影子般可有可无，小青自始至终生活在与自己周旋的情境之中。而她与之周旋的"自己"，就是一个唯美而亦真亦幻的理想。正如杜丽娘自己画下自己的真容，小青的令人描容也是如此，只是想把最美好的东西存留下来，邂逅天下所有失之交臂的知己。

徐士俊在《画眉不尽　花月美人合咏》中写道："昔云世无花月美人，不愿生此世界。余深喜兹语……"在徐士俊看来，这世上最美好的事物就是花、月、美人，也就是自然与女性。这是他作品经常以女子为题材的重要原因，也是他主动创作《春波影》杂剧的重要原因。

而文士和女子之间，其实是一种惺惺相惜，并且互相比拟的关系。《春波影》自序中提到"卿须怜我我怜卿"，可算是最贴切的总结。所以文人亦会痴迷于吟咏女性、代女性发声。

文士与美女有着一样的才华、深情，亦有着一样的沦落不遇的人生，所以其实是相通的、惺惺相惜的；而文士之文字、美女之情致，都是这世间最美好的东西。提及此，李砺园是这样评价徐士俊的："野君雪鬈丹颜，天怀自适，诗歌风流隽逸。"徐士俊的形象也因之翩然纸上：他是一个既有着美好的容颜，又有着俊逸才华的才子，所以徐士俊身上其实融合了文士与美女的特点，而文士与美女在某种层面上，本来就是相通的。

所以冯小青身上，无疑也寄托了徐士俊自己的审美理想以及对于命运的思考。方文虎曾有尺牍给徐士俊："生发未燥，于《盛明杂剧》中读《春波影》，即倾倒野君，不啻野君之于小青也。或曰小青情字耳，不识传小青者果同于子虚亡是公否？启一一示下为荷。"

这封信中对徐士俊与小青的关系就做了一个解读，徐士俊倾心于小青；而小青有可能是没有人物原型的，只是徐士俊心中的一个"情"字所化，这样的揣摩，也让我们感觉到士俊即小青，小青即士俊。当然这封信也让人很惆怅，当时的人就已经不清楚"小青"到底是怎样缘起的，后人更加无从得知；明明有了这么一封查询根底的信，但徐士俊的回信我们再也无法觅得，小青情事就真的成了一个秘密。

其实无解也无妨，小青迷恋的是自身，而徐士俊迷恋小青，其实也是对自身的一种迷恋。是一种对有才、有情然而不遇的唯美自身的一种伤感。如冯小青般顾影自怜，如杜丽娘般对镜自照，如小青、丽娘般对画自伤。而后来的知音也大抵相似吧，毕竟，"如花美眷，似水流年"，虽则令人惆怅，但确是人世间的至美，而文字，又是如此惊心动魄地将这种已经逝去的至美镌刻存留下来，和下一个知音相遇相伴相怜相通……

文字容易风吹散

从五月至今，一直在看十位清代闺秀的诗词作品，写鉴赏她们诗词的文字：贺双卿、凌祉媛、关锳、周映清、孙荪意、赵我佩、恽珠、孙云凤、孙云鹤、方芳佩。其实她们是我挑选出来的，其中七位是钱塘或者仁和人。钱塘、仁和在清代的时候本来就很难区分，有时候为了省事，就直接统称为杭州了。我的家乡塘栖，清代时即隶属于杭州府仁和县，所以我基本不考虑撰写或查资料是否有难度，只要是杭州府的，我就马上收罗过来。

看上去是她们被我选择了，实际上则是我被带入了她们的生活。

她们都有诗集或者词集，然而那些文字基本都沉寂在这个世界上。很少，真的很少有人，会饶有兴致地一首一首去阅读她们的文字，而当年，这些文字都是用灵心慧性、用心血凝结而成的。写到这里，会想起越剧《红楼梦》中黛玉的唱词："我一生，与诗书结成闺中伴，与笔墨结成骨肉亲……一生心血成字，如今是记忆未死墨迹犹新。这诗稿，不想玉堂金马登高第，只望它高山流水遇知音。如今是知音已绝，诗稿怎存？"

文字就是如此，大部分会被湮没，就算存于此世，其实也都了无痕迹。而当初写这些文字的人，一定惜之吟之恨之爱之，把她们想象成自己的舍利子——由生命炼成的结晶，生命虽逝，毫光仍在。我想，我最喜爱的那些善本阅览室、古籍阅览室，到了夜间，是否会放出七色的光芒；而日间，是否会一直有微弱而执着的旋律的翕动，可惜的是，我们看不见、听不到；或者既不愿看，也不愿听。

号称热爱古典文学的我，又如何呢？我曾为了研究塘栖，去华师大图书馆复印老乡晚明文人卓发之的文集，我复印了一整个上午，站在那里，浑身僵硬。那个时候我在心里不停地埋怨卓发之："前辈啊，你怎么写那么多？你每一篇，怎么会那么长？"已经是扫描缩印本了，竟然还有将近 500 页！可是，后来我意识到自己这样的念头真是罪恶。要知道，他当年是写出来的，不是像我们这么打字出来的；他当年是一个字一个字想出来的，不是像我们那样复制粘贴出来的。他的文集，是他的心血，也是他儿子卓人月的心血。卓人月到处讨要父亲散落各方的文字，甚至不惜与人吵架；而卓人月早逝之后，卓发之所作的事情，也就是为儿子搜集文字，编辑文集。他在给孙子卓天寅的信中细细叮嘱："汝父生前无他嗜好，惟有文字一种，是其性命。今当以收拾遗文为第一事。……或尚有他刻，我一时失记者，俱每种觅一部。又每科落卷曾经领出者，亦付抄出。莫谓此一种不必存也。至于汝父生平看过古今书籍，有经批点涂抹者，残篇断简，皆为至宝。较之未经涂抹者，尤当珍惜。其余未经批评者，亦勿遗失。第一不可为人借去，如先已借去者，刻期索还。"叮咛得如此细致，就因为他懂自己的儿子，懂天下所有以文字为性命的人，包括他自己。

那些女子们亦如此。贺双卿，若不是有史震林及其朋友抄录她的文字，那些文字，只是以粉笔书于芦叶之上，早就不留痕迹了；关锁，心里热爱文字，却怕陷入有才无命之魔咒，痛苦矛盾，最终还是留下了自己的文集；凌祉媛，如此清丽脱俗的文字世界，却在廿二岁的芳华岁月结束；孙荪意，年未及笄即已有诗集若干卷，为写诗，竟欲拜洪亮吉为师，一生费心于文字之中；周映清，全家人都以文字为生命，一门风雅，让人追思不尽；赵我佩，从小就追随父亲学词，她的词就是情，情就是词；而恽珠，不但成就了自己的文集，也成就了清代闺秀们的文集，希望让所有闺秀的文字传世。

我想，每一首诗词，当年都是满腔的热爱、滚烫的心灵，深情的吟咏，怅惘的追思！每一首诗词，都是这人世上独一无二的。喜欢贺双卿的"休更望天涯，天涯只是，几片冷云展"；喜欢关锁的"相逢各有因缘在。算人生、才能妨命，病愁何怪"；喜欢凌祉媛的"消息问南枝，漏泄春痕。笑梅影，也如人瘦"；喜欢孙荪意的"莫怪天孙肠断绝。修到神仙，尚有生离别"；喜欢周映清的"破蕉淅沥风如雨，瘦菊离披叶胜花"；喜欢恽珠的"雅游终日浑忘倦，缓促香轮月满溪"；喜欢赵我佩的"花乡水乡，情长梦长……诗狂酒狂，愁肠恨肠"。如此鲜活生动、会心美好，如果后来的人能静下心来，细细品读，怎能不喜欢，怎会不喜欢？

可是如今，知音已绝，许多美好，都静静尘封着。林黛玉最后把自己的文字都付之一炉，焚为灰烬，随风飘散。正应了宝玉所说的，化作灰、化作烟。以前看黛玉焚稿的时候，我都很心痛，我想像紫鹃那样，去把诗稿诗帕抢救出来。可现在，渐渐明白了，其实，这些文字，无论存在着或被毁灭，其结果是差不多的，知音逝去之后，文字的存在也就没有意义了；或者说，文字只是为着当时情境，当时有互相酬唱、有子期听琴、有伤怀凭吊。当时哭过、笑过、狂喜过、断肠过！那些文字就没有白活了一遭。

这么想、这么想、这么想，只能这么想！因为会联想自己，年华流逝，能让自己觉得不虚此行的，不过也是文字罢了，而且还是些平庸的文字罢了！那么也不过如此罢，自己的书，也会静静尘封在某个角落里面，很多年后，有人无意打开，或者为了某些需要。也许亦会埋怨一下："怎么会这么多？怎么会这么长？"而当她或者他合上的时候，我的文字，就随风散去，如黛玉所焚之稿般，化作灰、化作烟……这个时候，空气微微振动一下，然后就归于沉寂。

纵使如此，我还会像她们一样写下去的，像她们一样留下自己的舍利子——文集，尽管我真切地知道"文字容易风吹散"……

清代女诗人徐德音的生活场景

徐德音，钱塘人，生于康熙二十年（1681 年），卒年不详，当在 1760 年之后，跨康熙、雍正、乾隆三朝盛世，为清代著名的女诗人。其诗集保存较为完整，有《绿净轩诗钞》及《绿净轩续集》，二集诗作竟达 550 首以上，足以让我们走进这位才媛的生活，解读她的人生，以及清代许多才女的人生。

一、草绿南园蛱蝶飞——闺中生活

德音有一组春闺杂咏和韵诗，共十一首，如同闺中生活的镜头连缀一般，非常唯美而完整地记录了闺中的生活方式及情趣。十一首诗歌分别为晴阁观梅、画架秋千、风柳听莺、卷帘迎燕、试墨分题、蒸鼎焚香、萍池垂钓、凭栏玩月、午窗倦绣、吮毫绘扇，雨舫观荷。

名园如画，在如画的名园之中，春日临风小立，倾听恰恰莺啼，穿越烟柳而去；或者移步秋千，慢绾红绳，香袂与轻快的心情，随风荡漾；或者在一池碧萍中垂钓，名为垂钓，实则照水自得。回到小楼，尚且要卷起珠帘，看那燕子双宿双飞。而楼中，早已爇鼎焚香，当淡淡的香味渗透入空气中时，一切安静下来，此时古琴声淡然响起。琴声散去，居于小楼之中，最喜读书试墨，亦可绘扇刺绣。如若月色入户，便可欣然出门，凭栏望月，看露湿庭花，清光遍洒……

余英时先生曾经把大观园解读为"乌托邦的世界"，即一片理想中的净土。其实大观园的生活方式确有蓝本，徐德音的诗歌以及钱塘蕉园诗社的活动，都为我们展示了充满审美情趣的闺中生活方式。例如其中的《卷帘迎燕》："花落花开春日幽，笑搴珠箔上金钩。红襟小尾多情甚，双宿双飞在画楼。"可以让人直接联想到《红楼梦》第二十七回之文字："林黛玉便回头叫紫鹃道：'把屋子收拾了，撩下一扇纱屉；看那大燕子回来，把帘子放下，拿狮子倚住；烧了香就把炉罩上。'"还可值得关注的是德音有《暮春漫兴次外子韵》一诗，里面有"昨夜东风何太剧，拚教犀盒葬花魂"之句，不由让人联想至《红楼梦》中黛玉葬花之场景，以及黛玉与湘云联诗之"冷月葬花魂"之句，这里面有非常相似之情境以及字眼。可见大观园之生活并非曹雪芹虚构，而是当日闺中实际的生活状态。清代女诗人大多出身书香或者官宦门第，所以她们在诗歌中也真实地展示了审美而写意的生活方式。

从德音的诗歌中，我们看到了一个读书、绘画、弹琴、刺绣且非常有才华的女性形象，这也是清代女诗人的共同特性。

德音之诗，亦使我们见到德音身处的美好园林及山水。德音未嫁之前，悠游于西湖吴山、孤山。后嫁与迎年，名其室为"绿净轩"，晚年并以"绿净老人"为号。德音诗《唤起斜阳绿》之序中，向我们展示了她一直以来身处的写意境地："昔在吴山，闻山中鸟声，偶得句曰：'唤起斜阳绿'，虽不可索解，而情与景合适，若得之自然。今坐绿净轩中，草长春池，莺啼夏木，雁惊危绿，鹤唳松涛，四时推夺，虽非清川长薄之胜，而况味不殊在吴山时也。"正因为直接与自然清幽之处相接，所以德音之诗大多冲澹清丽，展示出的是远离尘世的宁静与自然之生机。正如德音《闲居》诗中描绘的一般："清风满径，绿树重阴。数声啼鸟，庭院深深。"诗歌带来的是一种真实的宁静，这种宁静，同时存在于庭院与人心之中。

由于大部分岁月处于庭院之中，女性诗人最为敏感的是季节、节气之更替以及天气之变换。而春、秋与雨时，成为最撩拨人心之际。

春光难以挽留，见池塘新萍浮满，纷纷柳絮扑衣。一种无可奈何的惆怅，如漫天细雨般袭来。正如《送春》所言："池点新萍绿乍肥，纷纷柳絮扑帘衣。花边鸟啄含桃落，叶底纷争坠萼飞。无可奈何香梦冷，最堪惆怅雨丝微。临阶把酒殷勤劝，明岁烟光祝早归。"

春日之逝去让人惆怅，而秋气渐浓，秋窗感怀，亦是人生日常内容，相比之下，明媚春光是匆匆逝去，勾留不住的，而秋气则是渗透入整个人生的，"廿年灯火爱秋窗，历尽艰辛气未降"，"人感秋风因易老，燕逢社日欲辞归"（《秋怀十五首》）。

而雨夜，也是人生中最难以消遣的，德音的诗歌有深闺中之安静雨夜，安静到"一庭风雨伴黄昏，鱼钥声中静掩门。……蝶飞只入庄生梦，花落空啼杜宇魂。……"（《夜雨即事》）。

然而德音是大气的，她并不局限于深闺，她走出了深深庭院，看到的是广阔的民间，她在《苦雨叹》中说道，连年的旱灾和雨灾让人心愈苦，百姓们卖儿卖女，缴纳官租；她说学富五车，却难以疗饥，还不如去做商贾。综观德音之读书、作诗生涯，会发现，她确实具有士的气度与风范，而非一般春愁秋怨之深闺诗人。

二、满架牙签销日月——读书及酬唱生涯

无论是少女时代之闲适岁月，还是后来之坎坷经历，德音从未放弃阅读。而其阅读并非个体孤立之行为，是在家族及士风的总体语境之中完成的，是在携手同行之中完成的。

德音一直感怀的是她的父母，虽然在德音七岁的时候，父亲就撒手人寰，但德音的人生无时不浸润着父亲的遗泽。在母亲楼氏为德音所作的序中，我们见到了这样的场景：

徐旭龄任职淮南，身后总是跟着一个"男孩"——德音着男子衣裤，钗钿尽卸，秀气灵动。彼时高朋满座，文士们诗词酬

唱。而德音亦在旁边，作五七言韵语，如雏凤清音，每每见此，旭龄总掩饰不住爱怜之情。

旭龄虽为德音之父，其实堪称德音知己，他在临死之前，郑重地告诉妻子，一定要让德音嫁给许迎年，这成就了一段伉俪诗缘。而旭龄所收藏的五千册图书，也尽传爱女。旭龄之临终嘱托，让我们领略到清代官宦或者书香门第的开明态度：一方面生女与男无异，让她受到最好的教育；另一方面，为女择婿，最看重的是对方的文才。所以清代徐船山之妻才会有如此之诗句："修到人间才子妇，不辞清瘦似梅花。"这是一种依托于现实的理想。

父亲死后，德音与母亲回到杭州，居湖山之间，涉猎群书。每当烟云入户，鱼鸟亲人之际，便能见德音着一墨色斑驳、色若古鼎彝之衣衫，吟诗自适（餐霞老人《绿净轩诗钞序》）。

而此种读书之神情与姿态，一直贯穿于德音的整个人生。少年时代读书闲适写意，而之后的人生，哪怕是冷落清秋，德音会说："每为购书轻破财，偶然展卷即开颜"（《秋怀十五首》）；哪怕是风尘途中，德音会说"蕹叶凉生浑不寐，牙签重为捡陈编"（《舟夜阅张敦颐六朝事迹漫成长句》）；哪怕是养疴榻上，德音亦会说："满架牙签销日月，半生心事许烟霞"（《养疴杂咏》）。

德音在《养疴杂咏》序中，对于读书写诗，有过如此表白："癸丑九月，予在璜儿卫州倅廨属疾几死，儿于星下哀号请命，而病果愈。至是已两阅月矣。安神闺中，日惟委怀翰墨。儿妇以予精神病耗，不宜更呕心自苦，而予所好在是，置勿听也。"人生之所好在是，颠沛必于是，造次必于是；或者说，也只有读书创作，给予德音力量度过种种颠沛造次。

读书是人生之神情，而神情本由所读之书铸就。清代女诗人之知识结构如何，可以德音为一例证，德音以读书为名的诗共有三十一首，其中部分为读史之作，明确提及的有汉史、隋史、六朝史；提到的历史人物有共工、屈原、项羽、汉朝诸帝、班姬、李广、昭君、绿珠、刘蕡、张敦颐等人；读史之外，德音最重要的是读诗，她广泛模仿各家诗风，德音在诗歌中明确提及的模仿对象有陶渊明、鲍明远、李白、杜甫、李商隐、刘兼、罗隐、范成大等人，套用旧题的有《四时白纻歌》等。其模仿的时间段上起晋代，下至宋代，跨度不可谓不大。

沈德潜在为德音所作之序中，对德音读书生涯之总结最为切中肯綮："太夫人学宗乎经，识准诸史，熟精《文选》，旁又浏览乎诸家之集，而一以灵敏之思，运乎性情之真，以合乎伦纪之大。无论处常处变，为欣为戚，而总不失风人之旨也，此岂潢潦无源之学所得而窃攀者耶？且犹少至老，未尝废书；读书之余，未尝废乎有韵之语，其于诗学犹衣服饮食之不容舍置也。"

一方面，德音读书，大气如男子，喜读经史，喜品评历史人物；另一方面，德音以史识入诗，以史识解读人生，得风人之旨，是真诗人也。

在德音诗歌中，读书与创作是无法分割的意象，而创作亦非其个体之旨趣，德音是处于一志同道合之群体中进行创作的。

德音唱和、送别、赠诗共有115首，数量众多。

和德音互相唱和的首先是德音的家庭成员，其中德音与丈夫许荔生唱和之作为21首。德音与荔生是神仙眷属，德音在婚后继续着少女时代的写意生活，看德音之诗题即知：中秋玩月次荔生韵；春夜和荔生韵；池庭月夜次外子韵；雨夕初寒同荔生韵；同荔生夜坐；咏兰同荔生作；探梅和荔生韵；观荷和荔生……德音与荔生共同鉴赏自然，随兴吟咏。有时荔生入值，德音则会月夜独坐，寻觅好句，"料得归来芸阁里，笑携好句倩人看"（《荔生入直月夜独坐作》）。

故而德音在《夫子生辰赋诗为祝》中深情地写到：

> 眉案相庄逾十年，欣逢揆览擘霞笺。从教诗好如康乐，莫道官贫似郑虔。呫哔任嗤书里蠹，啸歌欲傲饮中仙。惭无佩玖堪为寿，手录南华第一篇。

夫妻俩举案齐眉，读书吟咏，饮酒啸歌，何等惬意。只愿成就文学之境界，并不在意仕途之成就。甚至连生辰礼物，德音都不取他物，而是手录《庄子》首篇之《逍遥游》，这样的日子，也确实应以"逍遥"一词当之。

除了荔生，德音另有与舅氏楼宁世先生、家兄徐绍武、外弟阇如、表弟于湘、表伯姑王太夫人、宗侄集公内子孙令媛等人的唱和之作，而母亲餐霞老人为其诗集作序，亦可印证清代女诗人的群体特征之一——创作主体的家庭化。江浙之女诗人群体，特别是其中之钱塘女诗人群体，尤为德音之志同道合者。

德音与钱塘"蕉园诗社"之林亚清，有一段很美好的交往。两人同籍钱塘，早年即已互闻才名，只是未尝谋面。德音出嫁之时，亚清为之做催妆之词，德音颇为称许。岁月如水，悠悠十载，乙酉之年（1705 年），许荔生酌试舍人，携德音去京师，亚清已先在京师，始得把臂定交，大有相见恨晚之感。在京城，德音还邂逅了蕉园的另一才女钱云仪。这是一次美好的聚会。

德音把诗歌给亚清过目，亚清欣喜作序，言道："焦园之社，作者数人，人皆有集，今既晨星寥落，几令韵事销歇。得子之诗，政复后来居上矣。其可不梓以传乎？"

我们在德音诗中看到，孟秋时分，三人雅集，神情亦如秋水般清澈，饮酒品茗，谈诗下棋。此时随夫宦游、客居他乡之愁，时日迁延、白发渐生之愁，皆随此良会一扫而清。她们想起了过往，自豪而自信地写道："吴山如黛江如练，西湖西子开生面。扶舆秀气兹独钟，天下山川失葱蒨。幽踪胜迹不记名，其间往往生异人。灵秀岂必钟男子，闺闱彤管多菁英。"（《祝云仪夫人》）说到当下，则是："萍迹他乡合，宾筵乐事并。同心偕二子（指云仪、亚清），良会惬三生。"（《赠黄夫人云仪》）

然而良会有时，聚散无常，很快钱云仪过世，而德音又要随夫南回，与亚清分别。德音与亚清、云仪会于乙酉之年（1705），故钱云仪之卒年当稍迟于此年。云仪卒于京师，后归葬孤山脚下，而德音只能遥想孤山之万树梅花，以及梅花下之三尺孤坟。荔生在京城思念家乡，加之身体多病，引疾归家，而德音也只能告别亚清："此时小别，辞君于关山风雪之中；隔岁重来，俟我于禁苑莺花之候"（《出都留别林亚清夫人》）。在诗中，德音亦透露道，自己乘舟归去，而亚清不久也将离开京师，前往河阳。真的是未易相思轻作别啊。

别后德音收到蕉园诗社另一女诗人顾启姬的唱和之作，于是做诗七首，一以酬和顾启姬，一以寄与林亚清。启姬诗歌如此清拔，让德音欢喜；而见到启姬诗，又想起蕉园故友，亚清已经好久没有消息了，任凭自己拍遍栏杆，也无鸿雁可以传书。德音南归之后，曾于一个秋日泛舟探访启姬，时启姬居家于苏州武丘寺附近，女坟湖旁。德音见到启姬夫妇居家清贫，却照样吟咏自得。正是素秋时分，桂香袭人，月色如水，二人赏心山水之间，饮酒论诗，相见即成莫逆。

多年之后（乾隆己巳年），德音已经69岁高龄，此时蕉园之人尽已散去，德音读到了钱塘年轻一代方芳佩之《在璞堂吟稿》，她不胜感怀，为之作序，在序中把方芳佩认可为蕉园诗社的接替之人："吾乡闺媛能诗者，惟蕉园五子，更倡迭和，名重一时。迄今六十年来，风雅浸衰，良可慨也。顷读方芷斋名媛《在璞堂吟稿》，其修辞琢句，清真沉郁，不类弱女子为之。加之博览群书，进而益上，则蕉园替人，舍芷斋其谁欤？"

十二年后，德音 81 岁，又欣然为钱塘才女徐映玉之《南楼吟稿》作序。德音虽久别钱塘，但始终与钱塘才女声气相通，情牵魂绕于旧日湖山之中。

在德音诗集中还见到一些女子，如孙令媛、李幼娴、陈珮、吴若华、王蘋南、梁瑛、恽冰、赵饮谷尊阃李夫人、吴恺苍室董婉九夫人、马嶰谷尊阃汪夫人、金陵高夫人、金闻吴媛、瑞蕊、女冠柏清香等等。她们或虽未谋面，却成神契；或短暂相聚，却诗酒尽欢；或别后难逢，寄诗互勉。德音就是生活在如此的文学空间之中，而当时女性之诗歌创作，确已蔚然成风。

德音还和许多男性诗人及画家交往，例如沈德潜、刘子牧、马力畚、汪敬亭、陈竹町、程令延、汪巢林、大痴老人、庄中丞等；其《绿净轩续集》，由马嶰谷、汪敬亭二人代刻；而其诗歌，更是受到陈文述、翁照、王昶、李斗、袁枚、查为仁、洪业、徐世昌、李浚之等人之推崇，徐德音虽未参加早期蕉园诗社的活动，却被认可为蕉园诗社之硕果仅存者；李斗、袁枚等均推其为闺秀能诗者第一。

所以，无论是家庭、女诗人群体还是文人群体，都给德音提供了读书一生以及创作一生的美好空间。

三、笑电流光七十年，冰霜历尽感华颠——经历及游历

德音在七十岁的时候，追忆当年人事，只惘然二字可言。相

比那些薄命早逝的女诗人，德音多的是真正的经历，走出闺中，至天地间行走；以及真正地感受人生之跌宕起伏，把厚重的生命感怀，融入诗歌之中。德音述怀之作多达236首，游历之诗为84首，数量众多。其中《哭先妣楼太恭人四十首》《哭子述怀八首》《中州瑞雪咏一百韵并序》等诗，自述身世，情深意长，实为现实主义之佳作。故徐世昌言其曰："持家弥坚，诗格弥上。"

后人喜欢如此介绍德音："漕运总督谥清献旭龄女，中书许迎年室，同知佩璜母。"确实，这一切是德音最美好的回忆，也是最惆怅的回忆。我们从德音的诗歌中，可以大致钩沉德音周遭之人事变动。

德音的祖父为江右山贼所害，其父旭龄千里跋涉，负尸而还；旭龄乙未进士，历官湖广道御史、山东巡抚，殁于漕运总督任上。康熙曾御书赐"清涟"二字。德音在诗中，反复追思这一切，而她勤奋的一生、大气坚韧的一生，也与父亲给予她的影响有很大的关联。

父亲死后，母亲楼氏毅然支撑起了整个家庭，她带德音回到钱塘，在湖山之旁经营家园，并封土植树，厚葬旭龄父母；旭龄无子，楼氏在侄子中选择一人过继。楼氏亦非常有才华，她整理旭龄往日文字，并承担起了教授子女的重任，曾经手写经书，亲为口授。

德音及笄之年，楼氏遵循夫君遗愿，嫁德音与许迎年。德音生于1681年，根据推断，其出嫁大约是在1695年。德音出嫁之后，即接母亲同住。许迎年1700年进士及第；1705年，赴京任职中书舍人，携德音至北京，德音母楼氏亦一同前往，德音在北京邂逅蕉园诗社林亚清、钱云仪，并刊刻自己的诗集；1707年，楼氏为女儿诗集作序。楼氏殁于北京，诗集中未有具体的时间，只能推断为1707年之后了。其时德音之兄远在故里，千里来至，母亲已经入殓，后楼氏归葬，与旭龄合葬于杭州荆山之原。

德音与迎年在京师并未逗留很久，即引疾归乡，孝养迎年母亲，适逢迎年之妹出嫁，过了一段非常融洽快乐的生活。到了1711年，许迎年之弟登科，德音诗歌中说到："辛卯弟登科，福兮祸所伏。依妹夜载驰，兄弟牵衣哭。"（《哭子述怀八首》）可能是迎年的弟弟发生了什么变故，全家都一片慌乱，亦导致迎年受到刺激，身患风疾，卧床九年。辛卯（1711）年，发生了著名的江南科场案，从"福兮祸所伏"的句子来看，是否迎年之弟亦受到牵连？迎年病后，家道日衰，德音苦力经营，终于使得女儿出嫁，二子入学并学初有成。就在家境渐有转机之时，迎年之母过世，迎年也因过度哀伤病逝。根据"九年卧床褥"之句推断，时间大约是在1720年，则迎年38岁而亡。迎年死后，大儿许佩璜娶妇，负笈游京师。小姑协助德音，共同养育迎年次子许信瑞。

许佩璜年未二十，即外出任职，效力河干（黄河北岸）。后摄州篆，并官至河南卫辉府管河通判。在此期间，佩璜岳母来归，佩璜因无子娶妾。而德音家中适逢大火，高楼付之一炬，故佩璜千里迢迢，到兖州迎接母亲，回归卫州。从德音癸丑《养疴杂咏》诗来看，则至迟在 1733 年，德音已与佩璜生活在一起。
1736 年，佩璜被河东总督王士俊推荐，至京城应博学鸿词科，并
实授开封司马回豫中。可能在此期间，德音小姑亡故。佩璜陆路
先行，筑室待母；德音则水路慢行，应亲戚的邀请，游历津门之
查氏水西庄。佩璜秋天屋成迎母，母子二人又享天伦。佩璜为
官，开渠捐俸，不遗余力，因冬日演武染疾，暴病而亡。而此
时，德音次子正游历京华，谋求仕进。按德育次子信瑞乾隆三年
（1738）副榜，可能 1738 年信瑞正在京师，故佩璜极有可能殁于
1738 年前后。

　　1750 年，德音七十初度，她在诗中写到，"有子防河为小吏，
何人衣彩祝长筵"（《乾陵十五年岁在庚午嘉平之月为予七十初度
抚今追昔百感填膺漫成长句四首》）。则此时，德音次子信瑞远
在他乡，任小吏而已。繁华落尽，余德音一人孤单回忆往事。

　　正如德音在诗中所说，"最是深恩真惘极，穷尘历劫也衔哀"
（《哭先姑楼太恭人四十首》）。如德音般，有着太美好的一切，
但是一旦失落，会更加苦痛惘然。德音此句，引起的是所有深情
之人的失落。而德音的人生，就是在段段深情、段段失落中
度过。

　　说起父亲，德音既感伤又自豪，幼年的记忆决定了德音的一
生。读书、作诗，并坦然地面对人生，如沈德潜所说，"无论处
常处变，为欣为戚，而总不失乎风人之旨也"（沈德潜：《绿净轩
续集序》）。父亲，其实始终是德音效仿的对象。

说起母亲，德音最感伤痛，她写母亲的诗歌几乎都是哭诉，直呼苍穹，天地黯然。那种天上人间再难相逢的情感，借长歌当哭，喷薄而出。

说起丈夫，德音有一诗写得如梦如幻，"隔窗闲听讽香奁，花影横斜月影纤。浑似茶声惊梦觉，绿华冉冉揭湘帘"（《听客诵荔生香奁诗》）。这首诗未注明日月，只知道是德音偶然听客人读许迎年的香奁诗所作，迎年最擅长缠绵悱恻之香奁体。整首诗有一种似梦非梦、似醒非醒、似隔非隔的感觉，有一种淡淡的唯美与失落。德音与迎年最多的是互相酬唱的诗歌，昭示着过往的岁月珍美，却如梦如幻。

说起儿子，佩璜是继母亲之后，最让德音抚膺长恸的。他是德音晚年最重要的依靠，除此之外，德音与儿子，并不简单地是一对至亲的母子，二人亦堪称知己，他们曾在卫州度过一段美好的日子："四库拥图书，一几堆笔砚。宫体薄齐梁，国风考经传。珠海与玉杯，母子同简练。"（《哭子述怀八首》）德音后期在文学上交往的男性诗人，许多也是儿子生前引见的。儿子死后很多年，德音都沉浸在对他的思念之中。

七十岁的德音，写下了"剩有湿薪同爆竹，也将红纸写宜春"（《辛未元旦》）的句子。那个时候，她只剩下一个远在他方的小儿子。然而德音毕竟是大气的，她还是写下了那么有生机的诗歌。一切美好逝去之后，德音坚持读书、写诗，因为文学是她的生命，是她的支撑；也因为她曾经拥有过那么多的美好，即便全都逝去，她的内心还是那么的充实有力。

而她的游历诗，基本也是和她的人生经历有关。德音的主要活动地点在浙江、江苏、北京、河南，这和她不同阶段的依托有着直接关系：闺阁生涯在钱塘度过；嫁往邗沟；和丈夫同往京城；晚年又依托儿子在卫州。正因如此，德音多的是跳脱闺阁的行走，她写下了84首游历诗。

德音永远不能割舍的是钱塘，所以她经常梦回故土。在她的梦中，纷纷落叶，隐去了归家的小径，槭槭枯枝，冒满小山；房子被云雾遮住了，只余清瘦的梅影；湖水和月亮一起寒冷，家门始终是关着的。而回故乡，在某种层面上，竟然也变成了逆旅了。

行走在外，德音喜为怀古之作。她的诗歌气象颇大，说起姑苏，就会写到："惆怅当年歌舞地，平沙明月簇浮鸥。"（《姑苏怀古》）来到邳州，她就要凭吊张良："进履能甘先灭楚，藏弓高蹈鄙封留。"（《次邳州》）舟游隋堤，德音则会说："未开辽海几千里，只博雷塘土一堆。"（《隋堤怀古》）过虎丘，则曰："三千剑气埋金虎，风雨如闻战伐声。"（《过虎丘》）德音喜阅史，而她的史才也在她的诗歌中显现出来，览景思古、言志述怀，是德音外出游历习惯性的思维方式，而这样的思维方式，也正合乎天地的宽阔，突破了一般女性的视野。

德音以诗写人生，以人生写诗，故沈德潜之评价最为中肯：德音实乃诗学之"大家"！

暗香催我理吟笺

——清代闺秀凌祉媛的人生及其诗歌世界

　　凌祉媛，字莅沅，钱塘人。生于道光十一年辛卯（1831），为凌达夫之次女。年十岁通音律，能吟咏。年二十，归杭郡文学生丁丙，为其续妻。结缡二年，母患风疾，故常归宁侍奉。母病剧，祷于神，愿以身代。后莅沅染病，咸丰二年（1852）五月卒，年仅二十二岁。著有《翠螺阁诗稿》四卷，《词稿》一卷，合称《翠螺阁诗词稿》。

　　祉媛的人生非常短暂，令人叹惋。然而如细细读其诗词，却觉得她短暂的人生温暖美好，绝无凄苦意味。其《雪冻等伴月冷了圆酿罄瓮头御寒无策而檐梅一点微逗新红矣暗香泥人颇慰岑寂因仿稽留山民三体诗咏之》诗中有两句甚好，似让人窥见祉媛日常："剩有梅花清不睡，暗香催我理吟笺。"窗外梅花窗内人，暗香萦绕理诗笺，这美好的一幕，让人欲走入祉媛世界，感受其人生历程、生活细节及诗歌世界。

一、才德兼备的人生历程

祉媛之人生甚短，却颇为打动人心。其生平主要见其《翠螺阁诗词稿》之序、传、题词、跋及其夫丁丙所作之《亡妇凌氏行略》，从她自己的诗歌中更是能看到好多细节。如果连缀这些文字，就能连缀其人生之大略。我们可以将其人生分为两个阶段：闺阁之中与结婚之后。

闺阁之中的祉媛无忧无虑，生活颇为唯美。凌祉媛生于1831年，其生辰刚好是佛诞之日（四月初八）。其父为凌咏，字达夫，光禄寺署正；母为朱安人。光署公有二女一子，祉媛为其次女。八岁时（1838年）祉媛就在内塾读书，她的母亲朱安人亲自教她《毛诗》《内则》诸篇，她最热爱的是诗歌。七八岁时就能见出她才思敏捷，幼时她曾经和她的姐姐蔷媛，以及她的表姐芯媛（凌燕庭之女）共同读书。她的叔父凌燕庭曾经以"厚朴"为题，她对以"薄荷"。凌燕庭还回忆她幼年之时，每得一题，揽笔立就，着纸后即复揉去。十岁后祉媛开始尝试作诗，除了作诗之外，偶尔亦作小词，还擅长女红与书法。大约十四五岁便与钱塘闺秀孙佩兰同游西湖赋诗。她十四、十五、十六岁的诗作集为《停针倦绣集》。十八岁（1848年）因房屋修葺，随父母寄寓南园。其诗作为《南园萍寄集》。十九岁回珠潭居住，十九、二十岁诗作集为《珠潭玉照集》。

结婚之后，祉媛生活喜忧参半。喜则嫁得如意郎君，二十岁（1850年）凌祉媛归丁丙为妻，丁丙（1832—1899），字嘉鱼，别号松生，晚号松存，别署钱塘流民、八千卷楼主人、书库抱残生等，他是江南著名的藏书家、慈善家。他的第一任妻子为沈氏（1831—1846），沈氏未嫁而卒，故祉媛为丁丙继妻。嫁给丁丙之后，她事舅姑如其亲，督理家政，井然不紊。空闲的时候则和丁丙互相酬唱，继续自己的诗词创作。丁丙科举失利，祉媛劝他："读书志圣贤，岂在区区之科名邪？"可见她虽为女子，却很有见识。忧则母亲身体不好。嫁给丁丙的两年间，祉媛一方面要在夫家督理家政、挑灯伴读，另一方面又因为她的母亲身患风疾，她得经常回去照顾母亲，故归宁过半。在此期间，丁丙的肺疾也经常发作，她亲承汤药，通宵照顾，所以非常辛苦。祉媛有个好母亲，从小就教她读书，后来母女一起赋诗论字，她们既是母女，又是师生，还兼诗友，所以母亲病时，祉媛全心照顾母亲。后来母亲的疾病加剧，祉媛因为父亲年纪大了，弟弟尚弱小，自己的家中无人支撑，母亲不可或缺，所以遍诣庙中，向神灵祷告，愿以身代其母，家人都不知道。壬子年（1852）上巳节，她写了《放歌》一诗，里面有"人生谁不乐长生，自怜凡骨未修成"。丁丙觉得这两句结语很不祥，问她原因，她哭着告诉丁丙："吾不久于世矣！以身代母矣！勿漏言，以重亲忧。"过了一段时间她就生病了，她的母亲却如其所愿地好了起来。在她病重的时候，她还非常照顾大局。丁丙原来所聘的妻室是钱塘贡生文玮公的长女沈氏，沈氏未嫁而亡，其主位未迎至丁家。祉媛觉得自己的身体无法支撑，如果她死了，以后就很难确认嫡继。所以她坚持让丁丙迎沈氏主位于家，并呼沈氏为姊。祉媛缠绵病榻两个多月，弥留之际，尚关心侄子立诚的病情，临死前还叮嘱丁丙"读书养身、勿贻亲忧，毋为余念。"她的母亲抚之恸哭："汝真代我去耶，汝去，我复奚为？"1852 年 5 月 20 日亡故，年仅 22 岁。她死后，钦旌"乐善好施"坊额。她嫁给丁丙之后的诗作结集为《画眉余暑集》。丁丙将她所有的诗词稿整理为《翠螺阁诗词稿》，请当时的名士闺秀为其题咏，并附上丁丙自己的悼念之作《舞镜集》。

我们从以上祉媛的人生以及他人对她的评价之中，可以看见一个完美的女性——才德兼备：既孝顺父母、相夫以顺、御下以宽，又锦心绣口、才思敏捷。甚至她的死也被认为是天重其孝，特意成全，说她"孝行与诗兼之"。明清二朝闺秀传记很多，人们总是会从才或者德二方面评价女性，从对祉媛的评价中我们可以看见一些争议。

才与德方面，许多人把德放于首位。正如庄仲方在传中所说："妇德惟贞烈足传，此外则孝行独重，而娴于风雅次之。孺人乃孝行与诗兼之，诚闺秀之称首者矣。"朱城在序中也说："女子不当有才，汝事亲孝，宜善体此意。"才与德之关系方面，比较惯常的论调即女子才多损福，"才多每损福，嗟实颇有之。女子抱慧心，难与白发期。""妆楼吟煞女书生，折福才名况艳名。解得从来彼苍意，女儿识字合心惊。"有趣的是，并非所有人都认同这个观点，孙光裕在题词里就说："及观尔舅文，才德强分别。（朱秋子叙有'女子不宜有才'之语）此论正而迂，胜文翻累质。我谓有春华，而后有秋实。代亲缇萦孝，殉亲曹娥烈。无诗固不朽，有诗愈不灭。……矧兹孝烈名，允堪泐贞石。复工冰雪辞，倍觉超凡骨。其德固难能，其才亦秀出。"这段文字不仅为祉媛发声，而且有力地批判了当时的偏见，才和德不但不矛盾，而且可以互相辉映。有德加上有才，才是真正的超越凡尘。

另外一种有趣的评价是祉媛原非凡人，本隶仙班，到人间只是历劫罢了，这种评价的着眼点在于祉媛之"才"，并为世人勾勒出一个超越世俗的形象。"红尘小谪廿余年，大半光阴付彩笺。""原是董婉仙班，瑶池笙管，惯奏元灵曲。""玉台诗好，叹此才不是，寻常家数。……谁想小劫优昙，云烟缥缈，遮断仙山路。"这样的评价无疑更加浪漫，更具文学的想象力，也跳脱了女子才能妨德的宿命论，直接赞美才华。而此种评论其实更贴合祉媛对于自己的想象，在祉媛的《二十生辰自述》一诗中，开头便是："瑶池轻悔谪红尘，小住兰闺二十春。浴佛僧方传盛会，洗儿母尚话前因。"祉媛的生日正好是佛诞日，所以她对自己的人生也有很浪漫的想象与解读，当然这也是出于对自己才华的自信。

相比之下，张仲甫的词比较契合凌祉媛的气质："秀灵清气，是天生慧业，文人才数。诗句搴蓉词漱玉，音好何曾愁苦。……原是小谪神仙，拈毫写韵，占得寻诗路。打个磨陀醒短梦，归去瑶天笙鼓。"

确实，除了后期母亲生病、自己早逝的阶段，她的人生总体并不愁苦，她热爱文字、热爱生活，生命中充满着温暖的细节与闪烁的灵性。所以我们不能仅仅止步于其他人对于闺秀的评价，而是应该细读她们的文字，感受她们的生命。

二、温暖美好的生活细节

祉媛的生命虽然短暂，但丰富充盈。她热爱自然，热爱一切美好的小物，热爱自己的经行之处，热爱身边的家人。

首先，她热爱自然。光阴流淌，和大部分诗人一样，春风春鸟，秋月秋蝉，夏云暑雨，冬月祁寒，每个季节、节气、节日，都是她人生最美的组成。

我们看见春天的早上，落红满地，女诗人独立苍苔，满心惆怅。须臾晨光渐明，一声啼鸟，划过新晴，诗人又心生欢喜，心情豁然明朗。春日惜花，追随母亲，和众姐妹冒雨泛舟，去皋亭山看桃花。到了寒食，诗人便至湖边折取柳枝，以便明日可以插在屋檐。夏日酷热，何以排遣？铺开竹簟，荷花插瓶，瓜果入水，一枕清凉，直接梦入水晶壶中。黄梅时节万点霖雨，便夜听繁响，滴落屋檐，虽不出门，却时时催婢看花落光景，回来报告。秋日里送燕子归去，看红叶燃遍寒山。七夕，看银河影落，清晨欣赏篱笆上带着露水的、蓝紫色的牵牛。冬日里赏雪，见梅花破萼，便燃起暖炉，邀请女伴同赏，一会儿女伴便身穿羽衣而来。当此寒日，何以销寒？安排暖阁，翻绵糊窗、燃香煮茶、煨芋暖酒、刺绣书写……元宵试灯后三日，最热闹的时光来了，女诗人和家人们齐集吴山淳素山房观演灯剧，一夜秾歌艳舞、月明炬闪，不知不觉中，东方发白，明星落尽，可谓尽兴。

仿佛这四季所有的美好，都被收入祉媛的生活与诗中，她不是很简单地写春夏秋冬的景致，而是将自己的生命体验投入其间。所以有的时候她会觉得言不尽兴，会用很长的题目抒发自己的细腻惊喜，她的一些诗题就像是一段段清灵的小散文：

《雪冻等伴月冷了圆酿馨瓮头御寒无策而檐梅一点微逗新红矣暗香泥人颇慰岑寂因仿稽留山民三体诗咏之》《层云凄黯绵雨泥人花飞满阶春恨如织婢子惜红戏剪彩绒制扫晴娘以为祝予爱其解事也宠之以诗》《岁云秋矣梁间燕子将有去思絮语喃喃昕夕无间岂其不忍别余归耶爰作小诗以祖其行》《庭前有老桂数本翠藓苍苔纷披盈干梅雨后忽滋细草若附枝而生者谛视之则牙牌草也》《新月上钩夕阳留线晚凉院落吟怀悄然砌卉盆花各含生意分裁短什聊期无负秋容耳》。

我们在诗题中就能直接进入女诗人的生活场景，看到鲜活生动的细节：

下雪天月圆凄清，祉媛等待女伴，瓮中酒已经告尽，无物藉以御寒。一切都令人失落，突然，窗外一点久违的微红跳跃出来，竟然是新绽放的梅花，而那暗香也沾染而来，祉媛之惆怅顿消。

下雨天天色昏暗，雨儿浸润了人儿，石阶上满是落花，看来祉嫒已经伫立良久。婢女亦如主人般惜花，用彩绒剪扫晴娘，祝祷天晴。婢女如此了解自己，祉嫒心情亦转阴为晴，写诗纪之。

梅雨后满园绿意，祉嫒细看满园色彩。她的视线久久停留于庭前老桂。她看见翠绿的苔藓布满枝干，看着看着，她突然发现枝干上有纤弱细小的草儿，仔细看原来是牙牌草呢。

秋天燕子呢喃，祉嫒侧耳倾听。好像梁上的燕子在与她对话，向她告别，仿佛与她恋恋不舍，她为燕子写上小诗一首送行。

祉嫒的这些诗题相当有个性，绵长而充满细节，还未进入诗歌，就让阅读者看到那个久久伫立于自然之中、与自然对话的女诗人，看见那个善于感悟和捕捉自然细微变化的女诗人。

其次，她热爱一切美好的小物。

祉嫒喜欢的物是日常的、充满生活情味的。过年的时候咏物咏的是状元筹和欢喜团；春天人日的时候小酌尝新，分赋春蔬，祉嫒写的是黄芽韭与红莱菔，除了春蔬，节日里粉腻酥融的年糕，也被她纳入词中；秋天写牵牛花与红叶；冬天写翻绵、糊窗。她笔下的植物有红叶、梅花、牵牛、凤仙、鸡冠、金钱、玉簪、秋海棠、芍药、佛手柑等。很多都是普通而家常的花，但在她笔下都各具神采，例如鸡冠花"如舞复如飞，秋光一枝领。……独立夸高官，画图写英挺"，玉簪是"金钗十二行，妆成都压倒"，芍药则是"色相幻成菩萨面，繁华预卜相公名"。

她和闺蜜咏物，她写了五种小物：眉匠（就是篦子）、寿字香合；指锁、唾壶、翠钿。让人感到惊讶的是，连唾壶都可以入诗，写得亦很不凡："个中莫笑都糟粕，珠玉双清落九天。"感觉就像是藐姑射山之仙人一般，连咳唾都成珠玉。

她写的特别美的是《自题梅花帐额》一诗，东风破冰之时，祉媛在梅花帐额上诗句，夜夜与疏影暗香共眠，她说："常此花魂寄玉台，花魂人影两无猜。半床明月清如水，试问美人来未来。花枝入梦香侵骨，人与梅花共清绝。梦醒三更不耐雪，满身疑带罗浮雪。"花魂人影两无猜，人与花完全融为一体，一样的清绝超俗，照亮了整个夜晚。

她还写了一首很生动有趣的咏物诗《蟹》："介士横行莫与俦，霜天月黑聚汀州。岂知多足翻贻患，漫说无肠不解愁。入世何烦戈甲拥，杀身终为稻粱谋。爬沙一曲黄昏静，灯火前村断暗投。"她把蟹的状貌动态写得栩栩如生，而且暗喻横行之士终无善果。

最好玩的是，她郑重其事地写了一首答谢诗，诗名很长，叫作《分龙日以红盐一从陆氏聘猫雏翌日谢之以诗》，分龙日大约是在农历的五月下旬，据说司雨的龙王会分赴自己的管辖日降雨。在这一天，祉媛用箬叶包裹好吴盐作为谢礼，向陆氏要了一只小奶猫，陪伴自己在兰闺之中，这是多么有趣而有爱心的生活细节啊。

当然，祉媛还热爱书法，欣赏好的字画，这方面，我们会在后文中结合她的创作谈及。

再次，祉媛热爱自己的每一经行之处。虽然由于人生短暂，她经行的地方并不多，但每处都寄托了她的深情至意。

在她的诗歌中，提及的地点较大的有西湖、天竺、皋亭、吴山、里湖、塘栖，较小的有洗心亭、十三间楼、南园、珠潭、水仙王庙、翠螺阁、香山兰若、撷芳轩等，祉媛真是一个道道地地的杭州府闺秀，她的行踪均在杭州府仁和县和钱塘县之内。

祉媛祖居塘栖镇，后来一直生活在杭州城区。戊申年（1848）春，祉媛十八岁，因房屋装修，全家寄寓南园，十九岁回珠潭居住。凌祉媛的叔叔凌燕庭，卸下江苏江浦县县令之后回到湖墅，买下范宅，宅中有珠潭。二十岁祉媛归丁丙为妻，祉媛所居为翠螺阁。丁丙家族住在杭州田家园一带，拥有十分庞大的建筑群落。据丁丙《先人老屋记》所记，先后建有延庆堂、正修堂、梅溪书屋、求志吾庐、九思居、尚友阁、竹书堂、求己斋、朝阳晚翠之轩、当归草堂、元声亭、九峰居、少风波亭、云停、暴书廊、百石斋、济阳文府、蕉石山房、汉晋唐斋、留云宾月馆、翠螺阁、芸隐斋、宜堂、师让庵、树萱堂、水木清华、晚崧精舍、慕陶宧、云坞、松梦寮、恒春榭、嘉惠堂（八千卷楼）、后八千卷楼、小八千卷楼、不如圃等，另有田园、磊桥、墨池、汲古井、方塘、甘泉等设施。

她两个阶段的诗集皆以她的居处命名：《南园萍寄集》《珠潭

玉照集》，而她诗集的总名则为《翠螺阁诗词稿》。在她的生命里，和地名相关的关键词有塘栖、西湖、南园、珠潭、翠螺阁等。

塘栖镇隶属于仁和县，人口众多、里巷纵横，大运河从其间贯穿而过，为清代巨镇。塘栖是祉媛祖居之处，祉媛有一首诗纪之。诗题亦秉承其独特风格，绵长细腻：《秋日买棹至塘栖访亲水程村落风景绝佳杂述五章扣舷歌之颇觉其声清越也》。整组诗一共五首，从清晨出发到傍晚抵达，娓娓道来。从杭州到塘栖，要行船于大运河之上。一路景色很美，沿岸历历村落、迷迷松杉。时闻犬吠鸥鸣，可见撒网行舟。未到傍晚，即已抵达塘栖，看见"夹岸绕长廊，市廛苦逼窄。曲巷指斜晖，旧家此园宅"。这几句诗确实写出了塘栖的特点："唐栖者，仁和一大镇也，距杭州六十里而近。南北往来，实为夷庚。市廛隐帐，闾阎麟次。名虽镇也，实与小邑同。"到了塘栖，亲友们相见甚欢，"戚党见相欢，依依话畴昔。一笑故乡来，此身反如客"。到故乡受到热情招待，反而觉得自己是客人了，这也是很细腻的情感。镇子热热闹闹，"鱼虾杂近市，鹅鸭喧比邻"，让人生出移居之念。整个行程风景优美、人情温暖，所以祉媛开心地以诗纪之，并扣舷而歌，对故乡的热爱也跃然纸上。

祉媛最流连的当然是杭州，杭州有最让人难以忘怀的西湖以及自己的家。

她有一组西湖杂诗，写了许多很有意味的西湖景致，里面既有景色之美好，又有历史人文之关怀与反思。在杂诗中，她提及了宋理宗之爱妃阎妃，与之相关的是理宗为她修建的集庆寺；宋代权臣贾似道，与之相关的是半闲堂；南朝歌伎苏小小，与之相关的是西泠桥；吴越王钱镠之黄妃，与之相关的是黄皮塔（亦即雷峰塔）。祉媛对西湖之景、之人可谓熟矣，里面甚至有许多批判的意味，比如元代薛昂夫《山坡羊·西湖》有"销金锅在，涌金门外"之句，祉媛则说"流金桥与涂金塔，不够金锅顷刻销"；而提到贾似道，则是"冷笑平章事楼阁"；祉媛对西湖的典故稔熟于心、顺手拈来，里面提及飞来峰、九里松、黄皮塔，从诗歌来看，都是深谙景点之出处。她说："一字沿讹存两可，黄妃胜建号黄皮。"关于黄皮塔，确实是有争议的。该塔又称黄妃塔，有人认为塔和越王钱镠之黄妃没有关系，而是因为黄皮一字之讹。

祉媛写西湖，既有人文历史之反思，又有泛舟湖上之惬意，春日和好姐妹们泛舟湖上，即席吟诗，何等惬意，"小集裙簪媚水滨，等闲肯负艳阳春"。

祉媛还创作了二首《西湖竹枝词》，其中一首写道："风物西湖美不胜，嫩凉天气试吴绫。澡盆权作瓜皮艇，侵晓临流采刺菱。"后面两句非常有趣，采菱因为要深入芰荷之间，船一定要小，所以干脆拿洗澡的木盆当做小艇了。

之前我们已经看到祉媛为了感受季节之更替，经常破晓即起，夜深亦沉醉于此。对于自己热爱的地方，也是如此，她会破晓即至云栖的洗心亭上，或去天竺进香，或去水仙王庙谒佛，好像她总爱起个大早，尽情尽兴地去感受美好的地方。

有的时候天气不好，祉媛和家人也会外出游玩。她们曾经冒雨去皋亭山看桃花，也是清晓出发，一家女眷租船冒雨，舟行十余里去皋亭，看春雨花雨，看人面亦似桃花。一直喝酒吟诗，直到傍晚才依依归去。

在诗歌中，祉媛提到的最多的地点当然是她的家。她的《停针倦绣集》写于她十四、十五、十六岁。她写过一首诗，名字叫《自北郭移寓南园即景有作》，说明她原先的家在杭州的北部，家里有一个小小的院子，她在诗歌中提到"薄暮新凉延小院"，也经常见她在庭院中赏花听鸟。十八岁（1848 年）因房屋修葺，她随父母寄寓南园。其诗作为《南园萍寄集》，她说她住的地方邻街近佛惠寺，可以隐约听见梵钟敲响。"佛惠寺俗呼寿火星庵，在仁和县之羲和坊"，佛惠寺具体在羲和坊之肃仪巷。她住的地方应该视野比较开阔，并且邻水，所以她说"从此鹭鸥聊结约，何须载酒泛西泠"。十九岁回新居居住，十九、二十岁诗作集为《珠潭玉照集》。新居为祉媛的叔父凌燕庭所购，凌燕庭咸丰初年卸下江苏江浦县县令一职，回到湖墅，买下范宅。范宅就是原来宋代权臣贾似道的园邸，位于杭州城北，其中即有珠潭。

祉媛有《珠潭曲》一诗，很详细地介绍了珠潭新居的情况："叔氏燕庭自苏台假归后，从事桑麻，小葺囷圃。圃中有潭一泓，每当宵半，则累累珠泡吐纳潭心，故号曰珠潭，而里名亦从此得也。相传其地为贾秋壑别业，上下七百年，而潭犹澄澈可鉴。"祉媛很爱这个新家，新家有田园之清新气息，竹木楼台，赏心悦目。她更爱这一潭清泉，"一泓清澈平波漾，明珠错落澄辉朗。素影娟娟静泻春，广非十笏深盈丈"。珠潭很小，潭侧另有古石，形似屏障，号仙人掌，仿佛将明珠擎于手上。此诗中有两句令人感慨，虽则写潭水，和祉媛之气质及人生结局亦很神似："纵云泡影成浮幻，圆泛累累当夜半。"祉媛早逝，其人生真的是如泡如影，亦真亦幻，然而其光华美好，却留于世间。所以珠潭和祉媛，真的是相映成辉。后来吴端甫悼念祉媛之诗里即有"珠儿潭上明明月，还照当年旧绮罗"之句。

丁丙将祉媛的集子命名为《翠螺阁诗词稿》，翠螺阁是祉媛婚后常居之地，属于丁氏家族。她还是和少女时一样，在翠螺阁写诗练字、焚香刺绣、纳凉销寒。不过现在多了一个情味相投之伴侣丁丙，他们甚至会一起坐于翠螺阁，听附近传来的笛声，也正是在这段时间，祉媛把自己的旧作整理分编。

第四，祉媛诗中重要的内容是记录与家人、朋友在一起度过的时光，从祉媛之诗来看，她们都性情相投，共同热爱文学、书画、良辰、美景，对祉媛诗歌创作的影响很大。

从她的诗歌里面我们可以发现，祉媛最爱、最担忧的是她的母亲，所以母亲病后，她愿以身代；祉媛的外祖母也很可爱，曾经命祉媛姐妹们赏芍药写诗；祉媛的叔叔凌达夫和他们家关系密切，从小对她的影响很大，叔叔赴任祉媛会去送，而叔叔卸任，买了新宅，一大家子人就住在一起；祉媛的姐妹兄弟关系都很好；她还有一大帮闺蜜，有的经常在一起，有的则通过鸿雁传书，互通信息。祉媛前面三部小集子，也就是她婚前的岁月，都是美好的生活记载。

祉媛婚后忧患渐多。祉媛庚戌（1850年）嫁给丁丙，三载结缡，归宁实过其半。因为此时她的母亲身体不好，所以她常归侍汤药，历寒暑昼夜不稍倦。这段时间，祉媛自己的身体也不太好，她有《病起》一诗，说自己"久停梳枻晶奁暗，偶谱宫商玉笛横"。她也在诗中表达了自己心挂两头的痛苦，既要照顾母亲，又要担心丈夫。她的一首诗诗题直接就是《归宁三月矣闻松生肺疾又作予以母病逗留未得慰问宵深闷作因成四绝寄之》，这个时候，她说自己"颠倒心情百事违"，既怕母亲身体恶化，又思念丁丙、情丝缠绵。后来丁丙将自己病重时所写的春恨辞给她看，她和了一首，感慨"青春不常，白日难驻。草无情而自绿，花将离而褪红。抚景伤时，实有所同慨者矣。"里面惆怅的情绪也变得非常强烈，"恨相引，愁相引，日暮凭阑，香消酒醒。怎，怎，怎"。早期那种观物赏景的欣喜没有了，取而代之的是"愁""恨"等字眼。祉媛的这些痛苦，其实都是因挚爱之人而起，因为她深爱他们，所以她不愿意他们遭受痛苦，更不愿意看他们染病甚至死亡。她是一个如此珍惜亲情、爱情的女子，愿意用自己的生命，换回身边之人的生命。她也在诗歌里面，预感到自己的早夭。"异哉有客来何乡，客云来自崆峒阳。广成亲授长生方，嗔鸾叱凤亟束装。促我整霞帔，为我着云裳。……人生谁不乐长生，自怜凡骨修未成。"当然，这样的诗也会给爱她的人一些慰藉，也许祉媛本来就不属于人间，应隶仙乡。

因为凌氏和丁氏的家族在江南的影响颇大，其夫丁丙亲自为其编集，并请名士闺秀为其题咏，更因为祉媛之美好，所以她死后，很多人为她题词："《翠螺阁稿》，闺秀题词者颇多。序则有吴苹香藻，关秋芙锁，诗则有钱塘鲍玉士靓、仁和高子柔茹、仁和施莲因贞、钱塘孙谱香佩兰、钱塘张莲卿佩珍，词则有吴县陆芝仙蒨、钱塘韩菊如锁、仁和夏耦邻莳雯、汉阳燕燕贻翼、仁和赵君兰我佩、仁和汪雯卿静娟，皆一时金闺杰彦也。"

可见祉媛生前身后，都有志同道合、性情相投的家人、好友，她的人生虽然最后一个阶段备尝忧患，但总体还是温暖美好、尽情尽兴的。而这些温暖美好，也一直流淌在祉媛的诗词之中。

三、执着清丽的诗词创作

祉媛的诗词创作，最值得我们关注的是她执着的创作态度、广泛的诗词交往以及清丽的艺术特点。

其一，对于诗词创作，祉媛有一种自觉执着的追求。诗词创作是她人生重要的内容，是她的情感寄托，亦仿佛是她的使命。她在《二十生辰自述》里面说自己"头衔自署拈花使，才调深惭咏絮人"。这两句是祉媛对自己的认同方式，一方面她的生日和佛诞日相同，她又深信佛教，所以自封为拈花使者；另一方面，她热爱文字，虽然自谦及不上咏絮之谢道韫，但那种以文字为己任的自觉已经从字里行间透露出来。

我们在之前的论述中也看到，祉媛会及时地把生活中的美好捕捉进自己的诗歌：自然、美好的小物，经行之处，身边的家人……她会很及时甚至有点迫不及待地用文字把所见所感表达出来，回家乡塘栖，心动即写诗，并且扣舷歌之；游水仙王庙，坐在莲池上纳凉，就马上成长歌一首；弟弟用蕉扇索题词，当即口占二十字。她觉得用文字来书写美好是理所当然的事情，她说："题遍蛮笺三十幅，肯将佳景等闲抛。"

她会即兴吟诗，也会苦吟推敲。"薛涛笺滑界乌丝，自写深闺漱玉词。一字推敲嫌不稳，碧桃花底立多时。"这是一幅多美的画图，祉媛立于碧桃花下推敲良久，人面如花，文字如花。她经常为赋诗词，夜深不寐，她的诗题就透露了这个细节，《时将入梅霖雨初作拥衾忘寐矢口成吟》。"严寒残雪峭风天，倦拥绵裘瘦可怜。剩有梅花清不睡，暗香催我理吟笺"，窗外梅花窗内人，这又是多美的卷轴啊！哪怕是祉媛病重之时，也放不下她的文字，"闲来弱笔费吟哦，烛尽香残奈尔何。且莫呕心学长吉，此身已够病消磨"。看来，她的喜怒哀乐、悲欢离合，都离不开文字。

更美的是，祉媛的字也写得很好。她经常会用不同的书法字体配上自己的诗歌，或者书写自己喜欢的作品。从她下面的诗题就能看出来：《兰生弟以蕉扇索题口占二十字写以淡墨炙麝煤熏之仿佛飞白书颇足供清玩也》《母命咏新月仿欧阳禁字体》《松梦寮主藏有砖砚一方侧镌永和九年四字古趣巉然洵文房佳品也奉题一律未识即墨侯能点头否》《灯下写南华秋水篇》。她在《春雨兼旬小园花事尽废书以破闷即束薪媵妹吴门》一诗中写道："新诗一幅手自钞，鲤鱼珍重乘春潮。"美字配上美诗，这应该是最令人怦然心动的信笺吧？

祉媛热爱文字，也很珍惜自己的文字。所以她在辛亥年（1851）小除夕，把自己的旧作进行整理分编："寻常花下理吟笺，缃箧披来手自编。已去年华成旧梦，此中况味动余怜。呕残心血人都瘦，祭到香灯蠹亦仙。剩稿零篇重捡取，好留遗事话从前。"祉媛很认真地把自己的旧作整理好，回忆自己为诗消得人憔悴的岁月，并且以酒祭之。这认真而伤感的一幕，这既美好又惆怅的追忆，让读者动容。

其二，祉媛的创作世界并不孤独，她的身边，集合了许多热爱诗词的人；或者，我们可以说，清代江南的闺秀们，其实是生活在一种读书创作的总体氛围之中。

她的母亲朱安人就是她的老师、诗友。母亲在她七岁的时候就教她《毛诗》，祉媛热爱文字，最早就是受她母亲的影响。母亲会经常给她命题，让她写诗；会乘兴冒雨带她们去皋亭山赏桃花。祉媛的外祖母也是一个性情中人，曾经命祉媛姐妹们赏芍药花写诗。她的叔叔凌燕庭一直关注她的诗词创作，并以她为骄傲。她的弟弟是她的追随者，会缠着她题字。她嫁给才子丁丙，两人互相酬唱，是一对神仙眷侣。她有一帮作诗赏景的闺中密友，其中既有她的姊妹，又有她的好朋友。她诗歌中提及的文友有方芷斋、孙谱香、梁韵兰、张沚芳、鹤清姊、书君妹、薪媛妹、袁家三妹等等。她们或是携手同游，或是联句和诗，或是鸿雁传文。

她的姊妹们仿佛是召之即来的，并且都是性情相投，一样热爱自然与文字。"会启暖炉邀女伴，翩翩都着羽衣来。""小集裙簪媚水滨，等闲肯负艳阳春。""刺绣随肩习，吟诗把臂商。一般姜氏被，风雨此联床。"除了一同出游、即席吟咏之外，她们还会互传文字或者画作，进行交流，祉媛有《灯窗展诵方芷斋夫人在璞堂诗集即题简末》《翠螺亭独坐有怀谱香叠前韵却寄》《寄怀张沚芳藻馨姊》《春雨兼旬小园花事尽废书以破闷即柬薪媛妹吴门》《读袁家三妹合稿感题卷尾》《闺友以绮疏咏物诗示余得三十馀种可谓美且富矣余因补所未备成五首》《题梁韵兰芬蕉窗觅句图》《题顾螺峰韶手绘玫瑰花便笺》等作，可见祉媛和闺蜜们的交流非常频繁热闹。

而祉媛死后，又有那么多人追忆题咏。所以我们可以想见清代江南闺秀所处的总体诗歌氛围，也正是这样的诗歌氛围，造就了祉媛，造就了无数的女性作家。正如同时期之闺秀吴藻在序中所说："吾杭为人才之薮，闺秀代兴，日下工诗词者，皆各梓一篇。若芷沅凌夫人，则其尤者也。"

其三，祉媛的作品形式不限、素材活泼、情思细腻、想象丰富、语言清丽。

于克襄为《翠螺阁诗词稿》作序，称其"近体及诗馀清丽纤绵，温润如玉，犹可想见林下之风。至于《怀古》诸章，如《咏岳武穆》《梁红玉》等作，感慨淋漓，沉郁顿挫"。吴藻亦评之曰："所著《翠螺阁诗》数卷，清词丽语，读之意销其间。《怀古》诸作，沉郁顿挫，虽须眉何多让焉。所存词不甚多，深得南宋遗响。"

两人的评价还是相当准确的。祉媛既有近体之作，又有怀古之作；既写诗，也填词。虽然因为早逝，诗作的数量不算太多，但可以看出她在进行多种形式的尝试。在诗题中直接点明形式的有《上元节事小乐府》《西湖竹枝词》《雪冻等伴月冷了圆酿馨瓮头御寒无策而檐梅一点微逗新红矣暗香泥人颇慰岑寂因仿稽留山民三体诗咏之》等。

她在形式方面的开拓还体现在她的诗题中，她以散文入题，以表达自己丰富细腻的情感。而且经常四字一顿，所以诗题虽然较长，但读起来感觉简洁、有节奏感。比如前面提到的《雪冻等伴月冷了圆酿馨瓮头御寒无策而檐梅一点微逗新红矣暗香泥人颇慰岑寂因仿稽留山民三体诗咏之》，整个题目充满意趣，又非常特别。

素材以及情感方面，我们在第二部分已经提及，祉媛诗歌的主要内容为自然、美好的小物，自己的经行之处，身边的家人。虽然生命短暂，经行之处也较少，然而并不妨碍她诗歌内容与情感的丰富活泼。

祉媛很有想象力，想象力体现在她心思细腻，能发现生活中细小的美好；能与自然对话；她的文字也是充满了灵感。以她的代表作《洞仙歌》为例，我们来追随一下她的想象。

《洞仙歌》

朔风酿寒，斜阳无信，花飞成阵。梅冷冽香，斗室围炉，疑在琼楼玉宇中也。愧无谢女清才，殊觉辜负此景耳。

冻云拨墨，正酿寒时候。六出飞花满岩岫。似瑶台，仙子碎剪璃霅，看顷刻，世界琉璃装就。

玉龙谁唤醒，起舞回风，鳞甲纷纷扑窗牖。消息问南枝，漏泄春痕。笑梅影，也如人瘦。且独拥薰炉倚妆台，道日暮天寒，早停针绣。

小序写得理所当然，正当此漫天飞花，梅冷冽香之际，而自己似乎置身于琼楼玉宇之中，何其美妙，纵然无谢道韫之才情，也要用文字记录此刻，不然岂非辜负了良辰美景？可见文字真是祉媛最自然而然的表达方式了。

于是开始细细摹画此景，她运用了最简洁的色彩，只是墨色与白色。那天空中的云，是沉沉的墨色，酿天地的寒意。而那雪，如漫天晶莹飞花，洒满岩岫。这里不由让人联想岑参的"忽如一夜春风来，千树万树梨花开"。祉媛的雪和岑参的雪有神似之处，它们都不是那么寒冷彻骨的，而是温暖妩媚，充满生机的。那漫天的飞花，似乎是瑶台仙子碎剪漫天之云，飞洒而得。顷刻间，整个世界便被琉璃装就。这是多么灵动的想象，祉媛的冬天，是热闹而美好的。

下片继续想象。可能雪下得渐渐大了，雪片纷纷扑向窗牖，这时的雪，莫不是玉龙起舞回风，身上的鳞甲纷纷跳跃？以玉龙的鳞甲形容雪片，是雪喻之中独出心裁的，形神俱似，给人以新鲜的视觉冲击。纵然是如此冰雪世界，也不能掩盖春天的讯息，你看那雪中的枝条上，早已暗露春痕。那梅树上已经有丁点的梅花绽放，虽然花如人一般清瘦，但在雪中分外精神。这里又是一个非常有意思的比喻。李清照说"人比黄花瘦"，以人比菊花；而凌祉媛以人比梅影。她们的共通之处在于，"瘦"并非憔悴，而是有神采。"梅影"一词很细腻，在琉璃世界中，那梅花正是似隐似现，若有若无的呢。祉媛此刻，早以天色已晚，以及天气寒冷为借口，停了针绣，独拥薰炉，斜靠在妆台之上，很写意地欣赏雪景。确实，这么美好的片刻，就应该停下一切俗事，只是赏雪即可，而赏之不足，就要嗟叹吟咏了。所以，我们不难想象，接下来，祉媛就会忍不住在此琉璃世界中，铺开雪白的宣纸，用墨色表达此刻的欣喜了……

而她的语言，则是清丽自然的。

她对形象的捕捉很到位、很生动。比如她写小鱼，"波光绿浸柳阴阴，新种鱼苗小似针"，她写荷花，"烟光澹澹迷莎汀，白荷花立红蜻蜓"。她写蝴蝶，"忽见一只绿蝴蝶，飞飞飞上水蒹花"。小如针的鱼，白荷花上立着的红蜻蜓，忽然飞来的绿蝴蝶，视觉效果很强烈，画面非常生动。往往注重整体情景与特写镜头的对照。

单个词语方面，她会活用词语或者运用修辞手法通感，她说"雨香云嫩禁烟时"，"嫩凉天气试吴绫"。雨香云嫩，嗅觉和视觉、触觉完全被打通了。天气微凉，她用了"嫩凉"，这里的"嫩"字，也非常独特。而"绵雨泥人"，"泥"字原本是名词，这里用作动词，让人感觉雨无处不在，沾染全身。

大部分时候，祉媛的诗词都是比较流畅、语言清丽、情思细腻的。有时，她也会有沉郁顿挫、豪放抒情之作，比如《梁红玉战袍小像歌》《敬瞻岳忠武遗翰谨书长古》等作。"漫云巾帼终无济，杀贼知难旧愿偿。吁嗟乎！昔日英明堪想像，千秋名女兼名将。披图叹息若有闻，冬冬战鼓黄天荡。"（《梁红玉战袍小像歌》）写得气韵生动、豪放抒情。

以上我们从人生历程、生活细节、诗词创作三个方面进入祉媛的世界，可以对她进行一个比较全面的把握。祉媛才德兼备，热爱文字、热爱生活。她的一生虽则短暂，却充满着温暖的细节与闪烁的灵性。在创作方面，她的作品形式不限、素材活泼、情思细腻、想象丰富、语言清丽。她的人生及诗词创作生涯，也能从一个侧面让我们想见当时江南闺秀的生活方式。

梁遇春——散文即人生

读梁遇春的《春醪集》，我只能感慨说：此真天才也！但一个真正的天才却如流星滑过天际——1906 年至 1932 年，太短暂太匆匆了。他自己在《春醪集》的序中这么设想："再过几十年，当酒醒帘幕低垂，擦着惺忪睡眼时节，我的心境又会变成怎么样子，我想只有上帝知道罢。我现在是不想知道的。我面前还有大半杯未喝进去的春醪。"

我想，如果是我，如果这么年轻（正当 23 岁），当然也是生着同样之心，觉得自己还有大半杯未喝进去的春醪，总觉得人生如此悠远，永远过不完似的；但写完这样的文字，三年之后，他就夭折了。这样的结果令我震惊，令我抑住呼吸；如果定神一想，我又何尝知道自己的岁月呢？作为一个深爱文字甚而迷信文字的人，有很多东西曾经不敢说，怕像刘希夷般，"年年岁岁花相似，岁岁年年人不同"，写完自己也会吓一跳，最终遭到诗谶。然而现在我并不忌讳，人生正该去直面它，坦坦荡荡地直面它；更何况，有时我偏激地想，这个世上有太多才华横溢的人都溘然早逝，对于平庸的人来说，有何理由缠绵于此呢。

　　如果梁遇春过着他散文中的人生，我想在最终的时刻他会伤感会遗憾，但他绝对不会绝望或者诅咒命运。因为，他的人生不是如梦般消逝，而是都曾经有过，都珍藏在那里的。后人可能不记得或不在意了，但这有什么关系。那是他的，永远是他的。他最喜欢霍桑的话语："我对我往事的记忆，一个也不能丢了。就是错误同烦恼，我也爱把它们记着。一切的回忆同样地都是我精神的食料。现在把它们都忘丢，就是同我没有活在世间过一样。"

　　所有美好的、糟糕的，快乐的、痛苦的，都不能丢弃，它们都会成为曾经活过的印记，它们都是每个人全部的意义所在；而当你这么想的时候，你就坦然地接受了世间的一切，而不是终日戚戚；而当你达观的时候，你并不是逃避些什么，或者故意装作不看到。你是在深刻地了解着这个世界，"诙谐是由于看出事情的矛盾"，"达观不过是愁闷不堪，无可奈何时的解嘲说法"。梁遇春引用法国喜剧家博马舍说的话："我不得不老是狂笑着，怕的是笑声一停，我就会哭起来了。"

　　我也和他一样深深爱上了这句话。坦然和旷达，这是我最欣赏的人生境界。它们不是指闲适地逃避着什么，好像谢灵运诸事不用打点，沉醉在山水之中；相反，它们是真实而勇敢地面对些什么，正如苏东坡在乌台诗案之后，尚能在自己的随笔中经常"呵呵"而笑。只不过相比博马舍，他笑得含蓄一些罢了。但是我想，有一点是肯定的，笑声过后，苏轼的眼眶真的有可能不知不觉润湿起来。

这样的人生，正如遇春所说："因为他一生中是没有一天不是欣欣向荣的；就是悲哀时节，他还是肯定人生，痛痛快快地哭一阵后，他的泪珠已滋养大了希望的根苗。"

所以梁遇春的短暂人生，是欣欣向荣的；而且更重要的是，他又是那么自由且自在。

他的自由我望尘莫及。他嘲笑人生或者学生的必读书目；他喜欢赖在床上享受被子上的阳光，读他愿意读的书；他喜欢流浪汉为世界增添的生气，讨厌君子事事深思熟虑的中庸与无趣；他喜欢托尔斯泰笔下的强盗："'咱是个强盗，'强盗拉住了缰说，'我大道上骑马，到处杀人；我杀的人越多，我唱的歌越是高兴。'"读完之后他无限神往，无限欣赏；但他讨厌托氏最终派一个教士将强盗改造，开始自己的道德言说。

最美好也最使我惭愧的是他引用的一首诗歌。我心中的一个理想，是到一个山清水秀的地方读书，而他断然告诉我，欣赏景色和读书是不可能同时进行的，否则读书不是自由自在的，欣赏山水也不会是自由自在的；令我如当头一棒，幡然醒悟。

仅以此诗的美好境界作为遐想遇春，以及设想自身的契机：

当五月来临之际
我听见鸟鸣

花儿也渐渐为春天开

我就向

我的书籍同宗教

告别了

无令漫漫蔽白日

——读陈寅恪先生《元白诗笺证稿》之《新乐府》篇

　　白居易新乐府五十首，"为君为臣为民为物为事而作"，可知其史料价值；"其辞质而径……其言直而切"，可知其文风有类史策，五十首诚良史也。寅恪先生以史学巨家之眼光，抉掷幽隐，逐一笺证，遂如鸦九之剑，拨雾见日，还乐天千年之愿：不如持我决浮云，无令漫漫蔽白日。此亦寅恪先生笺证稿之旨也。

　　寅恪先生依白诗之序，考证史实，发覆探幽，本文试从笺证稿整体出发，求其系统所在；从先生"有所为而言"之史实叙述出发，探求先生之历史观及方法。

一

　　寅恪先生对五十首之结构体系，有一系统分析，见于开篇以及结尾之《鸦九剑》《采诗官》二诗，可分为总评、新乐府之总体构想、体例、内部关系四方面。

　　先生对该书总评为"唐代诗中之钜制，吾国文学史上之盛业"；新乐府之总体构想为"以古昔采诗观风之传统理论为抽象之鹄的，而以唐代杜甫即事命题之乐府……为其具体之模楷"；而新乐府之体例为：五十首一吟咏一事，"有总序，即摹毛诗之大序。每篇有一序，即仿毛诗之小序"，小序为此篇所持之旨；"又取每篇首句为其题目，即效关雎为篇名之例"，篇题即此篇所咏之事；每首诗均用"三三七句之体"，"以重叠两三字句，后接以七字句，或三字句后接以七字句"。此种结构"乃用毛诗、乐府古诗，及杜少陵诗之体制，改进当时民间流行之歌谣"而成；其内部关系亦即诗与诗之间关系为："五十首之中，以《七德舞》以下四篇为一组冠其首者，此四篇皆所以陈述祖宗垂诫子孙之意，即新乐府总序所谓为君而作，尚不仅以时代较前也。其以《鸦九剑》《采诗官》二篇居末者，《鸦九剑》乃总括前此四十八篇之作，《采诗官》乃标明其于乐府诗所寄之理想，皆所以收束全作，而与首篇收首尾回环救应之效者也。"

乐天之系统，为先生巧妙应用，看似逐诗释证，实则"一吟咏一事"，多层面剖析初唐至中唐社会，发乐天之所未发；依乐天视角，反观其咏史价值及局限性，明乐天之所未明；篇首篇末标明乐天宗旨及理想，回环呼应，亦暗寓先生之著书宗旨及理想。由上可知，乐天吟诗之结构即先生行文之结构，二者妙合为一，真可谓"物我两忘，主宾俱泯"矣。

二

理想之结构体系诉诸现实，矛盾终难避免，先生对此有精确分析，其严谨之治学方法、精密之逻辑判断，对后学不无裨益。具体分析如下。

矛盾之一：乐天设计之时间跨度完整，然其生命体验有限，故读其诗，应偏重于中唐——其真切感受之部分。

初唐景象，乐天未亲身经历，其诗原有所本。先生于《七德舞》证稿中言："凡诠释诗句，要在确能举出作者所依据以构思之古书，并须说明其所以依据此书，而不依据他书之故。"先生点出乐天初唐史事之依据为《六典》《贞观政要》《太宗实录》《群书治要》等书。

盛唐史事，经安史之乱，多有蒙尘。故至元白，虽为唐人，亦不免阙误，如《立部伎》证稿中，元诗有"明年十月东都破"之句。而安禄山破东都之时其实为天宝十四载十二月。《胡旋女》中，以天宝中岁玄宗幸洛阳之事戒上，其实玄宗自开元二十四年冬十月丁卯由洛阳还长安后，即不复再幸东都。先生皆凭借翔实史事，一一纠误。

从先生之释证，可知：中晚唐人看待初唐，多承官方之重要史书，褒扬太宗君臣功业，劝戒今上。有如《诗经》之颂，美盛德形容，垂训子孙，对太宗缺点及初唐政治弊端，多无提及。

　　　　　　　　　　　　　　明亮的阅读

又，唐人记唐史，亦不免有误。

矛盾之二：社会政治复杂，而个人之分析评判不免有片面之处。中唐为乐天诗之重点，乐天于诗中尽述己之闻见，剖析深刻，然个人之眼光，终不能穷社会之深广，先生针对不同诗作，加以客观分析：

《蛮子朝》一诗，乐天特以刺将骄而相备位，对韦皋颇有微辞，以刘辟之乱归咎南康。先生指出："其实韦南康之复通南诏，乃贞元初唐室君主及将相大臣围攻吐蕃秘策之一部。……盖其时二公（元白）未登朝列，自无从预闻国家之大计，故不免言之有误耳。"

《红线毯》中则曰："盖乐天于贞元中曾游宣州，遂由宣州解送应进士举也。是以知其《红线毯》一篇之末自注所云：贞元中宣州进开样加丝毯。乃是亲身睹见者，此诗词语之深感痛惜，要非空泛无因而致矣。"

《阴山道》咏唐代与外族交涉之财政问题，先生以为乐天见解，卓然超出同时之人，"史籍所载，只言回鹘之贪，不及唐家之诈，乐天此篇则并言之"。

先生将诗句与乐天平生互相渗透，人事互证，穷其得失，使乐天之思想昭然，中唐之社会昭然，此证稿诚如《世说》之笺证，乃另一独立之伟大作品也。

矛盾之三：完美之整体追求与个别诗歌之不尽如意。乐天欲一吟咏一事，篇篇无空文，成五十篇之数，实则难以篇篇如意。

先生识其优劣，加以评判，并联系他诗，加以比较。

《八骏图》一诗："此篇修词虽至工妙，寓旨则殊平常。较之前篇《西凉伎》之有亲切见闻，真挚感慨者，不同科矣。"

《缭绫》中："盖乐天欲足成五十首之数，又不欲于专斥回鹘之《阴山道》篇中杂入他义，故铺陈之而别为此篇也。"

乐天重诗中之旨，欲"篇篇无空文，句句必尽规"。故寅恪先生评其优劣时，直接从其意旨出发，何为真挚感慨者，何为寓旨平常者；何为补察时政之作，何为凑数之作，了然明于证稿之中。

三

证稿于空间上聚点成面，开拓诗句反映之深度与广度，以会聚广袤之中唐社会。

寅恪先生于《缚戎人》中云："乐天以代宗一朝大历纪元最长，遂率混言之。赋诗自不必过泥，论史则微嫌未谛也。"又于《西凉伎》中云："今之读白诗，而不读唐史者，其了解之程度，殊不能无疑……"此中道出诗史不同，亦道出先生志在论史。诗具跳跃性、灵活性；史则有其严谨性、逻辑性。五十首如百川散布，最终于笺证稿中汇聚成史之海洋。

寅恪先生开拓白诗之深度，从现实反映实质：一方面，由白诗之句探乐天未发之旨；另一方面，由白诗所述之事，探中唐社会之实。

乐天言一吟咏一事，看似谜底已尽呈序中，实则尚多言外之意，寅恪先生为乐天发之：

《涧底松》一篇，似全篇袭左太冲之咏史诗，然"非徒泛泛为'念寒隽'而作也"，先生指出"乐天此时虽为拾遗小臣，然已致身翰苑清要，……不得谓之失地，故此篇并非自况之词，如左太冲喻己之原意也"，此篇实系牛李党争，"乐天作此诗时，李吉甫虽已出镇淮南，犹邀恩眷。牛僧孺则仍被斥关外，未蒙擢用。故此篇必于'金张世禄'之吉甫，'牛衣寒贱'之僧孺，有所愤慨感惜"。先生联系当时朝政，直揭谜底。

《陵园妾》欲托幽闭被谗遭黜，以幽闭之宫女喻窜逐之臣，文中未有实指，寅恪先生敏锐发见："乐天此篇所寄慨者，其永贞元年窜逐之八司马乎？""惟八司马最为宪宗所恶，乐天不敢明以丰陵为言，复借被谗遭黜之意，以变易其辞，遂不易为后人察觉耳。"

则先生真洞察细微之史家也，如与乐天处同一室，同一境界，遂能得知后人不易察觉之处也！

另一方面，先生借白诗所述之事，加以开拓并联想，探当日社会之实。

《卖炭翁》言宫市之事，极为生动；而先生于此论中唐之事，亦极为精彩。寅恪先生由宫市联想至《顺宗实录》中之事：上（顺宗）在东宫，尝与诸侍读并王叔文论宫市事，叔文无言，退，上问其故，叔文曰："太子职在侍膳问安，不宜言外事，陛下（德宗）在位久，如疑太子收人心，何以自解？"此为叔文表面之言，实则殊有深意，先生案曰："当日皇位之继承决于内庭之阉竖，而宫市之弊害则由宦官所造成，顺宗在东宫时，所以不宜极论宫市者，亦在于此，不仅以其有收人心之嫌也。"明宫市弊政原因之外，进一步阐明宦官非但把持宫市，亦已把持皇位继承等重大内政，实为当日之社会危机。先生分析入木三分，期间复杂机关，尽为开解。

《骠国乐》颂异国之来归，粉饰德宗一朝，先生直发此事本质："德宗经朱泚乱后，只求苟安，专以粉饰太平为务，藩镇大臣亦迎合意旨。故虽南康之勋业隆重，仍不能不随附时俗，宜乎致当时之讥刺也。"可知先生之分析，使乐天之诗更进一崭新境界，将诗渗透入史，回归于史，赋诗以一种前所未有之深度，赋史以一种前所未有之新鲜。

先生不仅拓诗之深度，亦增其广度。五十首呈散点式，述及音乐、舞蹈、民俗、君臣关系、外交、财税等多个方面，大多局限于一事一点，证稿则发散各点，最终融会贯通，汇成唐代社会之海洋：

论及艺术，则发散至中外文化之交流；论及财税，则发散至经济发展南北之变异；论及政治，则发散至朝廷内廷之危机：宦官专政，朋党之争；论及军事，则发散至社会动荡之现状：地方分裂，藩镇割据；论及风俗，则发散至初唐至中唐之习俗流变。

　　　　　　　　　　　　　　明亮的阅读

一部新乐府证稿，实则一部中唐社会之缩影。

四

证稿于时间上，化静止为流动，重在揭示过程及事物发展之方向。

乐府诗本以时间为内在线索，先生之证稿，亦如流动之历史河流，由初唐流向中唐，中唐之流势，为此"河流"主要"流段"：德宗朝，宦官把持中央禁卫军，引起宫市之弊；德宗五镇叛乱后之粉饰太平；顺宗朝，二王八司马事件示朝官与宦官之争，顺宗之被挟制；宪宗朝，朝廷内部分裂，牛李党争……如清流之渐浊，盛水之渐枯，社会衰亡，显而易见，此即"河水"总体流势。

论及具体事物，先生并不仅将各事限于白诗所记之年代，而是揭示其流变过程。

《李夫人》一篇展示文学题材之演进："此篇之广播流行，较之《长恨歌》，虽有所不及，但就文章体裁演进之点言之，则已更进一步，盖此篇融合《长恨歌》及传为一体，俾史才诗笔议论俱汇集于一诗之中，已开元微之《连昌宫词》新体之先声矣。"

《红线毯》论及经济中心之转移："唐代初期以关东西川为丝织品之主要产地。迨经安史乱后，产丝区域之河北山东，非中央政府权力所及，贡赋不入，故唐室不得不征取丝织品于江淮，以充国用。由于人力之改进，此后东南遂为丝织品最盛之产区矣……观于此，亦可以知政治人事之变迁与农产工艺盛衰之关系矣。"

《上阳白发人》论及风俗之变异（《莺莺传》《时世妆》皆论及）："天宝初，贵族及士民好为胡服胡帽。妇人则簪步摇钗，衿袖窄小。……贞元末年妇人时妆尚宽大……太和初期妇人时妆转向短窄矣。"

《牡丹芳》中指出：隋朝花叶中并无牡丹，开元末裴士淹移植，贞元中牡丹已贵，遂成都下之盛习，此后乃弥漫于士庶之家矣，则可知初唐至中唐风俗之变。

至于政治、经济、社会风俗之流变过程，先生均有精到之分析，不赘述于此。

一部新乐府之笺证，使纷纭世事，复归条理；变静止之事物为流动之过程，有如高处俯视大河，一览浩瀚之历史，明了其发展态势，遂应乐天之旨：不如持我决浮云，无令漫漫蔽白日也！亦令后学深入了解先生"以诗证史，以史证诗"之治学研究方法。

他的诗，便是他的人

——读《郁达夫诗词笺注》

郁达夫写第一首诗，是在 1904 年，这一年，他 9 岁，初识字，人生忧患方始；写最后一首诗，是在 1945 年，这一年，他 50 岁，被暗杀，生命戛然而止……

郁达夫写过小说、散文、日记、诗、词，所有的文字，都是他生命的流淌。苏轼所言"心中错综复杂之情思，我笔皆可畅达之"，亦为达夫写照。然而，伴随他一生最长久的，还是诗歌。

我们来看一下民国时期的那些文学家，郁达夫、闻一多、朱自清、俞平伯、鲁迅……他们的旧体诗都写得非常好；而他们的散文、杂文、小说，也都语言凝练，韵律美好。在他们的生命中，旧体与新体，古典与现代，不是断裂与对立，而是流动与融汇。

郁达夫正是如此，诗歌给予他的意境与美好，早就溢出于诗歌本身，散布至他的小说、散文中去；他所有的文字，从美感到情感，都是相通的。

达夫说，"文学作品，都是作家的自叙传"。从此层面而言，是诗歌，陪伴他走完整个人生；亦是诗歌，让他无遮无掩、无挂无碍，与世人剖心掏肺、赤诚相待。他的诗，便是他的人。

达夫的人生很简单，他似乎只做了两件事情：为国为文呐喊写作；任情任性去爱去恨。

1915 年，年方二十，郁达夫就在诗歌中写道："我生虽晚犹今日，此后沧桑变正多。千载盖棺良史笔，老夫功罪果如何。"他似乎预感到世事之沧桑变幻，即便如此，充盈在他文字中的，还是强烈的责任感与使命感。而他一生最重要的事业，是创造社。1920 年，郁达夫、郭沫若、张资平、成仿吾、田汉计划组织一个新文学团体，创办自己的刊物，这就是提倡天才、提倡为艺术而艺术的创造社。从此之后，郁达夫就与创造社风雨同舟，他不断用自己的性情、生命倾吐着自己的文字。1929 年创造社结束，郁达夫的内心寂寞痛苦，在杭州，他离群索居，以茶消磨光阴。"斜阳已下小山坡，早月迎凉映女萝。幽室人疑孤岛住，危栏客数阵鸿过。烟丝袅袅抽愁出，花气愔愔酿梦多。恻楚清寒萦晚兴，只应茗碗与销磨。"读这样的句子，似乎文字都化为了烟，化为了气，化为了丝丝缕缕的愁绪，化为了漫天的惆怅。

在多年的文字生涯中，郁达夫与鲁迅成为生死至交。他化用杜甫的《戏为六绝句》来写鲁迅："醉眼朦胧上酒楼，彷徨呐喊两悠悠。群盲竭尽蚍蜉力，不废江河万古流。"寥寥四句，写尽鲁迅神情，也成为对鲁迅最好的定论。

而郁达夫的爱情，也是时人聚焦之处。他是文学史上最坦诚表白的诗人，无论是对第一任妻子孙荃，还是对后来不顾一切爱上的王映霞。他可以在小说中写自己的爱情，在诗歌中写自己的爱情，甚至将自己的日记公之于众。他的文字，就是他的生命，就是他自己，从不去顾及旁人甚至爱人的愕然；而旁人或者爱人之所以愕然，是因为不曾料到这世上真会有如此赤子之心的表白。

思念孙荃的时候，他说："昨夜星辰昨夜风，一番花信一番空。相思清泪知多少，染得罗衾尔许红。"

热恋王映霞的时候，他说："朝来风色暗高楼，偕隐名山誓白头。好事只愁天妒我，为君先买五湖舟。"

最终，他的两段婚姻都黯然而逝，但并不能因此，来指责郁达夫之负心；也不能因此，说他爱得不够真切。他曾说过这样一句话："知我罪我，请读者自由判断，我也不必在此地强词掩饰。"他也曾说自己"性情最适宜的，还是旧诗"。

如今，郁达夫的600多首诗和他的词摆放在我们的面前，可以让我们见证他的一生，那就让我们自由地判断吧。

用雨丝风片绘文

——读《勾阑醉》

读沐斋的《勾阑醉》，须先放上一段《牡丹亭》，音量调到轻轻吟唱的程度，好像马上就要化到空气中一般。然后你可以慢慢打开书页，看一些淡淡的色彩，渐渐流淌出旋律情节来，而一些形象也越来越鲜明，越来越跳脱出来。

会有明黄色的杜丽娘独自游春，水袖与漫天花瓣一起飞舞，同时飞舞的还有旁边的草书："原来姹紫嫣红开遍，似这般都付与断井颓垣。良辰美景奈何天，赏心乐事谁家院。朝飞暮卷，云霞翠轩。雨丝风片，烟波画船。"

会有淡蓝色的莺莺、大红色的红娘，与一袭黑衣的张生送别。莺莺以袖掩口啼泣，张生拱手拜别。此时尚有一角长亭，一株老树。天地之间，是枯叶纷飞。

会有花团锦绣的穆桂英和杨宗保沙场初见，一时翎子靠旗，两两相对，让人眼花缭乱，而热热闹闹的爱情也就开了场……

等到把这些浓墨淡彩都看了一遍，你会惊喜地发现，和图片相应的，还有精彩的文字。而这些文字，绝不是简单的剧目介绍。而是真正的戏痴写就的——同一场戏看过无数遍；同一个剧本看过无数遍；戏里戏外想过无数遍……

这是一本太美的书，展示的是沐斋多年的审美历程，令人不忍释手。戏曲本来是一种综合的美，有唱念做打，有文本、舞台、表演、音乐，而沐斋又加上了自己的文字和图画，将美愈加发散开来。而他深谙戏曲之特点，不是简单的锦上添花，而是直接契合戏曲之神情，将文字、图画与戏曲融成一气。

他提到他的画："舞台上水袖之美，演员必竭尽烂漫之能事，使观者眼花缭乱；落到纸上，画家却当化繁为简，以一当十，所谓为道日损，方显飘逸空灵之韵。"所以，他的画，寥寥数笔，却用心弥深，绘出神采，飘逸空灵。

他提到他的文："有的是就戏论戏，有的却是跟戏无关的背景，所以戏里戏外，五味杂陈。"确实，对于痴迷戏曲的人来说，戏曲的某一个情节、某一句唱词、某一段旋律，会撩拨出心中无限之思，会让自己的生命都融化进去，于是戏里戏外，五味杂陈。

而所有的这一切，浓浓淡淡的墨、长长短短的文，深深浅浅的情，好像是用《牡丹亭》中的雨丝风片绘成，漫天飘洒于天地之间，你中有我，我中有你……

而对于不了解戏曲的人来说，沐斋的书无疑也是一种美的导引。

你可以先看画，看沐斋几笔勾勒出来的风姿神韵；然后，你就会不知不觉去读那文字；你会发现，雅部的昆曲和乱部的京剧，那些经常听说的剧目，被沐斋娓娓道来；然后，你会心而笑，原来这些故事你大多知道，原本是中国人都熟知的情节；你读了这么美的画、这么美的文字、这么美的情节，就会遐想那方舞台——书已如此之美，舞台又将如何呢？然后，一方大幕徐徐拉开，有漫天的花谢花飞，有杜丽娘轻轻吟唱："朝飞暮卷，云霞翠轩。雨丝风片，烟波画船……"

流淌在每个人生命中的时间

——读吴芸茜《论王安忆》

　　芸茜是我读硕士研究生时期的同学，她读现当代文学专业，我读古典文学专业，于是我们各自在自己的文本中沉迷。读完书，我们又各自在上海这座城市里面过自己的日子——从而立之年到年近不惑，不经意之间，岁月就这么流逝，很简单、很直接地流淌走了，好像一切都不动声色，但又如此惊心动魄。

　　当我在查找文本，寻找明清江南的踪迹的时候，我读到了芸茜的《论王安忆》。说起来，看到题目我就笑了，这么直白而朴素，连副标题都没有，好像是一个孩子，满心执着地要求着："我就是要这样东西！"又好像是经历了很多的岁月，有点繁华落尽见真淳的意思。确实，芸茜一直不改初衷，这么多年，论及研究的话题，听她谈到的只是王安忆。记得有一次，她的那种语气让我莞尔而笑，她那么认真地说："我的王安忆，我一直想出我的那本王安忆！"芸茜一直在出版社中工作，要出书并非难事，她这么说，我是非常受震动的。

　　于是也像孩子般等待着芸茜的王安忆，甚至有了某种预想。

直到现在，翻开书页，或者说其实没有页与页之间的隔阂，我看到的只是文字静静地流淌，然而刻骨铭心，流淌在时间或者生命之中。里面有王安忆的岁月，有妹头的岁月，有富萍的岁月，有王琦瑶的岁月，有芸茜的岁月，有我们大家的岁月……就这么如水般汇聚并流走，似有痕迹，似无痕迹。

时间，是芸茜书中的一个关键词。她用这个关键词连缀起王安忆的创作岁月以及作品中所有的人物。而她对王安忆作品中时间的解读是整体而有层次的。

芸茜首先把流动在王安忆小说中的思考和感悟上升至哲学的境地，个体在生与死的拷问之中，感到的是一种焦虑与亘古的孤独。我们用什么来保存生命的印迹，过往和当下如何纠缠，而最终看似趋于虚无，实则留下一层淡淡的让人追忆的底色？芸茜拈出王安忆的"我向往古典"五字。古典，是一种理想、一种精神和信仰，所以它不会消逝，反而会让人用当下去追寻、去挽留、去阐释。

而如何去叙述过往？芸茜指出了王安忆小说的基本叙事特征，"不满足于简单地构造故事，而更乐于对故事展开汪洋恣肆的议论和抒情"，"王安忆看似常常叙述着一些琐细无用的东西，事实上一切都经过精心选择；每一个细节都在不经意间起到渲染气氛，传达情绪的心理暗示的作用"。

确实，王安忆的主人公大多"小我"而世俗，看似都要被历史和时间的洪流淹没了，然而由于她们的执着——想在如水流逝的一切中执着什么，由于王安忆的花团锦簇般的铺叙，那么，挑选一对结婚的枕套、认真晒豇豆、隆重地吃一只鸡，都使得世俗的活动具有了一种诗性；而正由于个体的执着，正如王琦瑶一般，那些重大的历史事件反而成为了喧嚣而繁华的底色。

除了对于细节的铺叙渲染，浓墨重彩，王安忆无疑直接置身入作品中，以"全知视角"尽情抒发自己的情感与对世事的评论。这使得小说具有了诗歌的特质，使得小说具备了现实世界和心灵世界两重空间。

芸茜指出了王安忆小说的叙事特征以及深层次的意味，并且把所有王安忆的小说及人物，都作为一种王安忆的整体叙述，置入流动的时间，去看待其中经历时间之后的变化，这里面也包含着王安忆对自身的追忆。从知青时期到回城之后，从 20 世纪 80年代到当下；从纯粹的"男女关系"到解读性恋背后更丰富的内涵；从上海的前世到今生……作家和主人公、主人公和读者之间，都随着那点点滴滴的感悟，最终汇入日夜东逝的一江春水，其实已分不清主体和客体。

芸茜转引王安忆的话语："其实生命只有一次，我们都是血肉之躯，无术分身，我们只能在时间和空间中占据一个位置，拥有两种现实谈何容易，我们是以消化一种现实为代价来创造另一种现实……我还会觉得纸上的现实竟比真实的现实更为真实。因为不会消亡，以文字的形式长存于世，又以大众传播的方式变成社会的存在。"这段话无疑告诉我们，作家为何而写，为何要执着于文字，纵使知道生命会消逝，时间会流逝。然而一种真实的、永恒的力量会留存下来，这是一种真正的使命感，个体终将消亡，而文字却会长久消磨，我们的过往，亦会镌刻在文字之中，哪怕如沧海月明，蓝田日暖般，隔着雾霭、看不分明，但终究弥漫于天地宇宙之间，而后来的人便会呼吸到这种气息，不自觉地去追忆，并思考自己的当下。

我想，芸茜向我们展示了王安忆为何而写，而芸茜自己何尝不是如此。十年光阴，消磨在书中，芸茜亦是用时间和岁月，去写这些文字；而声气相通，心有灵犀，芸茜亦是如王安忆般地感悟时间和岁月。她的文字，正如她所欣赏的王安忆的那种风格，亦是缠绵细腻、飞扬机巧的。

想到最近查江南资料的时候读到的一句诗"万古谁非过客哉？"，突然觉得，古典文学也罢、现当代文学也罢、文学评论也罢，其实最高境界都是相通的，借用牟宗三先生的观点，都是用有限的生命通道，试图去寻求无限的"道"。那么，如果如《春江花月夜》中的过客一般，立于江边，在瞬间感受到了永恒，并在有限的生命中执着于炽烈的情感，那就足矣！

　　　　　　　　　　　　　　　　　　　明亮的阅读

梦与人生

——读《我们仨》

2003 年，三联书店出版了杨绛先生的作品《我们仨》，从此，一张温暖美好的三人黑白照片便定格在读者心中，而那些文字，仿佛化波澜起伏的人生为平淡流淌的岁月，让人无限感怀。

好的文章，仿佛随手拈来，流淌而出；《我们仨》看似不需要结构，实际上却是动用了人生之大结构。

文本之三个部分冠以简简单单的三句话：我们俩老了、我们仨失散了、我一个人思念我们仨，仅此三句话，就把人生的聚散离合从容道来，让人怦然心动，黯然神伤。人生便是如此，死必在生后，欢必居悲前。所以，仿佛不是杨绛拟了标题，而是人生已经帮每个人的文本拟好了标题。

而这三个部分的字数长短又很特别，也不是按照文本的结构需求而来，而是直接按照人生的篇幅而来。文本的结构需要匀称，每个部分大致相当；而人生则是跌宕起伏，对生命之长度的感受，也是每个阶段不同。更让人惆怅的是，所谓人生，不过是人生如梦。所以，"梦"成为缠绕在文本里面的关键词。

第一部分，我们俩老了，记录的是一个短梦，人到老年，便易做一些短而惆怅的梦。梦里杨绛和钱锺书一起散步，散步到很荒凉的地方，钱锺书不告而别。杨绛惊醒，钱锺书告诉她，那是老人的梦，他也常做。第一部分就那么简单简短地结束了，短得就像此梦。然而，短梦虽短，却是人生结局的指向，里面的意味很深远：第一，没有钱锺书（家人），家就不是家，是荒郊野地；第二，我们终将离分，人至老境，离别的紧迫感就越来越强烈；第三，人生是如此单薄短暂，走过灯火和人烟之后，终将进入四顾茫茫的荒郊旷野。

第一部分的最后说："锺书大概记着我的埋怨，叫我作了一个长达万里的梦。"文字也就自然然进入了第二部分，第二部分字数比第一部分多很多，比第三部分却少很多。因为和短梦相比，这是一个长梦；和人生相比，这又是比较短的一段，也是最让人黯然伤神的一段。这一段记录的其实是"我们仨"最后相聚的时光，1994 年夏钱锺书住院，1995 年冬钱瑗住院，1997 年早春钱瑗去世，1998 年岁末钱锺书去世，杨绛在这段时间里奔波于医院，为他们送行。所以长梦虽长，却只是一程一程的送别。

第二部分既然是长梦，里面的意象就更为丰富，除了一个梦里有梦的长梦之外，还有一条苍苍茫茫的古驿道，一棵棵送人离别的杨柳。

首先来看梦里有梦的长梦。

这个长梦的开端为由真入梦，从一场猝不及防的告别开始，也打破了一切"当时只道是寻常"的日常生活。

钱锺书接到一个突然响起的电话，让他去开会，不用带包、笔记本，有车来接，不知道地址。这是个有意味的电话，是对真实生活的突然打断；是无常代替了日常；看似荒谬，其实是对人生更加真实的隐喻。

而第二天钱锺书走之前，做完了最后一顿属于杨绛、钱锺书的特别的早饭，也是一顿六十年如一日的早饭。

> 我们两人的早饭总是锺书做的，他烧开了水，泡上浓香的红茶，热了牛奶（我们吃牛奶红茶），煮好老嫩合适的鸡蛋，用烤面包机烤好面包，从冰箱里拿出黄油、果酱等放在桌上。我起床和他一起吃早饭。然后我收拾饭桌，刷锅洗碗，等他穿着整齐，就一同下楼散散步，等候汽车来接。（1994年）
>
> 我们住入新居的第一个早晨，"拙手笨脚"的锺书大显身手。……他一人做好早餐……他煮了"五分钟蛋"，烤了面包，热了牛奶，做了又浓又香的红茶；……还有黄油、果酱、蜂蜜。我从没吃过这么香的早饭！（1935年，出自《我们仨》第三部分）

1935年到1994年，日复一日的早饭，日复一日的相伴，一切都是那么熟悉和日常，而杨绛也就像寻常那样，焖了饭，焐在暖窝里，切好菜，等锺书回来炒；汤也炖好，焐着……然而钱锺书并未回来，而杨绛为了寻觅锺书，也就走上了一条苍苍茫茫的古驿道，由现实生活进入到一个长梦之中。

在这个长梦中，梦里有梦。

古驿道本就是一场离别的梦：在梦里杨绛要照顾钱锺书，每天去和他相会。而杨绛还有放不下的女儿，两头牵挂，就只能在梦中之梦寻找钱瑗、陪伴钱瑗。刚开始，梦很轻灵，慢慢地，越来越沉重。

阿圆生病之后，杨绛梦见小小的白手在招手，一路找去，清华园、圆明园，最终找到了医院。进院门，灯光下看见一座牌坊，原来走进了一座墓院……后来看见一所小小的平房。

> "我每晚做梦，每晚都在阿圆的病房里。……她房里的花越来越多。"
>
> "阿圆呢？是我的梦找到了她，还是她只在我的梦里？我不知道。"

而随着阿圆的病越来越重，面对着冥冥中即将道来的分离，杨绛甚至"不敢做梦了"，可是又"不敢不做梦"。

而这一天终于来了：

> 她拉我走上驿道，陪我往回走了几步。她扶着我

说："娘，你曾经有一个女儿，现在她要回去了。爸爸叫我回自己家里去。娘……娘……"

她鲜花般的笑容还在我眼前，她温软亲热的一声声"娘"还在我耳边，但是，就在光天化日之下，一晃眼她没有了。就在这一瞬间，我也完全省悟了。

我防止跌倒，一手扶住旁边的柳树，四下里观看，一面低声说："圆圆，阿圆，你走好，带着爸爸妈妈的祝福回去。"我心上盖满了一只一只饱含热泪的眼睛，这时一齐流下泪来。

……

阿圆已经不在了，我变了梦也无从找到她；我也疲劳得无力变梦了。

人生到最后，连做梦也找不到至亲的人了，连梦也没有力气做了，最后，连钱锺书也走了：

我初住客栈，能轻快地变成一个梦。到这时，我的梦已经像沾了泥的杨花，飞不起来。……我忽然想到第一次船上相会时，他问我还做梦不做。我这时明白了，我曾做过一个小梦，怪他一声不响地忽然走了。他现在故意慢慢儿走，让我一程一程送，尽量多聚聚，把一个小梦拉成一个万里长梦。

然后，杨绛终于明白，人生本来短暂，但是亲情却将一个短短的梦拉成了一个一程一程相送的万里长梦。而我们也终于明白，人生中许多亲情与离别是不忍再忆的，如果我们一定要回忆，需要借助的是勇气和炽热的情感，而一旦开始回忆，就会发现那些真实的岁月，突然变得亦梦亦真，亦真亦幻。所以，最后的时光幻化成为古驿道，而漫天的情感幻化成为无边的杨柳。

　　最后的离别里有一条苍苍茫茫的古驿道：

　　古驿道是荒僻的路，有旧木板做成的大牌子，牌子上是小篆体的三个字"古驿道"，还有一些似曾相识的地名，如霸陵道、咸阳道等。在这里长亭短亭都已经改成客栈。这是一条时光的驿道，也是一条送别的驿道。烟雾迷蒙，五百步外就看不清楚。在这里道旁两侧都是古老的杨柳，驿道南边的堤下是城市背面的荒郊。杂树丛生，野草滋蔓。有陵墓。前途很远很远，只是迷迷茫茫，看不分明，水边一顺溜的青青草，引出绵绵古道。

　　古驿道的意象很凄美，又很开阔。这是深谙中国古典意象的学者，才能信手拈来的意象。

　　一方面，个体行走于天地和岁月之中，确实如同行走于古老的驿道，天地悠悠，前不见古人，后不见来者，个体是如此渺茫；而一路上只是聚少离多，不断地送别。

　　而一方面，钱锺书、杨绛、钱瑗的人生是行走于厚重的历史之中，绵延的时间概念之中。

　　他们用自己短短的人生，去读书，去研究，去创作，去展示历史与文化。所以他们是真正行走于历史之中、行走于时光之中的。他们看待人生，就会把人生超拔出来。置于广阔的历史、文化的场景之中。人生虽则渺茫，仍然会执着追求。

古驿道两旁，种满了象征着离别的"杨柳"。这一场离别，从《诗经》开始直至现在：昔我往矣，杨柳青青。今我来思，雨雪霏霏。而杨绛先生，把诗经中最美的短句，写成了人生最长的梦境，最长的四季别殇。

    道旁两侧都是古老的杨柳……古老的柳树根，把驿道拱坏了。

    ……

    堤上的杨柳开始黄落，渐渐地落成一棵棵秃柳。我每天在驿道上一脚一脚走，带着自己的影子，踏着落叶。

    ……

    我疑疑惑惑地在古驿道上一脚一脚走。柳树一年四季变化最勤。秋风刚一吹，柳叶就开始黄落，随着一阵一阵风，落下一批又一批叶子，冬天都变成光秃秃的寒柳。春风还没有吹，柳条上已经发芽，远看着已有绿意；柳树在春风里，就飘荡着嫩绿的长条，然后蒙蒙飞絮，要飞上一两个月。飞絮还没飞完，柳絮都已绿叶成荫。然后又一片片黄落，又变成光秃秃的寒柳。我在古驿道上，一脚一脚的，走了一年多。

……

我天天拖着疲劳的脚步在古驿道上来来往往。阿圆住院时，杨柳都是光秃秃的，现在，成荫的柳叶已开始黄落。我天天带着自己的影子，踏着落叶，一步一步小心地走，没完地走。

……

她鲜花般的笑容还在我眼前，她温软亲热的一声声"娘"还在我耳边，但是，就在光天化日之下，一晃眼她没有了。就在这一瞬间，我也完全省悟了。

我防止跌倒，一手扶住旁边的柳树，四下里观看，一面低声说："圆圆，阿圆，你走好，带着爸爸妈妈的祝福回去。"我心上盖满了一只一只饱含热泪的眼睛，这时一齐流下泪来。

杨柳是中国古典意象中重要的送别意象。杨绛用了这样一种意象，将苍苍茫茫的古驿道变得缠绵，变得充满人间的离情和留别之情。即便时空无情，在时空中的短暂的人类却是最多情的。

杨柳还暗示着时光的流逝。从春天嫩绿的长条到飞絮，到秋天黄落，到冬天光秃秃，树可以再绿，人却不能重新归来。杨绛就在这种四季更替、送别的场景和氛围里面慢慢行走，一脚一脚的，孤单的、疲惫的、小心的。这也是钱锺书最后四年，杨绛每天去医院陪伴他，一程一程陪他归去，以及和钱瑗分离的比喻。而钱瑗走时，杨绛是扶住柳树，才没有倒下的。那暗示着离别的柳树，却成了她最终的依靠。

而人生亦只如黄叶，飘飞在古驿道上。钱锺书走的时候，杨绛自己也变成了一片黄叶，风一吹，就扫落到古驿道上，一路上拍打着驿道往回扫去，抚摸着一步步走过的驿道，一路上都是离情。又如一片落叶般，被旋风卷回三里河卧房的床头。

缠缠绵绵的杨柳与苍苍茫茫的古驿道一起，穿插在漫长的梦境之中，形成了一种绝美苍凉的意象，将杨绛与丈夫、女儿最后的时光流逝以及最后的情绪意境展示出来。用中国文化中最珍美、最凄美的意象，构筑对往事与人生的追忆，构筑一个万里长梦，这一部分虽是散文，实为一首长诗；虽是梦境，实为千古文化人之珍美而执着的人生隐喻。

《我们仨》的第三部分最长，因为这部分不是梦，而是漫长的真实的人生岁月。这部分从杨绛和钱锺书去牛津大学留学开始记录，一直写道"我们仨"失散。虽则是真实的生活细节，然而是在第一、第二部分的梦境之后展开，这使得温暖的细节有着苍茫的底色，让人觉得人生短暂，离多聚少，更加被这些细节感动。另一方面，即便人生短暂，却也是如此执着而美好。而对于一个以文字为生的人而言，纵使伊人已去，也可以让"我们仨"在文字中重逢。

杨绛先生对于"我们仨"日常生活的描写，平淡而打动人心。

从文字而言，温润如玉。表面看不事繁饰，不张扬，却掩不住其内里的光芒，而那光芒则是温润的、持久的。

从内容而言，一方面，是对人生最温暖、风趣的记录，充满着细节之美。这些细节都是"我们仨"最美的回忆；另一方面，云淡风轻地描写人生的苦难，睿智淡然地面对岁月的流逝。

我们在里面，解读到了生活之美与读书之美。

"我们仨"是一种最美的组合，向我们展示了夫妻、母女、父女之间最生动、最温润、最美好的细节。

杨绛对钱锺书是一路陪伴，1935 年杨绛陪伴钱锺书求学于英国牛津大学；1938 年辗转回国，钱锺书直接去西南联大任教，杨绛带着女儿钱瑗回上海；1941 年钱锺书回上海，共度上海沦落之后的艰难岁月；1949 年陪钱锺书赴清华大学教书；1952 年，钱锺书杨绛调至文学所工作；1969 年钱锺书赴五七干校，1970 年杨绛亦下放干校；1972 年夫妻二人重回北京……

漫长而坎坷的岁月里只有三年别离，其他时间杨绛都是陪伴在钱锺书身边，承担家务，抚育女儿，并进行自己的文学创作和翻译事业。

在牛津求学之时，杨绛玩着学做饭，很开心。锺书吃得饱了，也很开心。他用浓墨给杨绛开花脸。

沦陷区生活艰苦，但他们总能自给自足。"能自给自足，就是胜利。锺书虽然遭厄运播弄，却觉得一家人同甘共苦，胜于别离。他发愿说：'从今以后，咱们只有死别，不再生离。'"

锺书临死前，对杨绛说："绛，好好里（好生过）。"

是啊，好好里。这对夫妻就是如此，始终有一种使命感，哪怕颠沛造次，也会用自己的方式化解；哪怕世事动荡，也会寻求自己的空间与自由，"好好里"地去完成自己的理想。而这其间，杨绛发挥着重要的作用，很多时候，是她为钱锺书和自己的小家，在惊涛骇浪之中，撑起了一方小小的自由的空间。所以钱锺书称她为"最贤的妻，最才的女"。

记者周毅采访杨绛的时候，曾经抛出过一个非常深刻的问题："杨先生，您一生是一个自由思想者。可是，在您生命中如此被看重的'自由'，与'忍生活之苦，保其天真'却始终是一物两面，从做钱家媳妇的诸事含忍，到国难中的忍生活之苦，以及在名利面前深自敛抑、'穿隐身衣'，'甘当一个零'。这与一个世纪以来更广为人知、影响深广的'追求自由，张扬个性'的'自由'相比，好像是两个气质完全不同的东西。这是怎么回事？"

杨绛回答说："这个问题，很耐人寻思。细细想来，我这也忍，那也忍，无非为了保持内心的自由，内心的平静。你骂我，我一笑置之。你打我，我决不还手。若你拿了刀子要杀我，我会说：'你我有什么深仇大恨，要为我当杀人犯呢？我哪里碍了你的道儿呢？'所以含忍是保自己的盔甲，抵御侵犯的盾牌。我穿了'隐身衣'，别人看不见我，我却看得见别人，我甘心当个

'零'，人家不把我当个东西，我正好可以把看不起我的人看个透。这样，我就可以追求自由，张扬个性。所以我说，含忍和自由是辩证的统一。含忍是为了自由，要求自由得要学会含忍。"

在生活中的含忍，却是为了保持内心的自由和平静。所以哪怕经历了那么多世事，杨绛也从容地进行创作和翻译；钱锺书也写出了《谈艺录》和《管锥编》这样的文论巨著；而生活中的浮华虚名，二人也不需要。1938年国家有难，夫妻二人放弃还有一年的留学经费，辗转回国，对此杨绛只是淡淡地解释道："一方面是因为他深爱祖国的语言，不愿用外文创作。假如他不得已而只能寄居国外，他首先就得谋求合适的职业来维持生计。他必需付出大部分职业，以图生存。但是《百合心》不会写下去了，《槐聚诗存》也没有了。《宋诗选注》也没有了，《管锥编》也没有了。"不煽情、不浮夸，仅此而已，平淡到了极致，不仅令人动容而肃然起敬。

而钱锺书和女儿之间的细节，也让人忍俊不禁，很多细节钱瑗甚至都画了下来。他们仿佛是困苦生活中的最佳搭档，是将生活化腐朽为神奇的"点铁成金手"。

1941年，钱锺书在外教书三年，回到上海。"面目黧黑，头发也太长了，穿一件夏布长衫，式样很土，布也很粗。他从船上为女儿带回一只外国橘子。圆圆见过了爸爸，很好奇地站在一边观看。她接过橘子，就转交妈妈，只注目看着这个陌生人。两年不见，她好像已经不认识了。……"

晚饭后，圆圆对爸爸发话了。

"这是我的妈妈，你的妈妈在那边。"她要赶爸爸走。

锺书很窝囊地笑说："我倒问问你，是我先认识你妈妈，还是你先认识?"

"自然我先认识，我一生出来就认识，你是长大了认识的。"……

锺书悄悄地在她耳边说了一句话。圆圆立即感化了似的和爸爸非常友好，妈妈都退居第二了。

……

有一个夏天，有人送来一担西瓜。我们认为决不是送我们的，让堂弟们都搬上三楼。一会儿锺书的学生打来电话，问西瓜送到没有。堂弟们忙又把西瓜搬下来。圆圆大为惊奇。这么大的瓜！又这么多！……她看爸爸把西瓜分送了楼上，自己还留下许多，佩服得不得了。晚上她一本正经对爸爸说：

"爸爸，这许多西瓜，都是你的！——我呢，是你的女儿。"

钱锺书和钱瑗之间好像每天都在发生这样有趣的对话。不过，钱瑗长大之后，父女关系发生了变化，变成"兄弟关系"

了，钱瑗说："我和爸爸最'哥们'，我们是妈妈的两个顽童，爸爸还不配做我的哥哥，只配做弟弟。"

钱锺书对钱瑗，也很佩服。他说钱瑗："爱教书，像爷爷；刚正，像外公。"钱瑗是他心目中的"可造之材"。

可惜钱瑗过早离开了人世，走在钱锺书之前。阿圆过世后，钱锺书问杨绛："阿圆呢？"杨绛说："她回去了！""她什么？？""你叫她回自己家里去，她回到她自己家里去了。"钱锺书很诧异地看着杨绛："你也看见她了？"杨绛说："你也看见了。你叫我对她说，叫她回去。"……杨绛说："你叫阿圆回自己家里去，她笑眯眯地放心了。她眼睛里泛出笑来，满面鲜花一般的笑，我从没看见她笑得这么美。爸爸叫她回去，她可以回去了，她可以放心了。"

这才是真正的一家人，生死与共，心意相连，连梦境都是相通的，到自己最后的时刻，还要为对方担心。

如果说钱瑗和父亲之间，充满着温情而风趣的生活细节，钱瑗和母亲之间，却是书写着牵肠挂肚的生活情节。

一九四七年冬，她右手食指骨节肿大，查出是骨结核。……圆圆都听懂了，回家挂着一滴小眼泪说："我要害死你们了。"我忙安慰她说："你挑了好时候，现在不怕生病了。你只要好好地休息补养，就会好的。"大夫固定了指头的几个骨节，叫孩子在床上休息，不下床，服维生素 A、D，吃补养的食品。十个月后，病完全好了。……圆圆病愈，胖大了一圈。我睡里梦里都压在心上的一块大石头，终于落地。可是我自己也病了，……

钱瑗的病在当时是绝症，这对于母亲来说，是怎样的一种打击啊，然而杨绛还要安慰孩子——大概十个月的时间，不下床，吃补养的东西，最后胖大了一圈。这淡淡的文字后面，是一个母亲无比艰辛的付出。女儿病好了，妈妈病倒了，这让读的人也不觉潸然泪下。对于母亲来说，孩子的身体才是最重要的，所以杨绛让钱瑗初中休学，功课则自己来教，虽然钱瑗不上学，但并不孤单，生活得很快乐，后来竟然以很优秀的成绩考取了贝满中学。这后面又有着妈妈多么强大的支持与妥善的安排啊！

而钱瑗长大之后，就成了妈妈的最好的照顾者。"文革"期间，钱瑗写大字报和父母划清界线，然后回家继续给妈妈缝睡衣，给爸爸准备好吃的糖。她也是一直用自己超凡的智慧保全这个小家、照顾好自己的父母。

钱瑗辞世后，杨绛说："自从生了阿圆，永远牵心挂肚肠，以后就不用牵挂了。"然而她"心上盖满了一只一只饱含热泪的眼睛，这时一齐流下泪来"。杨绛用文字道出了全天下母亲的爱、描绘出了全天下母亲的心，流下了全天下母亲的眼泪。

"我们仨"，就是这么一个自足的、互相关爱的小世界，小世界在风雨飘摇的大世界中，保持着自己的温暖与美好。更重要的是，"我们仨都没有虚度此生，因为是我们仨"。所以《我们仨》中最打动人心的，除了生活之美外，还有读书之美。

> 我们这间房，两壁是借用的铁书架，但没有横格。年轻人用干校带回的破木箱，为我们横七竖八地搭成格子，书和笔记本都放在木格子里。顶着西墙……北窗下放一张中不溜的书桌，那是锺书工作用的。近南窗，贴着西墙，靠着床，是一张小书桌，我工作用的。我正在翻译，桌子只容一沓稿纸和一本书，许多种大词典都摊放床上。（1974 年）

> 三里河寓所不但宽适，环境也优美，阿媛因这里和学校近，她的大量参考书都在我们这边，所以她也常住在我们身边……我们两人每天在起居室静静地各据一书桌，静静地读书工作……（1977 年）

> 我平常看书，看到可笑处并不笑，看到可悲处也不哭。锺书看到书上可笑处，就痴笑个不了，可是我没见到他看书流泪。圆圆看书痛哭，该是像爸爸……

这就是"我们仨"的日常，在"我们仨"相守的岁月里，钱锺书完成了自己一部一部的著作，杨绛翻译出了《堂吉诃德》，钱瑗成为北师大最优秀的老师……

"我们仨"在读书中成就自我，都没有虚度人生，这就足矣。

虽然杨绛在《我们仨》的最后引用白居易的诗歌"世间好物不坚牢，彩云易散琉璃脆"，包括《我们仨》中如梦如幻的书写，然而并非引向一个虚无惆怅的境地，杨绛所说的"不虚度此生"就是最好最坚实的答案。

在"我们仨"失散之后，在一个人思念"我们仨"，一个人寻觅归路的时候，杨绛写了《走在人生边上》这部散文集，里面有对人生苦短，如梦如幻的表象的更深入的回应。杨绛写道：

> 天地生人，人为万物之灵。神明的大自然，着重的该是人，不是物；不是人类创造的文明，而是创造人类文明的人。只有人类能懂得修炼自己，要求自身完善，这也该是人生的目的吧！
>
> ……
>
> 在人生的道路上，如一心追逐名利权位，就没有余暇顾及其他，也许到临终"回光返照"的时候，才感到悔惭，心有遗憾，可是已追悔莫及，只好饮恨吞声而死。一辈子锻炼灵魂的人，对自己的信念，必老而弥坚。
>
> ……
>
> 佛家爱说人生如空花泡影，一切皆空。佛家否定一切，唯独对信心肯定又肯定。"若复有人……能生信

心……乃至一念生净信者……得无量福德……"

……

我站在人生边上，向后看，是要探索人生的价值。

人活一辈子，锻炼了一辈子，总会有或多或少的成绩。

能有成绩，就不是虚生此世了。

读这些文字，再反观《我们仨》，我们就会恍然大悟并豁然开朗。纵然人生短暂如梦，但只要有信念、有信心，不断修炼自己，求得自身之完善，探索人生之价值。不虚度此生，那就足够了。所以《我们仨》虽然以梦结构全篇，却没有人生虚幻之感，而是在睿智了解人生、人类的基础上，得生活之大智慧，亦给读者以大引导与大智慧！

十八相送 · 在路上

　　从上虞县祝家庄到杭州城，从杭州城到上虞县祝家庄，这一条路，梁山伯与祝英台一走就走了一千多年。后来的人们，就跟着他们一程一程地走，一程一程地送，一程一程地叹息，一程一程地怦然心动……

　　他们走的时候，我们追随他们的时候，一切美好，如卷轴般慢慢展开，出乎意料却又在情理之中：春日梅花缭乱，夏日荷花红酣，最美好的色彩，任性开放；远处有樵歌清唱，近处有燕雀绸缪，最美好的声音，随意跳跃。那一山接着一山，那长亭连着短亭，无不缠绵相依；那古井中影儿成双，那观音堂里人儿成对，只如天造地设。

　　有的时候，在路上是最美好的状态。人们不用去想从哪里来，到哪里去；不用去想春夏秋冬、悲欢离合，暂时忘却有限的时间与空间。如同那春江边呆呆傻傻的过客，看着那无尽的水儿，不知从何而来，不知向何处而去；看着那月儿升起，花儿绽放，却不知为何缘故。只是觉得此刻当下，当得永恒。纵使美好转瞬即逝，亦已心满意足。于是好想将这个瞬间，去诉与那远方明月楼中相思之人，可惜乘着落月归去的人儿中，竟没有自己。

而梁山伯与祝英台，则无任何缺憾，他们在一起，行走于江南最美的路上，行走于四季最美之景中。一切景语皆情语也，在他们身边，天地为他们精心安排，安排了一幕幕干净纯美、温暖会心的场景。是的，永恒的天地自然，亦会被人间的一往情深打动，暂时揭开神秘孤独的面纱，向着人间嫣然一笑，于是有天花漫天飘落，于是有春风幕天席地。把两个人儿，辉映得无比明亮、光华莹洁；把两个人儿，慢慢吹送，轻轻呵护。让两个人儿，沉醉于路上，忘却一切俗世的色彩与情感。而这一段相送与相别，就已经是人世间的圆满了。其他的情节与结局，只是世人们关注的重心罢了。就如同《牡丹亭》中的杜丽娘，她最美好的梦，就是天地花神所赐予的，她最美好的情节，亦只是梦与寻梦。

而我们之所以怦然心动，也就是因为他们那些超越世俗的情感。在跟着他们的时候，我们完全陶醉了，完全能理解那种深情与至情。一个天真烂漫的女孩儿，想要求学了，她就出发了，而且很浪漫地女扮男装；在路上，遇见梁山伯，觉得他可爱可靠，就结拜兄弟了；听说也是要读书的，就一起去杭州了；在杭州认认真真读了三年书，性情相投，就仿佛离不开对方了；祝英台要走了，梁山伯就单纯深情地一程一程地送；听说祝英台是个女孩儿，梁山伯于是一程一程奔着去找她，一路只是狂喜和痴傻；姻缘不能成就了，两个人便陷入了至深的痛苦之中，为对方而死也是那么简单自然，无需犹豫和深思。

而在自己的生活中，其实他们所有的情节、所有的情感，我们都无法做到。我们总是计较盘算、犹豫怀疑，甚至摇头嘲笑，任意猜度。看的时候，我们会痴迷，看完之后，我们又会无比清醒地提出各种质疑，并继续自己的生活。

所以，我们终究生活在俗世尘世之中。而他们，天地会为他们铺设最美的场景，也会毫不犹豫地天昏地暗、飞沙走石、雷声隆隆、霹雳闪现。当所有的世人都陷入黑暗与惊恐之际，唯有祝英台一袭白衣，平静优美，对着山伯之墓飘然而拜。而那墓，自然而然地裂开了，裂开的瞬间，照亮了刻着黑字的梁山伯的墓碑，和刻着红字的祝英台的墓碑，从此梁山伯与祝英台的名字，也就照亮了俗世……祝英台如蝴蝶般飞起跃入，那个时刻世人并未看见，因为此种情境，是世人不能想象，更无法实践的。一切都只是刹那间，甚至仿佛并未发生过。墓合之后，天地重新明亮，青山碧水、彩蝶翻飞，只是，那对最干净纯美、温暖会心的人儿，已经在人世间无影无踪……

剩下的，只是所有的世人瞠目结舌、神魂俱散，人们站在他们曾经相逢相送、相知相伴的绵绵远路上，久久伫立、眇眇远望，若有所思、若有所失……

最撩人春色是今年

〔步步娇〕袅晴丝吹来闲庭院，摇漾春如线。停半晌整花钿，没揣菱花偷人半面，迤逗的彩云偏。我步香闺怎便把全身现。

〔醉扶归〕你道翠生生出落的裙衫儿茜，艳晶晶花簪八宝瑱。可知我一生儿爱好是天然？恰三春好处无人见，不提防沉鱼落雁鸟惊喧，则怕的羞花闭月花愁颤。

〔皂罗袍〕原来姹紫嫣红开遍，似这般都付与断井颓垣，良辰美景奈何天，赏心乐事谁家院。朝飞暮卷，云霞翠轩，雨丝风片，烟波画船，锦屏人忒看的这韶光贱。

〔好姐姐〕遍青山啼红了杜鹃，那荼蘼外烟丝醉软，那牡丹虽好它春归怎占的先？闲凝眄，生生燕语明如剪，听呖呖莺声溜的圆。

〔懒画眉〕最撩人春色是今年，少甚么低就高来粉画垣，原来春心无处不飞悬。是睡荼蘼抓住裙钗线，恰便是花似人心向好处牵。

〔忒忒令〕那一答可是湖山石边，这一答是牡丹亭畔，嵌雕栏芍药芽儿浅，一丝丝垂杨线，一丢丢榆荚钱。线儿春甚金钱吊转。

〔江儿水〕偶然间人似缱，在梅村边。似这等花花草草由人恋，生生死死随人愿，便酸酸楚楚无人怨。待打并香魂一片，阴雨梅天，守的个梅根相见。

〔集贤宾〕海天悠，问冰蟾何处涌？看玉杆秋空，凭谁窃药把嫦娥奉。甚西风吹梦无踪，人去难逢。须不是神挑鬼弄。在眉峰，心坎里别是一般疼痛。

最近我一直沉溺于《牡丹亭》的文字与唱腔之中……

刚开始喜欢的是《步步娇》，追随"袅晴丝，吹来闲庭院"的感觉，虽然彼时空气中游丝软系飘荡，亦是说不清道不明的无限惆怅，但毕竟阳光是如此明亮，柳丝也罢、尘埃也罢，都在春日中闪闪烁烁，发着自己的微光。更不用说杜丽娘，翠生生的裙儿，艳晶晶的花簪。她踱步走入花园，竟可以照亮已然姹紫嫣红的春色。

但是，这样的春色，离我早已遥远……于是开始跟着《皂罗袍》吟唱。渐渐地，原先那些透明的飘荡的不分明的情绪，冷却凝结，变成断井颓垣，变成雨丝风片；渐渐地，良辰已逝，难付美景，而只有燕语莺歌，依旧如此明明亮亮，在自己身前身后，在自己耳边心头，圆转划过。那些声音，稍纵即逝，划过时却勾出自己无数心弦，纠缠牵扯，似乎要引自己如杜丽娘般寻梦。

似乎自己仍然可以追随过去，似乎通向花园的那扇门尚未关紧，远远望去，虚掩的门缝透出无限光彩，如尚未走远的时光。于是怦然心动，试着轻轻推开门，原来春日尚在。即便如自己这般，再无必要停半晌整花钿，再无菱花镜儿偷窥半面，竟然也会有荼蘼牵扯的裙摆，也可以如少年般春心飞悬。

于是，整个人就浸在《懒画眉》中，被音乐气息和春色撩拨得无处可避。这首曲子就这么循环在我的空间之中，循环到一定的时候，花似人心向好处牵，终于将自己牵往《忒忒令》。

张继青的唱真令人沉醉，"那一答可是湖山石边，这一答似牡丹亭畔"。一个"那"字，出音时缠绵犹豫，不知其可，渐渐明亮，明亮中还是带着猜测，慢慢收音。是啊，一切都是梦中之事，一切都是如梦的少年时事，如今再要寻来，即便是故地重游，也是恍恍惚惚，似是而非，其实细细想来，人生确无分明之时。然而，自然的一切又如此挑拨人心，每一个细节都如惊喜，让你回忆起什么。当看到了嵌雕栏芍药芽儿浅，当看到了一丝丝垂杨线，一丢丢榆荚钱，那声音便欣喜跳跃起来，让整个人心都欣喜跳跃起来。这种欣喜，并不是一个烂漫儿童邂逅自然的感觉，而是一个世俗中人暂时抛却尘世，发现自己还可以纯然欢喜的感觉。

是啊，世事如此，你是否还可以纯然欢喜，你是否还可以发下些任性的誓言？回想自己，多少时光被耽搁，如一点无方向的草芥，浮世飘荡；其实亦不愿如俗世般有方向。此时，你是否还敢如杜丽娘般，简单大胆地倾诉道："似这等花花草草由人恋，生生死死随人愿，便酸酸楚楚无人怨？"是啊，我不能，我不敢！所以我一遍一遍地唱《江儿水》中的这三句唱词，纵使此生终不得愿，起码唱的时候，已将所有抑郁的情怀释放出来。

等到唱累了，春光顿收，夜色已合。纵有良辰佳节，却夜雨濛濛，再要去觅明亮，连梦中亦不可得。就连夜晚的月亮，亦已无影无踪。于是再思再想，一切一切，似有似无，似是似非。人生竟是如此？人生竟是如此！若要说人生虚幻，那为何又有感觉，又有"心坎里别是一般疼痛"的感觉？那是证明此生尚存，此息尚存？

突然从《集贤宾》中得大喜悦——

原来我并非虚幻，我并非漠然，我还能心痛，且痛到深处，此乃幸事！

许久没有的痴迷，许久没有的聆听，许久没有的心痛，是为久违的文字……

零零碎碎、闪闪烁烁的文学感思

——阅读可以是完整的思考，也可以是闪烁的瞬间

1

过年的晚上，在海南看看南朝的诗歌，应着这暖暖的夜色，突然发现许多不错的诗歌，简单自然，却打动人：阳春二三月，草与水同色。攀条摘香花，言是欢气息。我想，应该是这样的罢：是春天，是春天最新鲜的时分。自然，如沉浸在薄薄的雾中，一切若有若无。是春水，漫延至天际；还是那春草，隐约至天际？终于，第一朵桃花开放，一路引燃过去，照得我，睁不开双眼，在闭目的那一瞬间，突然闻到，天地之间，都是你的气息。

2

夜读王安忆，被那种对文学的使命感感动，仿佛回到 20 世

纪 90 年代。她们努力表达世界，而我们努力读她们的作品，都试图走向目的、走向彼岸。如果一直这么简简单单就好了，没有想到，等待文学的将是一个巨大无边、快速旋转、无法停留、没有归宿的世界……而文学在这种旋转之中，早已如流星般坠至边缘。世界如一巨大的商场，只看见琳琅满目的商品。很少人推门出去，望一眼苍茫的天地的景象。

3

南朝的许多诗歌有着很干净的忧伤与光线：落宿半遥城，浮云蔼层阙。玉宇来清风，罗帐延秋月。结思想伊人，沈忧怀明发。谁为客行久，屡见流芳歇。河广川无梁，山高路难越。喜欢那种可以整个夜晚专注思念一个人的感觉，喜欢那种山高水长的距离感，喜欢夜半清风秋月吹拂衣襟……

4

天色渐暗，童话般的花草世界也越来越不分明了。金银花和风车茉莉的清香一阵阵氤氲过来，似乎在提醒我，白天的一切都是真实的。真想留住天光，留住色彩；然而，花草即便在暗色中，似乎也在噼噼啪啪开放着，燃烧着……她们如此恣意率性奔放美好，倒让我为难。到底是该像张九龄那样一边吟着"草木有本心，何求美人折"淡定而去，还是该如苏轼般"只恐夜深花睡去，故烧高烛照红妆"？

5

暴雨无课，在家听雨看书，看至焦竑五律，便觉心神清爽：一笑同幽事，移樽向夕阴。长风吹片雨，萧飒动高林。自爱丘中赏，还同泽畔吟。相看意不尽，凉露满衣襟。化城围野色，空翠落秋阴。与客开香积，谈玄傍竹林。梵天留宴坐，花雨助清吟。一酌那为贵，因之披素襟。

6

戏剧对受众心理的影响：由于日常生活是琐碎而冗长的，我们每个人都不能预期未来或者整个人生，不敢设想人生转折或变故时自己的选择和反应；同样，我们所见到的他人的日常生活及历史事件也是碎片，不能呈现出完整性和某种意义。而戏剧其实是一种很好的弥补，它让受众感知一段相对完整的历史和人生，让受众寻找某种关联，在关联中又建立意义，甚至可以释放自己的焦虑和压抑破碎的情绪。从这种意义上而言，戏剧无疑可成为后现代人类的一剂良药。

7

晚明卓发之：国家举天下英雄束之枯管三寸之内，又束以经生之家。取其断断无用者，阴夺其气而弱其骨，以寓销锋镝放马牛之意，至深远也。

8

汪曾祺说："我以为风俗是一个民族集体创作的生活的抒情诗……都反映了一个民族对生活的挚爱，对'活着'所感到的欢悦。他们把生活中的诗情用一定的外部的形式固定下来，并且相互交流，溶为一体。风俗中保留一个民族常绿的童心，并对这种童心加以圣化。风俗使一个民族永不衰老。风俗是民族感情的重要组成部分。"这才是对民俗学最好最美的阐释，甚至优于民俗学家的阐释。

9

其实《史记》早为中国史学确立了一种书写方式，以及提出了极高的书写要求。真正优秀的史学家，有极强的收集史料、梳理史料、分析史料的能力；另一方面，想象力、虚构的能力、优美的文笔也必不可少。历史是一种进入、理解甚至感同身受，同样地，要能够流畅而生动地传递给读者，引起共鸣。而现在的史学论文，许多读来不免味如嚼蜡。

10

郎瑛《七修类稿》有言："春之风，自下而上，纸鸢因之以起。夏之风，横行空中，故树梢多风声。秋之风，自上而下，木叶因之以落。冬之风，著土而行，是以吼地而生寒。"古人之观察，细腻而美……

11

"清秋望不极，迢递起曾阴。远水兼天净，孤城隐雾深。叶稀风更落，山迥日初沈。独鹤归何晚，昏鸦已满林。"读杜诗，便觉天色渐暗，水色渐迷，风声渐响，天地渐冷，人迹渐罕，秋意渐浓……

12

越剧是一句一句用心唱的，每个句子的旋律令人沉醉；昆曲是一个字一个字用心唱的，每个字的旋律令人沉醉。在这样一个雨天的早晨听昆曲，听那么多美好惆怅的文字，是如水般缠绵不断的感觉，每一处呼吸，都令人怦然心动。

13

"若待皆无事，应难更有花"，李昌符以此诗伤错过春日，我引此诗叹人生……

14

杜牧和李商隐，出身迥异、个性迥异、经历迥异、诗风迥异，然而殊途同归。年华流逝，一切豪放与缠绵、得意与失意逝去，面对乐游原，只是一种无可奈何的生命流逝的沉痛之感，志向未酬的无奈之感，单薄人生漂泊于厚重天地之感。夕阳，暂时投射下每个经行者单薄的、亦真亦幻的身影。杜牧说：欲把一麾江海去，乐游原上望昭陵。李商隐说：夕阳无限好，只是近黄昏。

15

柳宗元诗云：来往不逢人，长歌楚天碧。除了寂寞，还是寂寞，如楚天般无边的寂寞……

16

宋词之寒：水云寒；寒烟翠；寒声碎；寒蝉凄切；罗幕轻寒；高处不胜寒；拣尽寒枝不肯栖；寒光零乱；黄菊枝头生晓寒；寒鸦万点；漠漠轻寒上小楼；纯色浮寒瓮；零乱多少寒螀；寒更每自长；斜风细雨作清寒；剔尽寒灯梦不成……碎的、轻的、零乱的、散漫的、长的、翠的、昏黄的、金色的、水寒云寒光寒灯寒春寒秋寒风寒雨寒花寒枝寒鸦寒蝉寒螀寒瓮寒更寒声寒，天地皆寒。

17

日隐天暗，四野悄然，不辨春秋，难知晨暮。忽逢卓珂月《山中晚烟赋》，恍惚迷离，顿觉此亦人生真境。

18

生命中，那些闪闪烁烁的光，令人怅惘，是一种不定的美，转瞬即逝的美，然而又是永远活泼着的美，会暂时映亮人生，照亮苍白的纸。让我们收拾如春日暖阳里，那闪闪烁烁落花般的词句：淡荡春光寒食天；船动湖光滟滟秋；落日熔金，暮云合璧；

秋水斜阳演漾金；二十四桥仍在，波心荡，冷月无声；片帆烟际闪孤光；今夜残灯斜照处，荧荧；唤起两眸清炯炯；日暖桑麻光似泼……

19

孟浩然之自然，比王维更自然。王维是感悟自然，孟浩然是经行自然。王维之自然静，孟浩然之自然清。其诗中清气散步天地，追随旅人的每一步：清晓因兴来，乘流越江岘。沙禽近方识，浦树遥莫辨。渐到鹿门山，山明翠微浅。读其诗正当早春之清晨，万物复苏，蕴清朗之气。虽略清冷，却使人神清气爽……

20

令狐楚临终前托李商隐代草遗表，说：吾气魄已殚，情思俱尽，然所怀未已。强欲自写闻天，恐辞语乖舛。子当助我成之。这段话其实很感人，不只是骈辞俪句难写之意，里面有一种对文字的敬重，将之视若神明，用生命写文字的意味。

21

夜深不寐，想起今日所读姜白石之句，表面冷漠，似无所谓，内里却深情沉痛，无可奈何，真正契合中年之感。其词云：
春未绿，鬓先丝。人间别久不成悲。

22

李白的《答王十二寒夜独酌有怀》中有两句诗"怀余对酒夜
霜白，玉床金井冰峥嵘"。这情境似曾相识，好像就是"床前明
月光"之七言版本，明月、霜白、对酒、玉床，都是一样的。所
以更加能证明所谓床，就是井栏。后面两句很酣畅抒情：人生飘
忽百年内，且须畅饮万古情。

23

看《两浙游记》，拈出两段瀑布文字，绝胜今日之作。蒋薰
《天台山记》：仰瞻瀑布更奇，若披氅衣冒雪前也，若月明孤屿望
梅花百树也，若白鹤横江而翔也，若阊风之峻、蜀涛之驶也，若
玉山之颓，崩玙裂璧也，若神女之来，拾珠坠羽也。袁枚《浙西
三瀑布记》：未到三里外，一匹练从天下，恰无声响。及前谛视，
则二十丈以上是瀑，二十丈以下非瀑也，尽化为烟，为雾，为轻
绡，为玉尘，为珠屑，为琉璃丝，为杨白花。既坠矣，又似上
升；既疏矣，又似密织。风来摇之，飘散无着；日光照之，五色
映丽。

24

《小窗幽记》之片言：佳思忽来，书能下酒；侠情一往，云可赠人。清斋幽闭，时时暮雨打梨花；冷句忽来，字字秋风吹木叶。春云宜山，夏云宜树，秋云宜水，冬云宜野。扫石月盈帚，滤泉花满筛。一勺水，便具四海水味，世法不必尽尝；千江月，总是一轮月光，心珠宜当独朗。

25

"天命无怨色，人间有素风"，有时迷与悟只在刹那之间。人生的基调是简单的素色，无更多于有，不会永远浓墨重彩，要接纳自己以及他人生命里的干净简单的灰色，而不是用各种浮光掠影来掩饰或拒绝。

26

唐太宗之诗，以五律为多，承六朝遗风。属对工整，状物精美，字词揣摩，颇为认真。然如初学之人，提笔紧张，唯恐字字出错，故整体较为刻意。如"露凝千片玉，菊散一丛金""水光鞍上侧，马影溜中横""细叶凋轻翠，圆花飞碎黄"，颇为拘谨，有应试文章之感。然亦有放松天然之句，如"晚烟含树色，栖鸟杂流声""散岫飘云叶，迷路飞烟鸿""莲稀钏声断，水广棹声长""前池消旧水，昔树发今花"。所有诗中，以《过旧宅》三首其一为佳，气韵较为流畅，有帝王之气。"新丰停翠辇，谯邑驻鸣笳。园荒一径断，苔古半阶斜。前池消旧水，昔树发今花。一朝辞此地，四海遂为家。"太宗诗中有"珠光摇素月，竹影乱清风"之句，正可拈出其诗特点，用刻意之语写自然之景。

27

唐明皇之诗，端起架子，时时不忘帝王身份，故亦少佳句。本想于其诗中，感受音乐舞蹈之盛唐气象，亦少踪迹。惟《春中兴庆宫酺宴》之序，神采飞扬、酣畅淋漓，颇有率性歌舞之感："岁二月，地三秦。水泛泛而龙池满，日迟迟而凤楼曙。青门左右，轩庭映梅柳之春；紫陌东西，帘幕动烟霞之色。撞钟伐鼓，云起雪飞。歌一声而酒一杯，舞一曲而人一醉。诗以言志，思吟湛露之篇；乐以忘忧，惭运临汾之笔。"其诗云："舞衣云曳影，歌扇月开轮。伐鼓鱼龙杂，撞钟角觝陈。曲终酺兴晚，须有醉归人。"另有二诗，提及唐时风俗，亦颇生动。

《观拔河俗戏》并序

俗传此戏，必致年丰。故命北军，以求岁稔。

状徒恒贾勇，拔拒抵长河。欲练英雄志，须明胜负多。骒齐山发业，气作水腾波。预期年岁稔，先此乐时和。

端午（一作端午武成殿宴群臣）

端午临中夏，时清日复长。盐梅已佐鼎，曲糵且传觞。事古人留迹，年深缕积长。当轩知槿茂，向水觉芦香。亿兆同归寿，群公共保昌。忠贞如不替，贻厥后昆芳。

28

贞元五年（公元789年），唐德宗置中和节，发布诏令："春方发生，候及仲月，勾萌毕达，天地和同，俾其昭苏，宜助畅茂，自今宜二月一日为中和节，以代正月晦日，备三令节之数，内外官司休假一日。"唐德宗于该日宴百官，制诗。诗中景象亦如春日般新鲜光华。"韶年启仲序，初吉谐良辰。肇兹中和节，式庆天地春。欢酣朝野同，生德区宇均。云开洒膏露，草疏芳河津。岁华今载阳，东作方肆勤。惭非熏风唱，曷用慰吾人。"九年之后，中和节盛况依旧，德宗赐诗颁示天下，并将诗编入乐府。"芳岁肇佳节，物华当仲春。乾坤既昭泰，烟景含氤氲。德浅荷玄贶，乐成思治人。前庭列钟鼓，广殿延群臣。八卦随舞意，五音转曲新。顾非咸池奏，庶协南风熏。式宴礼所重，浃欢情必均。同和谅在兹，万国希可亲。"从德宗诗中可见赐宴歌舞、朝野同庆之盛况。二月初一，正当春色烂漫之时，此节甚美。

29

张九龄诗总体比较中正典雅，一句一对，结构感不强。然而期间有一些感伤时日的句子很美，让人惆怅。

薄暮津亭下，余花满客船。(《春江晚景》)

暗草霜华发，空亭雁影过。《旅宿淮阳亭口号》中这两句诗写暗、空、影，好似没有踪迹，却处处是惆怅的情绪流淌。

渺漫野中草，微茫空里烟。(《故刑部李尚书挽词》)

外物寂无扰，中流澹自清。(《西江夜行》)

是处清晖满，从中幽兴多。(《商洛山行怀古》)

景物春来异，音容日向疏。(《初发道中赠王司马兼寄诸公》)

《陪王司马登薛公逍遥楼》中两句：水去朝沧海，春来换碧林。这两句真好啊，是大场景的美。

30

宋之问的诗歌读来比较流畅，会有一个总体结构上的把握，用词也比较自然，颇有意趣。然和人的互动比较好。宋之问的动词用得也非常活、非常生动。

《夜饮东亭》中的"春泉鸣大壑，皓月吐层岑"，"鸣"和"吐"好有生气。

而《浣纱篇赠陆上人》中"春风艳楚舞，秋月缠胡笳"两句，"艳"和"缠"字用得真好啊。

31

王勃诗歌中有一股自然之气在流淌，场景也基本上是在自然中展开的，然后在自然之中倦游思归，送别。如下：

日落山水静，为君起松声。（《咏风》）

送送多穷路，遑遑独问津。悲凉千里道，凄断百年身。心事同漂泊，生涯共苦辛。无论去与住，俱是梦中人。（《别薛华》）

林泉明月在，诗酒故人同。（《秋日仙游观赠道士》）

客心千里倦，春事一朝归。还伤北园里，重见落花飞。（《羁春》）

野烟含夕渚，山月照秋林。还将中散兴，来偶步兵琴。（《夜兴》）

长江悲已滞，万里念将归。况属高风晚，山山黄叶飞。（《山中》）

所以在王勃的诗句里面，人是大大场景里面的小小的人，仿佛高天阔地里飘飞的一片落叶，或是明月清风里飘飞的一片花瓣。

32

看见李娟散文集中的照片，我怦然心动。小时候我曾在山顶望远方，远方还是无尽的山，身边只有风、草、石头和蓝天，安安静静，自自然然，好像世界不会再有别的存在，心中不生任何念想，那是永恒的感觉。

33

"春晚花方落，兰深径渐迷""芳草无行径，空山正落花"，刘洎与杨师道的诗，意境何其相近，值此初夏，草木逐渐幽深，似乎遮挡前路；春花殆已落尽，恍如隔世。然而一切均为自然天机，无需嗟叹……

34

"春泉鸣大壑，皓月吐层岑"，在这漫天惆怅的梅雨季节读到这样的句子，感觉一扫阴霾，耳目顿明，神清气爽，痛快淋漓。

　　　　　　　　　　　　明亮的阅读

35

　　昨日看见清代才子徐野君的一句话：若无花月美人，不愿生此世界。若无赏鉴家并花月美人，亦不愿生此世界。此言很有意思，首先要有美好的事物，要热爱生活；然而有了美好的事物，没有能够欣赏美的眼光亦枉然。我的教育里面，缺了"审美"这一块；还有，就是缺了超越性的理想引导这一块，生活也就变得干巴巴的、目的性非常强。而一旦目的没有达到，就会导致个体被社会否定，导致个体的全盘崩溃。蔡元培先生早就强调美育，可惜没有完全实施到教育中去。

36

　　确实应该经常到高处望一望，不然，坐高铁望一望也行。看见临平山慢慢掠过，想想"藕花无数满汀洲"的情景；看见大片的田野与秋天的色泽掠过，想想"秋尽江南草未凋"的诗句；一直看到暮色苍茫，看到"一半秋山带夕阳"。其实心中明白，这么看下去，美则美矣，了则未了。然而，能暂时美好也不错。

37

　　喜欢这些诗句：诗非易学从吾癖，论不求高亦自娱；著书只合求吾好，鼓瑟何缘与俗谐；有情相对且沉醉，万事苍茫一回首；当前落魄都因傲，事过思量只合贫。就想要这种自娱自乐的状态、自我沉醉的状态、自我解嘲的状态，哪怕如徐渭般"半生落魄已成翁"，却有"笔底明珠无处卖，闲抛闲掷野藤中"。纵使无处卖，纵使闲抛闲掷，也是笔底明珠啊！